DIANA PALMER

TIERRAS SALVAJES

Editado por Harlequin Ibérica.
Una división de HarperCollins Ibérica, S.A.
Núñez de Balboa, 56
28001 Madrid

TIERRAS SALVAJES, N° 152 - 1.4.13
Título original: Courageous
Publicada originalmente por HQN™ Books
Traducido por Ana Belén Fletes Valera

I.S.B.N.: 978-84-687-2828-5

Dedicado a Mel y a Syble, con todo mi amor

PRÓLOGO

A Peg Larson le encantaba pescar. Aquello era como poner el cebo en el anzuelo, solo que en vez de para pescar una lubina o un besugo en alguno de los riachuelos que rodeaban Comanche Wells, Texas, la táctica estaba destinada a pescar un hombre alto y apuesto.

Echaba de menos ir a pescar. Faltaba solo un par de semanas para Acción de Gracias, y hacía demasiado frío, incluso en el sur de Texas, para sentarse en la orilla de un río. A principios de primavera, le gustaba tomar asiento con su bote de gusanos y su sencilla pero fiable caña de pescar. Tensaba el hilo con ayuda de un plomo y dejaba que el colorido corcho rojo, blanco y azul que le regalara su padre cuando tenía cinco años quedara flotando en la superficie.

Pero aún quedaban meses para que comenzara la temporada de pesca.

De momento, Peg tenía en mente otro tipo de presa.

Se miró en el espejo y suspiró. Tenía un rostro dulce, pero no era realmente guapa. Poseía unos ojos grandes de color verde claro y largo cabello rubio, que llevaba en una cola de caballo la mayor parte del tiempo, sujeto con una goma o lo que tuviera más a mano. No era lo que se dice alta, pero sí tenía unas piernas largas y una bonita figura. Se quitó la goma y el pelo cayó enmarcándole el rostro. Se lo cepilló hasta dejarlo brillante como una cortina de oro pálido. Se pintó los labios, un poco nada más, y se aplicó los polvos que su padre le había regalado por su cumpleaños unos meses atrás. Suspiró al ver su reflejo.

Con buen tiempo podría haberse puesto los vaqueros cortos (vaqueros viejos a los que les cortaba las perneras) y una camiseta favorecedora que le resaltara los pechos pequeños pero firmes y respingones. En noviembre había menos opciones.

Los vaqueros eran viejos, de un color azul claro, muy gastado en algunos sitios de tanto lavarlos, pero se le ajustaban a las redondeadas caderas y a las largas piernas como una segunda piel. Se había puesto una camiseta rosa de algodón suave, manga larga y escote redondo discreto, pero sexy. O al menos a ella se lo parecía. Era una chica de diecinueve años que había tardado en desarrollarse, curtida en luchar en el instituto para mantener a raya a la masa impetuosa que pensaba que practicar sexo antes del matrimonio era algo tan asumido y sensato que solo una chica rara lo rechazaría.

Peg se rio para sí al recordar las discusiones sobre el tema con algunas conocidas. Sus amigas de verdad pensaban como ella, iban a misa en una época en la que la religión en sí recibía reproches desde todos los flancos. Pero en Jacobsville, Texas, el condado en el que se encontraba el instituto, ella pertenecía a la mayoría. La diversidad cultural estaba presente en el centro, que salvaguardaba los derechos de todos los alumnos. Pero la mayoría de las chicas de la zona, como Peg, no se doblegaban a la presión o la coerción en lo que a temas morales se refería. Ella quería tener marido e hijos, un hogar propio, un jardín con flores por todas partes y, por encima de todo, quería que Winslow Grange diera vida a su cuento de hadas.

Su padre, Ed, y ella trabajaban en el rancho nuevo de Grange. Este había salvado a la mujer de su jefe, Gracie Pendleton, cuando un presidente sudamericano depuesto la raptó con el fin de conseguir dinero para expulsar del poder a su enemigo.

Grange fue con un puñado de mercenarios a México en plena noche y la salvó. Jason Pendleton, un millonario con un corazón de oro, le regaló un rancho situado dentro de la inmensa propiedad Pendleton, en Comanche Wells, junto con un capataz y un ama de llaves, Ed y su hija, Peg.

Antes de trabajar para Grange, Ed trabajaba en el rancho Pendleton, mientras que Peg levantaba castillos en el aire relacionados con el guapo y enigmático señor Grange. Era un hombre alto y moreno, de ojos penetrantes y una atractiva tez bronceada. Había sido comandante del Ejército en la guerra de Irak, durante la cual había hecho algo poco convencional y se había dado de baja del Ejército para evitar un consejo de guerra general. Su hermana se suicidó por un hombre de la zona, según decía la gente. Era un superviviente en el buen sentido de la palabra, y ahora trabajaba con el líder latino depuesto, Emilio Machado, tratando de recuperar su país, Barrera, que estaba en la selva amazónica.

Peg no sabía gran cosa sobre otros lugares. No había salido nunca de Texas y la única vez que había subido a un avión había sido para un breve trayecto en el aeroplano para fumigar los cultivos de un amigo de su padre. Era una chica inocente en todo lo relacionado con el mundo y los hombres.

Pero Grange no sabía hasta qué punto lo era y ella no tenía intención de decírselo. Llevaba semanas coqueteando con él a la más mínima oportunidad. Con elegancia, claro está, pero estaba decidida a ser la única mujer en el sur de Texas que pudiera conseguir a Winslow Grange.

No quería que se formara una mala opinión de ella, por

supuesto, tan solo quería que se enamorase perdidamente de ella hasta el punto de que le pidiera que se casara con él. Se imaginaba viviendo con él. No es que no lo hiciera ya, pero solo trabajaba para él. Ella lo que quería era poder tocarlo cuando le apeteciera, abrazarlo, besarlo, hacer... otras cosas con él.

Cuando estaba cerca, sentía que su cuerpo hacía cosas extrañas. Se notaba tensa. Excitada. Sensaciones desconocidas afloraban dentro de ella. No había salido con muchos hombres porque ninguno la atraía de verdad. De hecho, había llegado a pensar que tenía un problema porque le gustaba ir de compras con sus amigas o ir sola al cine, pero lo cierto era que no le gustaba tanto salir todas las noches con chicos como a otras chicas. A ella le gustaba experimentar con platos nuevos en la cocina, hacer pan y cuidar el jardín. Tenía un huerto que daba sus frutos durante la primavera y el verano, y se ocupaba de las flores todo el año. Grange se lo consentía porque le gustaban las verduras orgánicas que servía en la mesa. Gracie Pendleton intercambiaba flores y bulbos con ella, porque a ella también le gustaba la jardinería.

De modo que Peg apenas salía. Una vez, un hombre muy agradable la había llevado al teatro en San Antonio a ver una comedia. Disfrutó de la noche, pero cuando la llevaba a casa, intentó que parasen en el motel en el que se hospedaba. No volvió a quedar con él. El siguiente que la invitó a salir la llevó a ver los reptiles al zoo de San Antonio y después quiso llevarla a ver la familia de pitones que tenía en casa. Aquella cita acabó mal también. A Peg no le importaba ver serpientes siempre y cuando no fueran agresivas y trataran de morder, pero compartir un hombre con varias era ir demasiado lejos. Aunque también había sido un hombre muy agradable. Después, salió una vez con el sheriff Hayes Carson. Un hombre muy agradable, la verdad, muy educado y con un divertido sentido del humor. La llevó al cine a ver una película fantástica. Estuvo muy bien. Pero Hayes estaba enamorada de otra chica, y todo el mundo lo sabía, menos él. Salía con otras para demostrar a Minette, la dueña del periódico local, que no estaba loco por ella. Minette se lo había tragado, pero Peg no. Y no tenía intención de enamorarse de un hombre que amaba a otra.

Después de aquello no salió con nadie más. Hasta que su padre aceptó trabajar para Grange. Peg lo había visto por el rancho. Se le antojaba fascinante. No sonreía casi nunca y apenas hablaba con ella. Estaba al tanto de su pasado en el Ejército y que la gente lo consideraba un hombre inteligente. Hablaba idiomas y ayudaba a Eb Scott, que dirigía su propia agencia para combatir el terrorismo en Jacobsville, no lejos de Comanche Wells, en asuntos de lo más peregrinos. Eb era un antiguo mercenario, como muchos otros en la zona. Corría el rumor de que muchos de ellos se habían aliado con el general Emilio Machado para ayudarlo a arrebatarle el poder al usurpador que le había depuesto y encarcelaba inocentes y los torturaba. Parecía un tipo bastante malo, y confiaba en que ganara el general.

Pero lo que le preocupaba era que Winslow tomara parte en la invasión. Era militar y había estado en la guerra de Irak. Pero hasta los buenos militares podían resultar muertos. Peg estaba preocupada. Quería decirle cuánto, pero nunca le parecía buen momento.

Le gastaba bromas, jugaba con él y le preparaba todo tipo de platos y postres especiales. Él era amable y se lo agradecía, pero era como si no la mirase de verdad a ella. De manera que ideó una campaña para captar su interés. Llevaba poniéndola en práctica varias semanas ya.

Lo había abordado en el establo con una blusa aún más escotada que la llevaba en ese momento y se había agachado exageradamente para recoger algo. Sabía que tendría que fijarse, pero él apartó la vista y se puso a hablar sobre la novilla de pura raza que estaba a punto de parir.

Tras aquello, Peg intentó pasar rozándose accidentalmente con él, tan cerca que casi aplastó los pechos contra el torso de él. Al levantar la vista para ver el efecto, él desvió la mirada, carraspeó y salió a ver cómo seguía la vaca.

En vista de que los movimientos de acercamiento físico parecían no surtir efecto, optó por un nuevo enfoque. Cada vez que estaba a solas con él, se las apañaba para sacar temas de temática sensual en la conversación.

—¿Sabes? —tanteó un día tras salir al establo con una taza de café para él—, dicen que algunos métodos anticonceptivos son muy eficaces. Casi un cien por cien de eficacia. Prácticamente ninguna mujer podría quedarse embarazada a menos que lo hiciera a propósito.

La había mirado como si tuviera monos en la cara, había carraspeado y se había alejado.

De acuerdo, Roma no se construyó en un día. Lo había intentado de nuevo. En una ocasión, se quedó a solas con él en la cocina mientras su padre estaba en su partida de póquer con los amigos.

Se inclinó sobre Winslow hasta casi rozarle el hombro con el pecho para servirle una porción de pastel de manzana casero con helado con la segunda taza de café solo.

—He leído un artículo en una revista que dice que lo que importa con los hombres no es el tamaño, sino lo que saben hacer con ello… ¡Ay, qué torpe!

Le había volcado la taza de café.

—¿Te has quemado? —se apresuró a preguntar mientras recogía el estropicio.

—No —respondió él con frialdad. Se levantó, tomó el trozo de pastel, se sirvió otro café y salió de la habitación. Peg oyó que se metía en su habitación. Y cerraba la puerta de un portazo.

—¿He dicho algo malo? —había preguntado ella a la habitación vacía.

Era obvio que tampoco iba a atraerlo con aquella táctica. Así que intentaría conseguirlo mostrándose recatada y sensual. Tenía que hacer algo. Pronto se iría a Sudamérica con el general y tal vez no volviera a verlo en mucho tiempo. Se le partía el corazón. Tenía que encontrar la manera de conseguir que se fijara en ella, que sintiera algo por ella. Ojalá supiera más cosas sobre los hombres. Leía artículos en revistas, buscaba en Internet, leía libros. Pero nada la preparaba para la seducción.

Hizo una mueca. No quería seducirlo por completo. Solo quería hacerlo enloquecer hasta el punto de que pensara que el matrimonio era la única opción posible. Bueno, no, tampoco quería que se casara con ella mediante trampas. Únicamente quería que la amara.

¿Cómo demonios iba a conseguirlo?

Winslow no salía con nadie. Bueno, había salido una o dos veces con una chica de la zona y se rumoreaba que sentía un amor no correspondido por Gracie Pendleton. Pero no era mujeriego. Al menos en Comanche Wells. Peg imaginaba que habría tenido bastantes oportunidades de estar con mujeres mientras estaba en el Ejército. Lo había oído hablar de las fiestas de la alta sociedad a la que había asistido en la capital de la nación. Había estado rodeado de mujeres ricas y hermosas, a las que posiblemente les habría parecido tan atractivo y deseable como se lo parecía a ella. Se preguntaba si sería un hombre experimentado. Más que ella desde luego que sí. Estaba dando palos de ciego, tratando de seducir a un hombre usando unas habilidades que no poseía.

Se miró al espejo una última vez, con optimismo, y salió a impresionar a Winslow Grange.

Este estaba sentado en el salón viendo en la televisión un especial sobre anacondas grabado en la jungla amazónica, lugar al que en breve se marcharía.

—Son enormes —exclamó ella, sentándose en el brazo del sofá junto a él—. ¿Sabías que cuando las hembras están en celo, los machos llegan desde muchos kilómetros a la redonda para realizar una danza de apareamiento que dura…?

Él se levantó, apagó la televisión mientras mascullaba toda suerte de imprecaciones entre dientes y salió cerrando de un portazo.

Peg suspiró.

—Bueno, o me tiro por un puente —dijo para sí.

Su padre, Ed Larson, apareció en la puerta con expresión perpleja.

—Acabo de cruzarme con Winslow, que iba de camino al establo —comentó despacio—. Iba diciendo las mayores barbaridades que he oído en mi vida y, cuando le he preguntado que qué le pasaba, me ha dicho que está deseando irse y que como se encuentre con una anaconda piensa meterla en una caja y enviártela por mensajero.

Pegó lo miró con los ojos como platos.

—¿Qué?

—Un hombre muy extraño —dijo Ed, sacudiendo la cabeza a un lado y a otro mientras entraba en la casa—. Pero que muy extraño.

Peg sonrió de oreja a oreja. Parecía que sí estaba teniendo algún efecto sobre él. Había despertado la pasión en Winslow Grange. Aunque solo fuera en forma de estallido de cólera.

Al día siguiente preparó bizcocho de coco de postre. Era el favorito de Winslow. Espolvoreó coco rallado y azúcar glaseado por encima, y le puso unas guindas de adorno.

Lo sirvió tras la cena tensa y silenciosa.

—Coco —exclamó Ed Larson—. Peg, eres un cielo. Igual que el que hacía tu madre —añadió con una sonrisa tras el primer bocado y cerró los ojos.

La madre de Peg había muerto de cáncer unos años atrás. Había sido una buenísima cocinera y la persona más dulce que Peg había conocido. Tenía la habilidad de convertir en amigos a los enemigos con compasión y empatía. Peg no había tenido nunca un enemigo de verdad, pero confiaba en que el ejemplo de su madre sirviera para guiarla en caso de que lo tuviera alguna vez.

—Gracias, papá —contestó ella con dulzura.

Winslow estaba dando cuenta de su trozo de bizcocho. Vaciló entre comerse las guindas o dejarlas, y al final apartó un par de ellas mientras se terminaba el trozo.

Peg lo miró con los inocentes ojos muy abiertos.

—¿No te gustan… las guindas? —preguntó frunciendo los labios de forma sugerente.

Este dijo algo que hizo que Ed enarcara las cejas pronunciadamente.

Sonrojado, se quitó la servilleta y se levantó, apretando los sensuales labios en una delgada línea.

—Lo lamento —espetó—. Disculpadme.

Ed miró a su hija.

—¿Qué demonios le pasa últimamente? —preguntó medio para sí—. Te juro que no había visto a nadie tan nervioso.

Terminó su trozo de bizcocho ajeno a la expresión de Peg.

—Supongo que será por ese asunto de Barrera. Normal que uno se preocupe. Es el encargado de planear y llevar a cabo una campaña militar contra un dictador con un pequeño ejército y sin que se den cuenta las agencias de inteligencia —añadió—. Yo también estaría tenso.

Peg esperaba que Winslow estuviera tenso, pero no por

esos motivos. Se ruborizó al recordar lo que le había dicho. Había sido un comentario grosero, en absoluto propio de ella. Tendría que ser menos descarada. No quería espantarlo por ser demasiado directa. Se maldijo por su falta de tacto. Cada vez estaba más enfadado. Eso le recordó otra posible complicación. Excederse podía costarle el empleo a su padre. Tenía que cambiar de estrategia una vez más.

Conque le dio vueltas durante un par de días y al final decidió intentar algo diferente. Se rizó el pelo, se puso su mejor vestido de los domingos y se sentó en el salón a ver *Sonrisas y lágrimas* a la hora en que sabía que Winslow regresaría de revisar las alambradas.

Este vaciló cuando entró y la vio sentada en el sitio que solía ocupar él en el sofá y se detuvo junto a ella.

—Una película muy antigua —comentó.

Ella sonrió con timidez.

—Sí, lo es, pero la música es preciosa y además va sobre el romance de cuento de hadas entre una monja y un aristócrata, que termina casándose con ella.

Él enarcó una ceja.

—¿No es un poco sosa para tu gusto? —preguntó él con sarcasmo.

Ella lo miró con sus enormes ojos verdes.

—¿Qué quieres decir?

—¿Qué ha pasado con las anacondas y los métodos anticonceptivos? —preguntó.

Ella ahogó un gemido.

—¿Crees que las anacondas deberían utilizar métodos anticonceptivos? —preguntó ella, horrorizada—. ¡Por el amor de Dios! ¿Cómo te parece a ti que se podría poner un preservativo a una anaconda macho?

Grange salió tan deprisa que a Peg le pareció ver que iba dejando un rastro de fuego tras de sí. Pero nada más hubo salido por la puerta, juraría haber oído una risa honda y suave.

CAPÍTULO 1

—No quiero ir al baile de Cattleman's Ball —dijo Winslow categóricamente, fulminando al otro hombre con la mirada. Había hostilidad en sus ojos oscuros. Claro que normalmente era así.

Su jefe se limitó a sonreír. Jason Pendleton conocía bien a su capataz.

—Lo pasarás bien. Te vendrá bien tomarte un respiro.

—¡Que me tome un respiro! —Winslow elevó las grandes manos al cielo y se dio media vuelta—. Me voy a Sudamérica con un grupo de especialistas en Operaciones Especiales encubiertos con la intención de arrebatar el control del gobierno a un dictador sanguinario...

—Justo por eso tienes que tomarte un respiro —respondió Jason sin más.

Winslow se dio media vuelta con las manos hundidas en los bolsillos de los vaqueros.

—Mira, no me gusta mucho relacionarme con la gente. No se me da bien —dijo haciendo una mueca.

—¿Y crees que a mí sí? —razonó Jason—. Pero me veo obligado a codearme con presidentes de empresas, funcionarios del gobierno, auditores federales... Tú también podrás hacerlo.

—Supongo que sí —contestó con un largo suspiro—. Ha pasado mucho tiempo desde que conduje a mis hombres a la batalla.

Jason enarcó una ceja.

—Fuiste a México a liberar a mi mujer cuando la raptó el que ahora es tu jefe.

—Aquello fue una incursión. Ahora hablamos de una guerra.

Se volvió y apoyó los brazos en la cerca, mirando sin ver el ganado de pura raza que comía de un bala de heno

—Perdí hombres en Irak —siguió diciendo Winslow.

—Debido en su mayoría a las absurdas órdenes de tu superior, según recuerdo, no a incompetencia por tu parte.

—Me encantó que le hicieran un consejo de guerra —comentó Winslow con seriedad.

—Le estuvo bien empleado —Jason se apoyó contra la cerca junto a él—. Lo que importa es que dirigiste bien a tus hombres. Esa es una capacidad muy valiosa para el presidente destituido que lucha ahora por devolver la democracia a su país. Si lo consigues, como creo que harás, erigirán una estatua en tu honor en alguna parte.

Winslow soltó una carcajada.

—Pero el baile es una tradición local. Todos los de por aquí asistimos y hacemos donaciones para alguna causa benéfica de la región. Nos reunimos, bailamos, charlamos y nos divertimos. Te acuerdas de lo que es, ¿verdad, Winslow? La diversión.

Este hizo una mueca.

—¡Cómo sois los exmilitares, por Dios! —suspiró Jason.

—No empieces otra vez —le dijo Winslow—. Recuerda que gracias a mi experiencia como militar Gracie no está muerta en una cuneta vete tú a saber dónde.

Jason meneó la cabeza.

—Pienso en ello todos los días.

No le gustaba recordarlo siquiera. Gracie había estado a punto de morir. Su noviazgo había sido inconstante y complicado. Ahora estaban casados y esperaban su primer hijo. Gracie creyó haberse quedado embarazada poco después de la boda, pero al final resultó que no era así. Esta vez no era ningún error. Estaba resplandeciente con su embarazo de seis meses. Eran felices juntos. Pero el camino hacia el altar no había sido sencillo.

—Iba a pedirle que saliera conmigo justo antes de que te casaras con ella —dijo Winslow para enfadarlo—. Me compré un traje nuevo y todo.

—No fue dinero malgastado. Aún se lleva ese estilo. Te lo puedes poner para el baile. Además —añadió Jason con una amplia sonrisa—, no sé de qué te quejas. Te regalé un terreno y un rebaño de pura raza Santa Gertrudis.

—No tenías que haberlo hecho, de verdad —dijo Winslow finalmente—. Fue demasiado.

—Yo creo que no. Eres el empleado más valioso que tengo. Fue un extra. Bien merecido.

Winslow sonrió.

—Gracias —dijo y haciendo otra mueca añadió—: Pero no tenías que haber incluido también a Ed Larson y a su hija.

—Peg es una chica muy dulce y cocina de maravilla.

Winslow lo fulminó con sus ojos oscuros.

—Está todo el tiempo detrás de mí. Dice cosas que...

—No tiene más que diecinueve años. Claro que dirá cosas...

—¡Intenta seducirme, por el amor de Dios! —exclamó y sus altos pómulos se tiñeron de rojo.

Jason enarcó las cejas.

—Sabes que ya no estamos en la época victoriana, ¿verdad?

—No pienso meterme en un lío con una chica de diecinueve años —repuso él con sequedad—. Voy a la iglesia, pago mis impuestos y hago donaciones a causas benéficas. ¡Si ni siquiera bebo!

Jason sacudió la cabeza.

—Me rindo. Eres una causa perdida.

—Quieres ver una causa perdida, mira a tu alrededor —empezó a decir Winslow—. Tenemos el índice más alto de divorcios, una economía en un estado terrible y las empresas más codiciosas de la faz de la Tierra...

Jason levantó una mano.

—Lo siento, pero tengo que estar en Nueva York la semana después de Acción de Gracias —dijo haciéndose el gracioso.

—Simplemente quería dejar claro lo que pienso.

—Tendrás que llevarte la tribuna a otra parte. En cuanto al baile, si no llevas a Peg, ¿a quién piensas llevar?

Winslow parecía desesperado.

—Iré solo.

—Así la gente tendrá de qué hablar durante un mes.

—¡No pienso llevar a Peg! ¡Su padre trabaja para mí! Y ella también, ya de paso.

—Te puedo dar una lista de la cantidad de personas que han ido con empleados suyos a otras ediciones del baile si quieres —dijo Jason por lo bajo.

Winslow sabía a lo que se refería. Muchas de las parejas de esa lista habían terminado casándose.

—Serán solo tres horas —continuó Jason—. ¿Qué puede haber de malo? Además, ¿no te vas del país dos días después?

—Sí.

—Tómatelo como un recuerdo feliz para el camino.

Winslow cambió de posición y apartó la mirada, pasándose la mano por el pelo negro al mismo tiempo.

—Peg no tendrá dinero para comprarse un vestido para la fiesta.

—Hay una boutique nueva en la ciudad. Bess Truman, la diseñadora, está intentando promocionar su negocio, y por eso ha vestido a las mujeres solteras de la ciudad con sus trajes. ¿Te acuerdas de Nancy, la farmacéutica? La vistió con un vestido verde de noche para un evento que salió en la televisión local. A Bonnie, su ayudante, le prestó uno rojo. Detuvo el tráfico a causa del él y todo. A Holly, que trabaja con ellas, le dejó uno dorado. El caso es que Bess le ha prestado uno a Peg también.

—¿Piensas decirme de qué color es? —dijo Winslow arrastrando las palabras con sarcasmo.

—Tendrás que esperar a la fiesta —contestó el otro con una sonrisa—. Gracie me ha dicho que es el más bonito de todos.

Winslow seguía dudando.

—Invítala —dijo Jason totalmente serio—. Llevas mucho tiempo solo. No sales nunca con nadie. Ya es hora de que recuerdes por qué a los hombres les gustan las mujeres.

Winslow entornó los ojos.

—Gracie te ha metido en este lío, ¿verdad?

Jason se encogió de hombros y apretó los labios.

—Las mujeres embarazadas tienen antojos. Helado de fresa con pepinillo espolvoreado, hielo picado con mango, que inviten a sus amigas a los bailes... —miró a Winslow con ojos risueños—. No querrás que Gracie se ponga triste, ¿verdad?

—Eso, tú dame en mi punto débil —masculló Winslow.

Jason sonrió de oreja a oreja.

Winslow se encogió de hombros.

—Está bien. Debería estar comprobando las armas y entrenando a mis hombres, pero me tomaré la noche libre y acompañaré a Peg a un baile al que no me apetece asistir. ¿Por qué no?

—Y sé agradable, de acuerdo? —dijo Jason con un gruñido de resignación—. Aunque solo sea por una vez.

Winslow le hizo una mueca.

—Odio ser agradable. Yo no soy agradable. Fui comandante en un escuadrón en Irak.

—Así practicas para cuando tengas que engatusar a esos insurgentes para que se rindan ante tu jefe, el general.

Winslow sonrió con frialdad.

—No me va a hacer falta. Llevo varias armas automáticas y unas cuantas granadas.

Jason se limitó a sacudir la cabeza.

Peg estaba en la cocina cuando Winslow entró en el rancho. Jason le había regalado la casa con el terreno a pesar de sus protestas. Winslow seguía siendo el capataz de Pendleton Comanche Wells, la gigantesca propiedad de Jason. Pero en el tiempo libre que le quedaba se dedicaba a aumentar su rebaño y hacer reformas en el gigantesco edificio blanco. Jason pagaba el salario de Ed y él el de Peg.

Winslow le agradecía mucho la generosidad. Jason se tomaba muy en serio lo de pagar sus deudas y le parecía que le debía mucho a Winslow por haber salvado a Gracie. Este se había negado a aceptar dinero, de modo que Jason encontró otro modo de devolverle el favor: un terreno con su propio rancho y un rebaño de vacas. Todo valía una fortuna, pero era imposible librarse cuando a Jason se le metía algo en la cabeza. Gracie se había mostrado igual de categórica. Así que Winslow terminó aceptando con toda la educación que pudo. Era una recompensa muy generosa. Cierto que había sido una misión desesperada y peligrosa. Podría haber muerto, y también sus hombres. Consiguió llevar a cabo el rescate en poco tiempo y sin bajas importantes. Confiaba y rogaba al Cielo por que el ejército de invasión de Emilio Machado tuviera la misma suerte cuando entrara en la semana posterior a Acción de Gracias a liberar Barrera de aquel cruel dictador que había arrebatado el gobierno a Machado con un golpe de Estado.

Peg era una chica de diecinueve años llena de energía, de largo cabello rubio, ojos verdes y sonrisa pícara. Su padre y ella se habían quedado solos tras la muerte de su madre cinco años atrás a causa de un cáncer fulminante, y terminaron trabajando para Jason Pendleton, aunque ahora hubieran pasado a trabajar en el viejo rancho que le había cedido a él.

A ellos no les importaba. A Ed le gustaba ser el capataz de la propiedad. Ganaba lo mismo que trabajando en el rancho Pendleton, pero sus obligaciones eran mucho menos exigentes y tenía mucho más tiempo libre. Peg, por su parte, no tenía que cocinar más que para ellos tres, y se le daba bien. El cocinero de Jason se pasaba por allí con frecuencia a pedir que le hiciera tartas y bizcochos para los trabajadores, porque él no sabía hacerlos. A ella no le importaba. Le encantaba cocinar.

—Deberías estar en la universidad —dijo Winslow sin irse por las ramas cuando entró en la cocina mientras ella metía la carne en el horno.

Peg lo miró, se rio y removió las patatas que estaba cociendo.

—Ya. Iré a Harvard el próximo semestre. Recuérdame que le pida a papa el dinero.

Él la fulminó con la mirada.

—Dan becas.

—Yo era una estudiante del montón.

—Estudia y trabaja.

Peg se volvió y lo miró. Tuvo que levantar mucho la cabeza y se quedó en la barbilla. Llevaba el pelo rubio recogido en dos coletas y tenía manchada de grasa la sudadera. Y también los vaqueros. No se ponía delantal nunca. Lo señaló con la cuchara y dijo:

—¿Y qué es lo que tendría que estudiar exactamente?

—¿Economía Doméstica?

Ella lo miró con cara de pocos amigos.

—¿De verdad quieres que vaya a la universidad y viva en un residencia universitaria mixta?

—¿Cómo dices?

—Una residencia en la que chicos y chicas comparten habitación cuando ni siquiera se conocen. ¿Crees que me voy a desnudar en una habitación delante de un hombre al que no conozco?

Él se quedó mirándola boquiabierto.

—Será una broma.

—No es ninguna broma. Tienen habitaciones para parejas casadas. El resto puede elegir si quiere compartir con un chico o con una chica —le lanzó otra mirada fulminante—. Me educaron diciéndome que las cosas se hacen de una determinada manera. Por eso vivo en un lugar en el que la gente piensa como yo —se encogió de hombros—. Una vez leí ese libro antiguo de un tal Toffler. Hace treinta años predijo que habría personas que no evolucionarían con la sociedad y no encajarían en ella —se volvió hacia él—. Es lo que me pasa a mí. Llevo el pie cambiado. No encajo. No sé cuál es mi sitio. Bueno, aparte de Jacobsville. O Comanche Wells.

Winslow tuvo que admitir que no le gustaba imaginársela viviendo con estudiantes del otro sexo a los que no conocía. Por otro lado, a él tampoco le gustaría que lo obligaran a vivir con una mujer a la que no conocía. ¡Cuánto había cambiado el mundo en diez años!

Se apoyó contra la pared y dijo:

—Está bien. Supongo que tienes razón. Pero podrías ir y venir de la universidad cada día o estudiar online.

—He pensado en ello.

Winslow se quedó mirando el bonito arco que formaba su boca, su redondeada barbilla, su elegante cuello. Sus ojos eran el rasgo más bonito de su rostro, pero las coletas y la ausencia de maquillaje no le sentaban bien.

Ella se dio cuenta de lo que estaba mirando y sonrió ampliamente.

—Elementos disuasorios.

Él pestañeó varias veces seguidas.

—¿Cómo dices?

—Las coletas y la falta de maquillaje. Para no atraer pretendientes. Si no muestras interés por la ropa y el maquillaje denota que eres inteligente, ¿no? A los hombres no les gustan las chicas inteligentes.

Él enarcó una ceja.

—Si yo quisiera tener una relación, me gustaría que fuera con una mujer inteligente. Estoy licenciado en Ciencias Políticas con la especialidad en Política y Lenguas Árabes.

Ella se quedó con el tenedor con el que estaba probando si las patatas estaban hechas en el aire.

—¿Hablas árabe?

—Varios dialectos.

Peg bajó la vista.

—Ah.

No había caído en la cuenta de que tenía estudios universitarios. De repente, se sintió totalmente inferior. Le acababa de decir que tendría que ir a la universidad. ¿Acaso no le parecía lo bastante atractiva porque no tenía un intelecto cultivado como él? ¿O simplemente quería que se fuera?

Winslow frunció el ceño. Peg parecía preocupada. Se acordó entonces de lo que le había dicho Jason sobre el vestido de la diseñadora que le habían prestado. Hizo una mueca. No tenía planeado llevar a nadie más...

—¿Te apetece ir al baile conmigo? —preguntó sin más.

Ella pasó de las dudas y la depresión a la euforia en cuestión de cinco segundos. Y se le quedó mirando boquiabierta.

—¿Yo?

—No creo que le siente muy bien el vestido de fiesta a tu padre —respondió él.

—El baile —dijo ella, confusa.

Él asintió.

—Odio las fiestas —dijo lacónicamente—. Pero supongo que podré aguantar un par de horas.

Ella asintió. Parecía no saber qué decir.

—Si quieres ir —continuó él al ver que Peg no decía nada. No sabría decir qué le ocurría.

—¡Sí!

Winslow se echó a reír. A ella, el tenedor se le cayó de la mano de pura excitación y fue a parar casualmente dentro del fregadero. Winslow soltó una carcajada mayor aún.

—Buen lanzamiento. Podrías considerar la opción de ir a la NBA.

—No juego al fútbol.

Iba a decirle que era baloncesto, pero Peg sonreía tan feliz que estaba realmente guapa. Winslow sonrió. Le brillaban los ojos oscuros.

—Era solo una broma.

—De acuerdo.

Él se despegó de la pared.

—Vuelvo al trabajo. Saldremos el sábado hacia las seis. Servirán canapés y comida fría. No creo que tengas que preparar cena, a menos que le dejes algo preparado a tu padre.

—De acuerdo —dijo ella, asintiendo.

Él sonrió y salió.

Peg no volvió a pensar en las patatas hasta que el agua empezó a borbotear dentro de la cacerola. Las probó con un tenedor limpio y retiró la cacerola del fuego. Iba a ir al baile. Se sentía como Cenicienta. Se maquillaría y se arreglaría el pelo para que Winslow Grange se sintiera orgulloso de ella. Iba a ser la noche más feliz de toda su vida. Se sentía como si flotara cuando empezó a aplastar las patatas en un recipiente grande de cerámica.

—He oído que vas a ir al baile —dijo en broma Ed Larson después de la cena.

Peg se sonrojó. No había parado de hacerlo en toda la cena. Fue casi un alivio que Winslow saliera a ver cómo estaban las vacas.

—Sí. Me sorprendió mucho que me lo pidiera. Apuesto a que Gracie hizo que su marido lo convenciera —añadió con tristeza—. Estoy segura de que ya les había dicho que no quería ir.

—Me alegro de que vaya —dijo Ed con gesto serio mientras se tomaba el café—. Corre el rumor de que su grupo parte con Emilio Machado dentro de nada. Una revolución no es algo divertido.

—¿Tan pronto? —preguntó ella sin poder contenerse. Sabía lo de la misión. En las ciudades pequeñas no cabían los secretos. Además, Rick Márquez, cuya madre adoptiva, Barbara, llevaba el café de Jacobsville, resultaba que era hijo del general Machado.

—Sí —respondió su padre.

—Morirá.

—No, no morirá —respondió él y sonrió—. Winslow fue comandante del Ejército. Sirvió en Operaciones Especiales en Irak y volvió. No le va a pasar nada.

—¿Lo crees de verdad?

—De verdad.

Peg suspiró.

—¿Por qué hay guerras?

Había una expresión distante en los ojos de su padre.

—A veces por estupideces. A veces por patriotismo. En este caso —añadió, mirándola—, para impedir que un dictador siga matando a la gente dentro de sus propios hogares por cuestionar su política.

—¡Santo Cielo!

Él asintió.

—El general Machado dirigía un gobierno democrático, con ministros elegidos personalmente en cada departamento. Recorrió su país y habló con su gente para averiguar cuáles eran sus necesidades. Organizó comités, tenía representantes de los grupos indígenas en el consejo de estado e incluso colaboró con países vecinos en la creación de acuerdos de libre comercio que fueran beneficiosos para la región —negó con la cabeza—. De modo que se va otro país para hablar de esos acuerdos y, mientras está fuera, esa serpiente se presenta con sus secuaces políticos, los coloca al mando de las fuerzas militares y derroca al gobierno.

—¡Qué tipo tan agradable! —dijo ella con sarcasmo.

—Era la mano derecha del general y su jefe político —continuó Ed—. Arturo Sapara asume el control del gobierno y cierra las cadenas de televisión y las emisoras de radio y coloca un representante en cada periódico para que le informen directamente. Controla todos los medios de información. Coloca cámaras por todas partes y espía a la gente. Dicen que las personas que no son de su cuerda desaparecen, como esos dos profesores universitarios internacionalmente conocidos que desaparecieron hace unos meses.

—Madre mía.

—La gente piensa que a ellos no les va a ocurrir nada de eso —suspiró Ed—.Y sí que ocurre en los lugares en los que se hace la vista gorda ante la injusticia.

—No me había dado cuenta de que fuera tan grave.

—Machado dice que no va a quedarse quieto viendo cómo sus esfuerzos por desarrollar una democracia se van al garete. Le ha llevado meses organizar una contraofensiva, pero ahora cuenta con los hombres y el dinero, y es hora de actuar.

—Espero que gane —dijo ella con una mueca—. Lo que no quiero es que Winslow muera.

Él se rio por lo bajo.

—Subestimas a ese joven —le aseguró—. Tiene siete vidas como los gatos. Además es ingenioso, lo que hace que sea tan valioso para Machado. Por ejemplo —añadió con los ojos resplandecientes a medida que se adentraba en el tema—, el norte de África a comienzos de la campaña norteafricana durante la Segunda Guerra Mundial. El mariscal de campo alemán, Rommel, no tenía más que un puñado de hombres en comparación con los ingleses, pero quería que estos pensaran que tenía más. De modo que les ordenó que atravesaran la ciudad en formación varias veces para dar la sensación de que eran muchos. Contaba además con unos ventiladores gigantes, motores de avión, enganchados a la parte trasera de los camiones con los que levantaba la arena del desierto dando así la impresión de que sus tropas eran más numerosas de lo que en realidad eran. Gracias a aquellos trucos logró engañar al adversario mucho tiempo. A eso llamo yo tener ingenio.

—Vaya. No había oído hablar nunca de ese militar alemán.

Él se quedó mirándola sorprendido.

—¿Es que no os enseñaron nada sobre la Segunda Guerra Mundial en clase?

—Sí, claro que sí. Nos hablaron del general Eisenhower que luego fue presidente. Y también sobre Churchill, el líder de los ingleses durante la guerra.

—¿Y no os dijeron nada sobre Montgomery? ¿Patton?

Ella pestañeó varias veces sin comprender.

—¿Quiénes fueron?

Su padre se terminó el café y se levantó.

—Cito las palabras de George Santayana, profesor de Harvard: «Aquellos que no recuerdan el pasado están condenados a repetirlo». Y para que lo sepas, a la historia en secundaria le hace falta una buena revisión.

—Historia Contemporánea —dijo ella con una mueca—. Muchas fechas y hechos que no sirven para nada.

—La esencia de las leyendas.

—Si tú lo dices.

Ella lo miró con cara de pocos amigos, hizo una mueca y al final cedió.

—Vamos a dejar el mundo en manos de unos ineptos cuando desaparezcan los grandes pensadores actuales.

—Yo no soy ninguna inepta —protestó ella—. Sencillamente, no me gusta la historia.

Él ladeó la cabeza.

—Pues a Winslow sí.

Ella apartó la mirada.

—¿Le gusta?

—Sobre todo la Historia Militar. Conversamos mucho sobre ello.

Ella se encogió de hombros.

—Supongo que no me vendrá mal echarle un ojo en Google.

—Hay libros en la librería —dijo, horrorizado—. ¡Libros de verdad!

—Árboles muertos —masculló ella—. Matar un árbol para hacer un libro cuando hay libros electrónicos igual de buenos en la red.

Él lanzó las manos al cielo.

—Me voy. Ahora me dirás que estás de acuerdo con que cierren librerías y bibliotecas en todo el país.

Ella vaciló un momento antes de hablar.

—Me da pena —dijo inesperadamente—. Mucha gente no puede permitirse comprar libros, ni siquiera de segunda mano. En las bibliotecas el conocimiento está al alcance de cualquiera y gratis. ¿Qué hará la gente cuando no haya otro lugar en el se puedan aprender cosas aparte del colegio?

El hombre se dio la vuelta y la abrazó.

—Ahora sé que eres mi hija —se rio.

Ella sonrió de oreja a oreja.

—Quita —dijo ella, bajando la cabeza y rascó el suelo con la puntera del zapato—. No es nada —dijo arrastrando las palabras.

Él se rio y se apartó.

—¿Y la tarta? —le gritó ella.

—He cenado mucho. Tal vez más tarde coma un poco —le gritó él.

—De acuerdo.

Peg calentó una taza de café y salió por la puerta de atrás en dirección al establo. Winslow estaba sentado en un viejo sillón con el asiento de enea junto a una vaca joven, un ejemplar premiado, que era la primera vez que paría. No lo admitiría, pero se había encariñado mucho con la primera de las vacas de su rebaño de Santa Gertrudis que paría. Se llamaba Bossie. Lo estaba pasando mal.

—Pobrecita, el semental era demasiado grande —masculló, aceptando el café con una sonrisa de agradecimiento—. Si llego a saber que había sido ese, no habría dejado a Tom Hayes que me vendiera esta vaca preñada.

Peg hizo una mueca. Sabía lo de las proporciones de peso en los partos. Una madre primeriza tenía que traer un ternero pequeño. El semental que había cubierto a aquella vaca era enorme, lo que significaba que el ternero que traía era más grande de lo recomendado. Podría poner en peligro a la madre.

—Espero que lo soporte.

—Lo hará, aunque tenga que traer al veterinario y que se pase aquí esperando toda la noche. Le pagaré.

Ella se rio.

—El doctor Bentley Ryder lo haría gratis. Le encantan los animales.

—Me alegro. Porque su cuñado lo es. Un animal, digo.

—Te caen mal los mercenarios, ¿eh? —dijo ella con curiosidad.

—No todos —respondió él—. Los de Eb Scott están por encima de la media. Pero Kell Drake, el cuñado del doctor, era un militar de carrera que lo echó todo a perder por ir en busca de aventuras, ¡y nada menos que a África!

—¿Es África peor que Sudamérica?

—Mucho peor, porque está lleno de grupos rebeldes que intentan hacerse con el poder —respondió él—. La mayoría de la ayuda humanitaria no llega a la población hambrienta, sino que se vende al mejor postor y el dinero va a parar a los bolsillos de los señores de la guerra —sacudió la cabeza—. En realidad, las armas no solucionan los problemas. Como tampoco lo hace la diplomacia cuando te encuentras con las peleas entre dos grupos religiosos dentro de la misma región, aparte de la guerra de clases, los conflictos tribales, la codicia de algunas compañías...

—¿Pero a ti te gusta alguien? —señaló ella.

—George Patton.

Ella soltó una carcajada al recordar que su padre también lo había mencionado antes.

—¿Quién es?

Winslow la miró con los ojos a punto de salírsele de las órbitas.

—Es que soy joven —masculló ella—. No esperarás que lo sepa todo.

Él tomó aire profundamente. Sí que lo era. Muy joven. Se sentía incómodo.

—Fue un famoso general durante la Segunda Guerra Mundial. Sirvió en varios puestos de operaciones con los Aliados, principalmente en las campañas en el Norte de África y Europa.

—¡Ah, ese Patton! —exclamó ella—. Mi padre me ha estado hablando antes de un general alemán llamado Rommel que también sirvió en el Norte de África.Y también vi aquella película... ¿De verdad hizo Patton todas aquellas cosas?

Él se rio suavemente.

—Algunas. Estuve en West Point con un primo lejano suyo.

—¡Qué bien!

Winslow se terminó el café.

—Deberías volver a la casa. Empieza a refrescar.

Ella tomó la taza que le tendía.

—Sí.

—Gracias por el café.

Ella se encogió de hombros y dijo:

—De nada —miró a continuación a la vaca que los observaba con unos enormes ojos marrones—: espero que Bossie salga de esta.

—Yo también. Gracias —dijo él con una sonrisa.

Peg asintió con una sonrisa y se alejó.

A la mañana siguiente, la camioneta del veterinario estaba junto al establo. Peg salió corriendo hacia allá antes de preparar el desayuno. Había estado muy preocupada por la joven vaca toda la noche.

Winslow estaba apoyado contra un poste, hablando con el veterinario. Los dos se volvieron hacia ella al verla entrar.

—¿Y bien? —preguntó vacilante por la preocupación.

Winslow sonrió.

—Ha tenido un ternero. Madre e hijo están bien.

—¡Gracias a Dios! —exclamó con un suspiro.

Winslow sonrió ampliamente al ver su expresión de alivio evidente.

—Si quieres quedarte a desayunar —le dijo al veterinario—, voy a preparar galletas, salchichas y huevos. Tenemos gallinas y él —añadió señalando a Winslow— nos ha llenado el congelador de salchichas, costillas y lomo de cerdo. ¡Tenemos de sobra! —dijo con una amplia sonrisa.

Los dos hombres se echaron a reír.

—Eres bienvenido —le dijo Winslow—. Cocina mucho y muy bien.

Peg se sonrojó. Los ojos le brillaban.

—Gracias por notarlo.

—En ese caso, me encantaría. Gracias.

—Iré a prepararlo —dijo ella y salió corriendo hacia la casa. A Winslow le gustaba su comida. Se sentía como si flotara.

CAPÍTULO 2

—¿A qué se dedica tu cuñado últimamente? —preguntó Winslow a su invitado.

Este le sonrió divertido en respuesta y dijo:

—Kell Drake me cambia de tema cada vez que le pregunto, pero uno de sus amigotes y él están metidos hasta el cuello en no sé que asunto de armas en Sudáfrica. Ni me molesto en preguntar —añadió Bentley Rydel cuando Winslow se dispuso a hacerle una nueva pregunta—. Es una pérdida de tiempo. Estaba trabajando con Rourke, pero he oído que se va contigo —añadió, mirándolo de un modo significativo.

—Rourke —dijo Winslow suspirando y sacudiendo la cabeza—. Ese también es buena pieza.

—¿Quién es Rourke? —quiso saber Peg.

—Alguien que no te hace falta conocer —dijo Winslow con toda firmeza—. Es un…

—Por favor —lo interrumpió el veterinario levantando la mano riéndose suavemente—. Que hay una dama delante.

—Tienes razón —dijo Winslow, bebiendo un sorbo de café al tiempo que miraba a Peg con una sonrisa.

Peg se echó a reír.

—Digamos que Rourke pertenece a una clase propia —

continuó Winslow—. Incluso el jefe de policía de Jacobsville, Cash Grier, lo evita, y mira que ya se las ha visto con sabandijas en el tiempo que lleva trabajando. Se dice que Kilraven, que antes trabajaba para no sé qué agencia federal de incógnito dentro del departamento de Grier, casi llega a los puños con Rourke a cuenta de la mujer con la que se casó.

—Conque mujeriego, ¿eh? —dijo Ed.

—No sé qué decir —respondió Winslow—. Él cree que sí.

—De lo que no hay duda es de que tiene contactos —murmuró el veterinario—. Se rumorea que es hijo ilegítimo del multimillonario K. C. Kantor, el que en día estuviera al frente de la mayoría de los conflictos en los estados africanos.

—He leído cosas sobre él —respondió Ed—. Un hombre fascinante.

—No se casó nunca. Dicen que estaba enamorado de una mujer que se hizo monja. Tiene un ahijado que se casó con una familia adinerada de Wyoming.

—¡Vaya! —exclamó Ed—. ¡De las cosas que se entera uno!

—Cierto —dijo el veterinario consultando la hora—. He de darme prisa. Tengo una operación en la clínica dentro de media hora —se levantó—. Gracias por el desayuno, Peg —añadió con una sonrisa.

—De nada. Saluda a tu mujer de mi parte. Cappie me sacaba algunos cursos, pero la conozco. Es muy dulce.

—Se lo diré —dijo con una amplia sonrisa—. Hasta luego.

Los hombres lo acompañaron hasta la camioneta mientras Peg recogía la mesa del desayuno. Lo puso todo en el lavavajillas y subió a ver qué tenía en materia de accesorios para su gran noche. «Cenicienta», pensó divertida, «esa soy yo».

A Peg le encantaba plantar cosas, sobre todo bulbos. Sabía que, para la primavera, los jacintos, tulipanes y los narcisos que estaba plantando estarían en todo su esplendor de color y aroma. Pensaba que los jacintos olían mejor que el más caro de los perfumes. Y sabía de eso. Nunca se podría permitir comprarlos, pero le encantaba oler las muestras de perfume en el centro comercial de San Antonio. No podía ir muy a menudo, pero aprovechaba al máximo siempre que iba.

Terminó de plantar los jacintos y se levantó. La sudadera blanca se le había manchado de tierra. Probablemente se le hubiera manchado también el pelo. Pero le encantaba jugar con la tierra. Igual que la mujer de Jason Pendleton, Gracie, que le había enviado los bulbos. Las personas a las que les gustaba la jardinería trababan amistad nada más verse. Existía cierta afinidad entre ellas.

Winslow detuvo el vehículo junto al establo y salió. Se acercó a Peg y se quedó mirando el arriate de flores rectangular que ella había plantado junto a la entrada del establo. Frunció el ceño.

—Es muy cómodo para obtener el mejor abono —señaló ella.

Él tardó unos segundos en comprender. Hablaba de los excrementos del ganado, que era orgánico y muy efectivo. Se rio suavemente.

—Entiendo.

—La señora Pendleton me ha enviado estos bulbos. Son muy buenos, de su propio jardín. ¿Te importa que…?

Él negó con la cabeza.

—Diviértete. No me importa.

—Papá ha ido al mercado —dijo ella con los ojos muy abiertos—. ¿Te gustaría darte un revolcón salvaje conmigo ahora que no está?

Él la fulminó con la mirada. Era el tipo de humor de Peg y empezaba a afectarlo de una forma que no le gustaba nada.

—No, no me gustaría —dijo él con firmeza.

Ella lo miró con idéntica intensidad.

—¡De verdad, te has quedado en la edad de hielo! Todo el mundo lo hace.

—¿Y eso te incluye a ti?

—Pues claro —respondió ella, burlona—. No he parado de practicar sexo desde los catorce.

Los ojos de Winslow empezaron a oscurecerse. Estaba atónito, pero no quería que se le notara. Peg no le parecía una descocada en ese sentido. ¿Tan mal se le daba juzgar a la gente?

—¡No es para tanto! —exclamó ella—. ¡Qué anticuado eres!

Winslow se dio media vuelta y desapareció en el establo. No le gustaba imaginar a Peg como una chica promiscua. Era demasiado anticuado y no le parecía loable, independientemente de cuánta gente lo hiciera.

Ella lo siguió al interior del establo agitando la paleta de jardinería en el aire.

—Mira, las personas no tienen que cumplir doctrinas antiguas que ya no tienen sitio en la sociedad moderna —soltó—. En ninguna película verás que la gente se case sin haber practicado sexo antes.

Él se giró y la fulminó con la mirada.

—Por eso precisamente no veo la televisión.

—¡Eres la clase de hombre que cree que las mujeres deberían ser unas santas que van por ahí con vestidos recatados y no dicen ni una palabra!

Lanzó la paleta por el aire y se puso justo delante de él.

—¡Estás loco por mí, pero crees que soy demasiado joven e inocente…!

Dejó de hablar porque, con un movimiento veloz como un rayo para el que no estaba preparada, Winslow la empujó contra la pared del establo, pegó su potente cuerpo al de ella y la besó con una maestría y una insistencia que la dejó sin aliento.

—Maldita seas —exclamó él contra la boca de ella, agarrándola por las caderas y empujándola contra su erección, tan inesperada como dolorosa.

Peg lamentaba haber dicho las cosas que había dicho. Estaba aterrorizada. El único beso que había experimentado había sido con un chico que estaba aún más nervioso que ella, y le había parecido algo asqueroso, mientras que sí sentía algo hacia Winslow a pesar de no haber salido juntos nunca.

Y ahora él pretendía aceptar la estúpida proposición que le había hecho creyendo que era una chica experimentada cuando en realidad no sabía qué hacer. Peor aún, la estaba asustando. Nunca antes había sentido contra sí el cuerpo excitado de un hombre. Le resultaba amenazador de una forma extraña, como lo eran los labios que obligaban a los suyos a separarse en un beso que era demasiado adulto para su experiencia fingida.

Empezó a empujarle el torso con sus manos. Intentó apartar la cara.

—Por... por favor —dijo atragantándose cuando consiguió escapar de aquella boca devoradora unos segundos.

La cabeza de Winslow daba vueltas. Peg sabía como el mejor champán francés. Sentirla pegada a él era como estar en la gloria. Era blanda y cálida y su aroma era delicado, y lo excitaba como no lo había hecho ninguna otra mujer en toda su vida.

Había estado con hombres. Se jactaba de ello. Pero a medida que la fría ola de la cordura se abría paso hasta él, cayó en la cuenta de cómo lo empujaba con manos nerviosas y le rogaba con un hilo de voz aterrado. Levantó la cabeza y miró sin comprender los ojos verdes, tremendamente abiertos. Y de repente supo con toda seguridad que no había estado con un hombre en toda su corta vida.

—¡No te muevas! —ladró cuando Peg intentó apartar las caderas de las suyas.

La urgencia del tono empleado la detuvo. Tragó saliva con dificultad una, dos veces, mientras él se apartaba lentamente y se daba la vuelta con los puños apretados. Un escalofrío visible le recorrió la espalda rígida.

Ella apenas si se dio cuenta. Estaba temblando. Se apoyó contra la pared del establo con los brazos cruzados sobre el pecho. Estaba tensa e inflamada de una forma desconocida. Había otro lugar que sentía que estaba inflamado, pero no sabía por qué. En vez de leer tantos libros de Arqueología, debería haber prestado más atención en la clase de hábitos saludables a la charla interminable sobre contracepción y demás detalles clínicos. Pero eran un rollo, la verdad. Decidió que a veces no había mucha relación entre la teoría y la práctica.

Un minuto después, Winslow se acercó a ella tras un largo suspiro.

Peg no se veía capaz de mirarlo a los ojos. Estaba sonrojada, nerviosa, destrozada.

Verla tan vulnerable suavizó el enfado de él. Le tomó el rostro ovalado entre sus grandes y cálidas manos, y la obligó a mirarlo a los ojos.

—Pequeña mentirosa —la riñó, pero estaba sonriendo. No parecía furioso.

Ella tragó saliva una vez más.

Winslow se inclinó y le besó los párpados cerrados, saboreó las lágrimas saladas.

—No llores —murmuró con ternura—. Estás a salvo.

Los labios de Peg temblaban. Nunca había experimentado una caricia así. Era mucho más impactante que el beso intenso e insistente que había llegado sin respeto ni ternura. Aquello no se parecía ni por asomo.

Peg apoyó las palmas de las manos contra la suave camisa de franela y sintió la musculatura, la calidez de su piel y el acelerado latido de su corazón. Disfrutó al sentir sus labios sobre su piel.

—Y ahora ya sabemos que afirmar cosas que no son verdad y comportarse con agresividad nos puede conducir a un malentendido —murmuró él.

—Sí, bueno, debería haber prestado más atención en clase de hábitos saludables en vez de leer a escondidas revistas sobre Arqueología —dijo ella con voz temblorosa.

Él levantó la cabeza.

—¿Arqueología?

Ella sonrió entre las lágrimas.

—Me gusta cavar. Encontrar tesoros enterrados es parecido, ¿no?

Él se rio con suavidad.

—Si tú lo dices.

Ella le buscó los ojos. Se sentía vulnerable.

—¿No estás enfadado?

Él negó con la cabeza.

—Pero sí un poco avergonzado.

—¿Por qué? Ha sido culpa mía —señaló ella terminantemente—. Me pasé de la raya. Lo siento.

Él suspiró.

—Yo también.

Ella lo miró.

—Todavía quieres llevarme al baile, ¿verdad? —preguntó, preocupada.

Él entrecerró los ojos.

—Más que nada en el mundo —dijo él con una voz tersa como el terciopelo.

Ella se sonrojó y sonrió.

—¡De acuerdo!

—Y ahora fuera de aquí. Tengo que ver cómo está mi novilla —dijo él, besándola en la nariz.

—Vaca —lo corrigió ella—. Es una vaca ahora que es madre.

Él enarcó ambas cejas.

—Lo siento —se rio con suavidad—. Tengo que ir a ver cómo está mi vaca —corrigió.

Ella sonrió de oreja a oreja e hizo ademán de marcharse.

—Peg.

Se dio la vuelta. Oírlo pronunciar su nombre era algo mágico.

—Mi padre era pastor protestante —dijo con voz queda y vio que Peg se sonrojaba al recordar las cosas que le había echado en cara.

—Oh, Dios mío —gimió.

—No es que fuera un fanático —continuó él—. Pero tenía una opinión muy firme sobre cómo debería ser la vida, a diferencia de lo que los demás consideraban permisible. Decía que lo único que diferenciaba a los seres humanos de los animales era la nobleza de espíritu que se demostraba en el respeto por la vida. Decía también que la religión, así como las artes, era la base de la civilización, y que, cuando esas dos cosas se desmoronaban, lo mismo ocurría con la sociedad.

Ella buscó el rostro de él.

—A veces, la cultura y la religión son fuentes de conflicto —dijo, volviendo hacia él—. Roma, por ejemplo, absorbió tantas culturas y nacionalidades que no fueron capaces de mezclarse y terminaron dividiendo la nación. Al final estalló un conflicto interno.

Él sonrió.

—Deberías ir a la universidad y estudiar Antropología.

—Qué más quisiera yo.

—Jason Pendleton contribuye económicamente con varias universidades para que ofrezcan becas. Si de verdad quisieras ir, podrías con una de esas becas.

Ella se sonrojó.

—¿De verdad lo crees?

—Sí.

Ella hizo una mueca.

—Pero está el asunto ese de las habitaciones compartidas —vaciló ella.

Fue entonces cuando Winslow recordó lo que habían hablado sobre el tema, antes de que afirmara tener una experiencia que no tenía. Debería haberse acordado cuando ella le dijo aquellas bravuconadas. Una mujer que no querría vivir en habitaciones mixtas compartidas no estaría a favor de acostarse con uno y con otro como si tal cosa. Ni si le había ocurrido.

Le tocó el pelo.

—No tendrías que vivir en el campus.

Ella lo miró y buscó sentido a lo que decían sus ojos oscuros.

—¿Y quién se ocuparía de papá y de ti?

Winslow sintió que el corazón le daba un vuelco. No se le había ocurrido hasta el momento lo bien que Peg cuidaba de él. Sábanas limpias en la cama, ni una mota de polvo, golosinas dentro de las alforjas cuando salía a revisar las cercas, la chaqueta siempre a mano en el armario para que no le costara encontrarla.

—Me mimas demasiado —dijo al cabo de un minuto, y no sonreía—. No ha sido sensato. He pasado la mayor parte de mi vida en el Ejército. No quiero ablandarme.

—Eso no ocurrirá —le aseguró ella—. Posees la misma aspereza refinada que se le suponía a Aníbal cuando peleó con el famoso general romano Escipión el Africano durante las guerras púnicas.

Winslow pestañeó.

—¿Sabes eso y no sabes quiénes fueron Patton y Rommel? —exclamó.

Ella se encogió de hombros.

—A ti te gusta la historia militar. A mí, la antigua —dijo con una sonrisa—. Una de las estrategias de Aníbal fue lanzar recipientes de cerámicas con serpientes venenosas dentro a las cubiertas de los barcos enemigos. Apuesto a que las tripulaciones saltaron al agua como saltamontes.

—¡Qué mala eres! —dijo, agitando el dedo de un lado a otro delante de ella. Frunció los sensuales labios, aún un poco hinchados tras el agresivo contacto con los de ella—. Por otra parte, no es mala estrategia, ni siquiera para la época actual.

—No serviría —respondió ella—. Grupos en defensa de los reptiles se echarían a las calles para protestar por el trato inhumano a las serpientes.

Winslow soltó una carcajada.

—Me lo creo. Tiempos interesantes vivimos, como dirían los chinos.

Ella enarcó las cejas.

—Es una antigua maldición china. «Ojalá vivas en tiempos interesantes». Quiere decir peligrosos.

—Ya.

Él suspiró y estudió detenidamente el rostro de Peg con una sonrisa. No era guapa, pero tenía unas facciones regulares, unos preciosos ojos verdes y una boca para besar. Se quedó mirándola sin querer.

—Basta de bromas —dijo de repente—. Me excito enseguida y no estás preparada para lo que podría ocurrir.

Ella se dispuso a protestar, pero al final optó por no hacerlo y compuso una mueca.

—No me lo reproches.

Él avanzó y la tomó por los hombros.

—No era una queja —dijo, buscando las palabras adecuadas—. Mira, no me gusta acostarme con unas y otras. Nunca fui de los que lo hacían. No me gustan los hombres que tratan a las mujeres como si fueran objetos de usar y tirar, y el mundo moderno está lleno de hombres así.

—En otras palabras, opinas que las parejas deberían casarse antes —tradujo ella y se sonrojó porque le parecía que quería que le pidiera que se casara con ella. Y así era, pero no quería ser tan directa.

—Al final, acabaré casándome, pero de momento no. Estoy a punto de involucrarme en una operación peligrosa. No puedo permitirme tener la cabeza en otra parte cuando empiece a volar la metralla, ¿no crees?

Peg sintió que se le contraía el estómago. No quería ni imaginar la posibilidad de que pudieran herirlo y ella no estuviera allí para cuidar de él. No pensaría en lo peor. ¡Se negaba!

—No te pongas nerviosa —la riñó—. Tengo mucha práctica en tácticas y, no quiero darme importancia, pero se me da bien. Por eso me ha pedido el general Machado que lidere el asalto.

—Lo sé —respondió ella con voz queda—. Papá cree que eres un buen líder. Dijo que fue una pena que te vieras obligado a abandonar el Ejército.

Él se encogió de hombros.

—Creo, igual que creía mi padre, que las cosas ocurren por una razón, y que la gente aparece en la vida de uno cuando tiene que aparecer, por un motivo.

Ella sonrió con dulzura.

—Yo también.

Él le acarició la suave boca con el índice.

—Me alegro de que hayas aparecido en la mía —dijo con voz queda, profunda. Entonces se apartó—. Pero seguiremos siendo amigos por el momento. ¿Entendido?

Ella suspiró.

—¿Devuelvo entonces los preservativos que he comprado? —preguntó con descaro.

Él soltó una carcajada y se alejó sacudiendo la cabeza.

—¿Es un no? —le gritó ella.

Él levantó una mano y siguió caminando.

Ella sonrió de oreja a oreja.

El día del baile estaba tan nerviosa que quemó las galletas del desayuno. Era la primera vez que le ocurría desde que empezó a cocinar con doce años.

—¡Lo siento mucho! —se disculpó con Winslow y con su padre.

—Un fallo en meses no es un desastre, pequeña —bromeó Winslow—. Los huevos y el beicon están perfectos, y hemos comido bastante pan.

—Pan genéticamente modificado —masculló Ed.

Los dos se lo quedaron mirando con las cejas arqueadas.

Ed carraspeó.

—Muchos de los cereales que se emplean hoy día han sido genéticamente modificados y la etiqueta no dice lo que es. No importa mucho. El polen de los cereales modificados se mueve por el aire y acaba posándose en campos de cereales no modificados. Supongo que esos genios de los laboratorios no se dan cuenta de que el polen viaja por el aire.

—¿Qué tiene de malo la modificación genética? —preguntó Winslow.

—Tengo por ahí un documental. Te lo dejaré —dijo Ed con tono fúnebre—. La gente no debería jugar con el orden natural de las cosas. Se rumorea que incluso van a empezar a hacerlo con personas, en la fecundación in vitro, para cambiar cosas como el color del pelo y los ojos —se inclinó hacia delante—. También he oído decir que están combinando genes humanos y animales en los laboratorios.

—Eso es cierto —dijo Winslow—. Buscan la manera de modificar la estructura genética con el fin de poder tratar enfermedades genéticas.

Ed lo fulminó con la mirada y señalándolo con el dedo, dijo:

—Espera un momento. ¡Les saldrán humanos con cabeza de pájaro y chacales, y cosas como esos dibujos que aparecen en los jeroglíficos egipcios! ¿Crees que los egipcios se lo inventaron? Apuesto diez dólares a que estaban tan avanzados como nosotros, ¡y ellos crearon esas cosas!

Peg se levantó y miró a su alrededor con preocupación.

—¿Qué haces? —preguntó Ed.

—Buscando gente con redes —dijo—. ¡Shhhh!

Winslow soltó una carcajada.

—Ed, lo que dices es un tanto descabellado, ¿no te parece?

Ed se sonrojó.

—Supongo que me estoy dejando afectar por Barbara Ferguson, la dueña del Barbara's Café. A veces se sienta conmigo a comer y hablamos sobre cosas que leemos en páginas web de noticias alternativas.

—Ten en cuenta que esas páginas se parecen mucho a los periódicos sensacionalistas —le advirtió Winslow—. Recuerdo que Barbara decía que un equipo electrónico podría soportar una perturbación electromagnética si lo metiéramos en una botella de Leyden. Es el efecto jaula de Faraday —explicó—. Se molestó cuando la corregí, pero saqué el iPhone y le busqué la referencia científica. La fuente que citó estaba mal informada.

—Vaya por Dios. Supongo que entonces tendré que tirar mi botella de Leyden —dijo Ed con ojos chispeantes, y sonrió de oreja a oreja.

—Si eres capaz de construir una, avísame —le pidió Winslow.

—No me mires —respondió Ed—. Me formé para la cría de animales, no estudié Física.

—Cateé la Física durante las primeras tres semanas de clase

en el instituto y tuve que pasarme a la Biología —Peg suspiró—. Me encantaba la Física, pero mi cerebro no la entendía.

—Yo estudié en la universidad —dijo Winslow—. Sacaba buenas notas, pero me gustaban más las Ciencias Políticas.

—Podrías terminar en el gobierno de Machado —dijo Ed, reflexivo—. Como militar de alto rango. Puede que comandante del Ejército.

Winslow se rio con suavidad.

—He pensado en ello. Puedo tener la oportunidad de reorganizar las fuerzas militares gubernamentales.

Peg sintió que se le caía el alma a los pies. Eso significaba que tal vez no iba a volver de Sudamérica, aunque el asalto fuera un éxito. Quizá no volviera a verlo. Lo miró con disimulo. Era lo más importante que tenía en la vida. No había podido dormir desde aquel inesperado y apasionado beso en el establo. La deseaba. De eso estaba segura. No había podido ocultarlo. Pero no estaba buscando esposa y tampoco tenía aventuras amorosas.

Debió de notársele la tristeza, porque, de repente, Winslow volvió la cabeza y la miró directamente a los ojos. Fue como si un rayo la atravesara. Se sonrojó y apartó la mirada todo lo rápidamente que pudo para no alertar a su padre de lo que ocurría.

Su padre era muy perceptivo. Los miró alternativamente, pero no dijo nada.

Sin embargo, más tarde, se llevó a Peg a un rincón antes de que se fuera a la habitación a vestirse para el baile.

—¿Qué hay entre Winslow y tú? —le preguntó con voz queda.

Ella suspiró.

—Nada, me temo. Su padre era pastor y no le gustan las aventuras amorosas.

Atónito, Ed soltó una carcajada.

—Estás de guasa.

Ella levantó ambas manos.

—Oye, que no soy más que el mensajero. No bebe, no fuma y no... ya sabes, no se acuesta con mujeres. Cree que habría que casarse antes. Pero no quiere casarse con nadie.

La expresión de Ed se relajó.

—¡Vaya! —exclamó, y la opinión que tenía de Winslow subió en su lista de personas a las que respetaba.

—Vamos, que me lleva al baile, pero no iremos a un motel después, por si estabas preocupado —añadió con ojos chispeantes.

Él se encogió de hombros.

—No estoy en la onda —confesó él—. No sé cómo vivir en este mundo.

—Creo que tú y yo vivimos en el lugar más adecuado para los dinosaurios —señaló Peg—. Estamos bien acompañados.

Él sonrió de oreja a oreja.

—Sí, y todos vivimos en el pasado. Fíjate en la plaza, decorada para las Navidades con sus luces, su muérdago y su Santa Claus y sus renos.

—Y árboles en todos los establecimientos públicos y privados —añadió ella, riéndose—. Me encanta la Navidad.

—Igual que a Gracie Pendleton —le recordó Ed—. Su casa de San Antonio parece un espectáculo de luces y el rancho brilla de color navideño igualmente.

—Esta noche yo también estaré resplandeciente con el vestido de diseño que me han prestado —dijo ella—. Les pedí a las chicas del instituto de belleza que me enseñaran a arreglarme el pelo y voy a ponerme las perlas de mamá. Me pareció que sería buena idea.

Estaba triste. Su madre había muerto cinco años antes. Los dos seguían echándola de menos.

—Le encantaban las fiestas —recordó Ed con una sonrisa de tristeza—. Pero solo de vez en cuando. Era como yo, una inadaptada que no encontraba su sitio. Solo estaba bien conmigo.

Ella lo abrazó.

—Aún me tienes a mí.

—Sí, y tú aún me tienes a mí —dijo, devolviéndole el abrazo. Luego, la soltó—. Confío en que sea la mejor noche de tu vida.

Ella sonrió con intensa expectación.

—Creo que lo será.

El vestido era plateado con adornos en negro. Era un vestido que dejaba un hombro al aire y resaltaba su pecho firme, largo hasta los tobillos, ceñido a la cintura y de un tejido que le marcaba todas las curvas. El cuerpo tenía escote en forma de corazón y estaba rematado con un drapeado que partía de uno de los hombros y le cruzaba el pecho en diagonal. El efecto era exquisito y dejaba ver su piel cremosa de forma muy favorecedora.

El collar de perlas era de una sola vuelta, de un tono hueso, y llevaba unos pendientes de perlas igualmente sencillos. Se recogió el pelo rubio en un moño dejando que escaparan algunos mechones y se puso unas peinetas ribeteadas de perlas también, artificiales pero muy bonitas, que hacían juego. Se maquilló lo mínimo, solo polvos y barra de labios, ni lápiz de ojos ni rímel. Afortunadamente, la agradable dueña de la boutique le había prestado incluso los zapatos. Peg solo tenía zapatillas de deporte y unos mocasines viejos. Su presupuesto no daba para ropa cara.

Cuando terminó, se miró en el espejo y sonrió. Nunca sería hermosa, pero tenía una buena dentadura y unos labios y unos ojos bonitos. Tal vez bastara con ello. Confiaba en poder competir con las mujeres guapas de verdad que iban a asistir al baile. Pero la mayoría de ellas estaban casadas, menos mal, así que no podía decirse que hubiera mucha competencia.

Tenía un abrigo bonito que su padre le había comprado el invierno pasado, pero, cuando fue a verlo al armario del pasillo, se dijo que no. Era de color rosa chillón, no pegaba nada con un vestido de fiesta. Pero hacía mucho frío en la calle, mucho viento. Tenía que cubrirse con algo.

Buscó con desesperación en su propio armario algo que pudiera servirle. Era inútil. No había nada que pegara con el vestido de diseño que llevaba, solo tenía una sudadera y una cazadora de cuero corta y muy gastada.

Angustiada por carecer de los accesorios, oyó que llamaban a la puerta. Fue a abrir al recordar que su padre había salido al establo a ver cómo se encontraba el ternero y su madre.

Se quedó de piedra cuando abrió la puerta. Era uno de los empleados de Jason Pendleton con un portatrajes sobre el hombro.

—Le traigo una cosa, señorita Peg —dijo con una amplia sonrisa—. La señora Pendleton dijo que le haría falta un abrigo para ese vestido. Es uno de los suyos. Dijo que lo mismo le quedaba un poco largo, pero cree que le irá bien.

Peg estaba a punto de llorar.

—¡Qué amable por su parte!

El vaquero, un hombre de cierta edad, sonrió.

—Seguro que está preciosa.

Ella se sonrojó.

—¡Gracias! —tomó el portatrajes y lo abrió. Dentro había un abrigo negro, largo, con cuello de visón. Visón auténtico. Lo acarició con inmenso deleite—. Por favor, dile a la señora Pendleton que se lo cuidaré bien. ¡Y dale las gracias!

—Dijo que de nada. Que lo pase bien esta noche.

—Gracias —dijo ella con una sonrisa resplandeciente.

Él sonrió y volvió a la camioneta.

Peg entró en la casa y se probó el abrigo con su delicado forro de seda. Se miró en el espejo sin poder creer que aquella mujer tan guapa fuera ella, una chica del montón. Sacudió la cabeza.

—Me siento como Cenicienta —susurró—. ¡Igual que ella!

Deseó en vano que su carruaje no se transformara en una calabaza y su preciosas ropas se volvieran andrajos cuando diera la medianoche.

CAPÍTULO 3

Winslow llegó a vestirse media hora antes de que tuvieran que salir. Peg estaba en su dormitorio. No quería que la viera hasta que fuera la hora de irse. Oyó la ducha en el piso de arriba y se sentó a ver las noticias en su pequeña televisión mientras esperaba. Las noticias eran demasiado deprimentes, de modo que prefirió cambiar a un documental del canal de Historia. Trataba de la evolución de las armas y de cómo la lanza de los cazadores paleolíticos dio paso al arco debido a la velocidad del ciervo de cola blanca o esa era la interpretación que hacían los antropólogos.

Estaba tan absorta en el programa que se le olvidó la hora. La llamada a la puerta la sacó de su ensimismamiento. Miró el reloj y apagó la televisión con una mueca antes de ir a abrir.

Llegó a la puerta sin aliento, sonrojada y preciosa. Winslow, con traje oscuro y pajarita, enmudeció al verla.

—¿Estoy bien? —preguntó ella, esperanzada.

—Cariño, estás más que bien —dijo él con voz queda en un tono profundo que, en combinación con el uso inesperado del término cariñoso, hicieron que el corazón casi le estallara de felicidad. Winslow sonrió—. ¿Nos vamos?

—¡Sí! —tomó el abrigo y comenzó a ponérselo.

Winslow se puso detrás de ella para ayudar a que deslizara los brazos en el sedoso interior del abrigo de lana con cuello de visón.

—La señora Pendleton me lo ha enviado —dijo ella—. Supongo que adivinó que no tendría un abrigo elegante que hiciera juego con el vestido.

Winslow no la soltó. Cerró las grandes manos en torno a los hombros de Peg.

—¡Qué amable por su parte!

—Sí, es una mujer muy dulce.

—Igual que tú —según lo decía le echó el abrigo hacia atrás. Bajó la cabeza y la besó suavemente en la curva entre el cuello y el hombro. Notó el escalofrío que la recorrió, la oyó tomar aire bruscamente—. Sabes a caramelo —le susurró, abriendo los labios sobre la carne tersa y cálida.

Ella inclinó la cabeza hacia atrás, la respiración entrecortada, los ojos cerrados. Él bajó las manos por su cintura. La hizo darse la vuelta con suavidad y le recorrió con la boca la garganta, por debajo de las perlas, bajando lentamente hasta el borde mismo de la tela que le cubría los pechos. Sus sensuales caricias arrancaron un gemido indefenso de su garganta.

—Podría bajarte el vestido —susurró él, a quien la cabeza le daba vueltas—, y deslizar los labios por tus pechos hasta dar con esa deliciosa dureza oculta.

Ella se estremeció. Se arqueó indefensa, ansiosa y sin aliento de la expectación cuando él empezó a apartar la tela. Sintió su boca abierta, la cálida humedad presionando contra la redondez de su pecho. Gimió. Con el cuerpo tembloroso, volvió a arquearse, rogándole que aliviara la tensión que aumentaba de forma insoportable en cuestión de segundos.

—¡Qué demonios! —exclamó él apretando los dientes.

Buscó la cremallera del vestido y la bajó, retiró el tejido y contempló los pezones duros de sus preciosos pechos durante un instante antes de cubrirle uno con la boca.

Peg gimió con sensación de abandono, lo que no hizo más que aumentar el deseo hambriento de él. Abrió la boca sobre la dulce carne, bordeando las formas del pezón con la lengua y tironeó de él, produciéndole a Peg sensaciones que no había tenido en la vida.

Ella le clavó las uñas en la delicada tela de la chaqueta. La cabeza le daba vueltas como una peonza, ardía y sentía un dolor sordo de deseo como jamás habría imaginado.

El brusco ruido de un motor se oyó en el recargado silencio que reinaba en la habitación de Peg. A continuación, oyó una puerta que se cerraba.

—¡Es... mi padre! —exclamó con voz ronca.

Él apenas la oyó. Levantó la cabeza con los ojos fijos en el pezón erguido. Le tomó el pecho en la palma y agachó la cabeza para explorar la tierna carne con la boca.

—¿Tu padre? —susurró.

—Mi padre —acertó a decir ella y gimió.

La mano de Winslow se contrajo suavemente contra la piel del pecho.

—Maldita sea.

—Maldita sea —repitió ella con una carcajada temblorosa.

Winslow levantó la cabeza y trató de recuperar la cordura con un hondo suspiro. Sostuvo el vestido apartado de sus pechos, sonriendo satisfecho al ver las marcas rojizas que le había dejado en su arrebato.

—Preciosos —susurró.

Ella se sonrojó. Sentía el cuerpo rígido e hinchado. Se preguntaba si él se sentiría igual.

Con expresión resignada, Winslow le subió la cremallera a regañadientes y ocultó lo que le había hecho. Menos mal que no le había dejado ninguna marca visible por encima del escote.

Peg lo miró con adoración.

Él le acarició la dulce boca con el dedo índice. No muy firme.

—Será mejor que nos vayamos —le dijo él con voz ronca.

Ella asintió.

Salió de la habitación y Peg lo siguió tras recoger la cartera de mano que la diseñadora le había prestado junto con el vestido.

Estaban en el vestíbulo cuando entró Ed. Los miró primero a uno y luego al otro. Estaban inexplicablemente sonrojados, pero parecían presentables.

—Vaya dos —dijo el hombre con una sonrisa—. Parecéis una pareja de famosos.

—Gracias, papá —dijo ella con una amplia sonrisa.

Winslow se rio por lo bajo.

—Famosos de mentira, tal vez. No creo que nadie vaya a confundirnos con uno de verdad a ninguno de los dos.

—A mí me gusta cómo somos —respondió Ed—. Pasadlo bien.

—Lo haremos —le aseguró Peg—. Hasta luego.

—Estaremos en casa a medianoche —dijo Winslow sonriendo a Ed con ánimo de agradar—. Tengo mucho que hacer mañana.

Ed asintió con seriedad.

—Motivo de más para disfrutar de esta noche.

—Sí —tomó a Peg del brazo—. Vamos. No vaya a ser que lleguemos tarde.

Peg le guiñó un ojo a su padre y salieron.

Winslow no dijo nada en todo el trayecto al centro cívico de Jacobsville. Había perdido el control de sus actos por completo en casa. Menos mal que Ed había llegado. Estaban muy cerca de la cama y había pasado mucho tiempo sin una mujer. A lo que tenía que añadir los sentimientos de Peg hacia él y su debilidad por ella. Menos mal que Ed los había salvado de ellos mismos, pensó.

Peg estaba nerviosa. A causa del silencio de Winslow. No podía resistirse a él. Lo deseaba con desesperación. Pero él no era un mujeriego y tampoco quería casarse, ¿entonces qué? En pocos días se iría. Lo mismo no volvía a verlo. Se le antojaba devastador después de lo que había sucedido en el rancho un rato antes. Todavía le hormigueaba la piel del pecho.

Lo miró disimuladamente. ¿Se habría enfadado con ella? ¿Acaso había mostrado demasiado entusiasmo en su reacción? ¿Pero por qué? Él tenía la experiencia suficiente como para al menos darse cuenta de lo que sentía por él. Sin embargo, seguía diciendo que era joven. ¿Se refería a que era demasiado joven para él? ¿Era su edad una barrera para algo más que unos toqueteos?

—Deja de torturarte —murmuró Winslow mirándola con ojos chispeantes.

Ella dio un respingo y después se rio.

—¿Cómo lo has sabido?

—Por la forma en que estás retorciendo ese pobre bolso.

—¡Oh! —lo alisó como pudo con una mueca—. Me lo han prestado también.

—¿Prestado?

—Sí, como el vestido y los zapatos. El equipo de Cenicienta —se inclinó hacia él todo lo que le permitía el cinturón—. A medianoche, todo se transforma en harapos. Ya sabes.

—Estarías preciosa incluso vestida de harapos.

Ella se sonrojó.

—¿De verdad?

Él la miró con cálido afecto.

—De verdad —y se obligó a mirar de nuevo hacia la carretera.

Ella lo observaba con preocupación y curiosidad.

—¿Tenéis armas automáticas y cohetes y cosas así como en las películas de mercenarios? —preguntó de repente.

Él la miró y se rio para sí.

—Sí, pero yo me dedico a recopilar información y a coordinar a los grupos de nativos que están con nosotros.

—Oh. Entonces no tienes que... meterte en tiroteos, ¿no? —preguntó como queriendo aclarar la pregunta.

¿Para qué preocuparla sin necesidad?, pensó él. De modo que sonrió.

—Pues claro que no.

Ella se relajó.

Era así de fácil. No le diría nada de las horas que había pasado entrenando con los hombres de su equipo de asalto en la agencia de Eb Scott, empleando armas de última generación y algunos juguetes que podrían utilizarse desde largas distancias. Iba a ser un baño de sangre aun en el mejor de los casos y muchos de sus hombres no regresarían. Él se había involucrado por un buen motivo: derrocar a un dictador que estaba torturando a personas inocentes. Pero también había una recompensa en metálico bastante sustancial, y tenía planes para su rancho de ganado. Quería tener dinero para invertir, dinero ganado por sí mismo y no donado por Jason Pendleton en señal de gratitud hacia él. Quería construir un imperio por sí solo, con sus propias manos. Eso conllevaba riesgo. Pero quien no arriesga, no gana. Además, Machado había dejado entrever algo sobre un puesto en su gabinete cuando recuperase el poder, si es que lo recuperaba. Eso también tendría que considerarlo, aunque no había pensado en instalarse en otro país, mucho menos en otro continente.

—Estás muy serio —dijo Peg, sacándolo de sus elucubraciones.

Él la miró con algo similar a la consternación. ¿Dónde encajaba Peg en sus planes? A sus diecinueve años era muy joven, tal vez demasiado. Y sacarla del país en el que había vivido toda su vida para llevarla a un ambiente desconocido y muy peligroso... Le horrorizaba solo pensarlo. Además, estaba la posibilidad de que la operación les llevara meses o incluso años. Estaba reuniendo información sobre las fuerzas opositoras y sus posibilidades. Sus hombres eran buenos, pero tendría que aliarse con grupos emplazados en Barrera y coordinarse con ellos para lanzar el ataque. Tenían mucho trabajo por delante.

—Estaba pensando —dijo al cabo de un momento.

Ella sonrió.

—No lo hagas —le aconsejó ella—. Vamos al baile y no hay mañana. ¿De acuerdo?

—De acuerdo.

El centro cívico de Jacobsville exhibía los adornos navideños: muérdago y espumillón, campanas doradas y un gigantesco árbol de Navidad que habían decorado entre los del orfanato y los amigos de un refugio de animales, organizaciones a las que irían destinados los beneficios que se obtuvieran con el baile.

Los asistentes se habían puesto sus mejores galas. Bonnie, que trabajaba como ayudante en la farmacia, e iba vestida toda de rojo, también gracias a la diseñadora local, iba del brazo de un ganadero de otra ciudad que había llegado ni más ni menos que en un Rolls-Royce. Era alto y moreno, de mediana edad, pero muy atractivo.

Se detuvo junto a Winslow como si lo conociera. Se estrecharon la mano.

—Maxwell —se presentó—. Me gustaría hablar contigo antes de que te vayas.

Winslow asintió con seriedad.

—Por supuesto.

—¿De qué lo conoces? —preguntó Peg en un susurro apresurado.

Bonnie, con su pelo rizado rubio en un elegante peinado y una sonrisa de oreja a oreja, dijo:

—Vino a la farmacia a recoger una receta para un amigo. ¿Te lo puedes creer? Empezamos a hablar y ¡resulta que le encanta la historia de la época Tudor! Así que aquí estoy.

—Buena suerte —le susurró Peg.

Bonnie se limitó a negar con la cabeza.

—Me parece un sueño.

El ganadero la tomó de la mano, sonriendo, y la condujo a la pista de baile.

Nancy, la farmacéutica, vestida toda de verde, y Holly, su otra ayudante, miraban sacudiendo la cabeza a Bonnie y a su acompañante.

—Me pregunto si tendrá un par de amigos que estén bien —susurró Peg con malicia.

Las dos soltaron una carcajada.

—Es por el tipo de evento de esta noche —susurró Nancy, contemplando su vestido verde—. ¿Te das cuenta de cómo vamos vestidas?

—También sirve para atraer a los hombres —murmuró Peg entre dientes cuando el capataz de un rancho vecino, un tío bueno, se acercó a Nancy y, tras una reverencia en toda regla, la sacó a bailar.

Nancy sacudió la cabeza.

—¿De qué hablabais? —preguntó Winslow a Peg cuando la sacó a bailar.

—De vestidos prestados y la magia de la navidad —respondió ella con un susurro, sonriéndole. Estaba muy guapo.

Le asombraba pensar que estaba en un baile con él cuando creía que lo único que había conseguido con sus coqueteos era espantarlo. Y ahora estaba en una pista de baile entre sus brazos y parecía que no quisiera soltarla nunca.

De hecho, si no fuera porque bailó con un par de damas de más edad, el resto de la noche bailó solo con ella.

—La gente hablará —dijo con una sonrisa maliciosa al fijarse en el interés que mostraban las otras parejas.

Ella se encogió de hombros.

—La gente habla, pero no me importa. ¿Y a ti?

Él negó con la cabeza.

—No me importa lo más mínimo. No estaré aquí.

Ella puso cara de tristeza.

Él la estrechó con más fuerza.

—No pienses en ello. Acordamos que no habría mañana.

—Sí —dijo ella, pegándose a él y cerrando los ojos. Pero ya sentía la separación. Iba a resultar una agonía.

Se quedaron hasta el último baile. La dejó con Justin y Shelby Ballenger mientras él salía un momento afuera con el ganadero del Rolls-Royce.

—Algo gordo, ¿no es así? —le preguntó Justin a Peg.

—Algo —convino ella con una sonrisa tímida. Justin y Shelby eran los propietarios, junto con el hermano de Justin, Calhoun, de la ganadería Ballenger Brothers. Eran multimillonarios, y Shelby era descendiente directa de Big John Jacobs, el fundador de Jacobsville, Texas. Lo suyo había sido un noviazgo épico, con no pocos problemas, pero la pareja era feliz y habían tenido hijos.

Winslow regresó al poco rato y parecía complacido.

—Es hora de irnos. Ha sido una gran fiesta. Espero que hayamos reunido mucho dinero para el orfanato y el refugio.

—Efectivamente —dijo Justin con una sonrisa, rodeando

a Shelby con un brazo—. He oído que hemos batido todos los récords.

—Me alegro.

—Ten cuidado —dijo Justin, extendiéndole la mano a Winslow—. Una noble causa es una noble causa, pero tienen un precio.

—Lo sé. Gracias.

—Te tendremos en nuestras oraciones —terció Shelby con dulzura—. Cuídate.

Grange asintió, sonrió y salió con Peg.

Vieron que Bonnie se alejaba en el Rolls-Royce.

—¡Anda que no va a tener historias que contar! —exclamó Peg—. ¡Iré a por alguna receta para que me lo cuente todo!

Winslow se echó a reír.

—Las mujeres y los cotilleos.

—Oye, que los hombres también cotillean —señaló ella.

Él puso una mueca.

Peg confiaba en que se detendrían por el camino, que tal vez aparcarían en alguna carretera secundaria poco frecuentada, pero para su decepción, Winslow la llevó directamente hasta el rancho. Y su padre tenía todas las luces encendidas.

La acompañó hasta el porche con gesto serio.

—Nos hemos precipitado, Peg —le dijo con ternura—. Es mejor no complicar las cosas aún más. Ahora no. Tengo que concentrarme en el lugar al que voy y lo que voy a hacer allí. Las distracciones podrían ser fatales.

La realidad atenazó la garganta de Peg. Había intentado no pensar en ello, pero ahora tenía que hacer frente a los hechos. Se iba ala guerra, aunque no se hubiera declarado oficialmente como tal. Había posibilidades de que no volviera. Se le notaba el pánico en el rostro.

—Vamos, vamos —le dijo él, poniéndole el índice sobre

los labios—. Me hicieron comandante del Ejército antes de abandonarlo. No te ascienden si no sabes lo que haces, ¿no crees?

Ella tragó con dificultad.

—De acuerdo.

Él sonrió con dulzura.

—Feliz Navidad.

—Para ti también —dijo ella con una mueca—. No te he comprado nada. ¿Puedo enviarte alguna cosa? ¿Tal vez unos calcetines calentitos? —dijo, intentando quitarle hierro al asunto.

—No creo que los calcetines gruesos sean adecuados para la selva tropical, ¿no crees?

Ella suspiró.

—¿Repelente para mosquitos y serpientes?

—Mejor. Intentaré tener informado a tu padre de nuestros progresos, pero las cosas van a ir despacio. Llevo teléfonos, pero el enemigo podría utilizarlos para lanzarnos un ataque aéreo. El ejército al que nos enfrentamos está muy preparado. Machado entrenó a la mayoría de los militares y también debemos tener en cuenta que solo unos pocos lo abandonarán para unirse a nuestra causa. A la gente no suelen gustarle los cambios repentinos.

—A mí no me gustan —convino—. Quédate.

—No se hace historia quedándose en casa. No está en mi naturaleza.

Ella suspiró.

—Lo sé. Bueno, ten cuidado.

—Cuenta con ello.

Se inclinó pese a que su padre estuviera en el salón y la besó con intensa ternura. La miró a los ojos largo rato hasta que Peg sintió escalofríos a lo largo de la columna vertebral.

—Eres la persona más especial que hay en mi vida. Volveré. Llevo solo mucho tiempo y ya no quiero seguir estándolo, Peg.

Ella ahogó un grito de sorpresa al ver la forma en que la miraba.

—Yo... yo tampoco —susurró.

Winslow le besó los párpados y se los acarició con la punta de la lengua.

—Mi dulce niña.Volveré antes de que te des cuenta.

Ella asintió y se obligó a sonreír.

—Está bien.Te tomo la palabra.

Él sonrió.

—Buenas noches, Cenicienta —se inclinó y la besó una última vez, con intensidad, tras lo cual se dio media vuelta y ella entró en la casa.

Peg lo siguió con la mirada con doloroso anhelo. Era la persona más especial de su vida.Ya no quería seguir estando solo. Eso tenía que significar algo. Sonaba a compromiso. Le daba esperanzas. Muchas.

A la mañana siguiente,Winslow estaba en el campamento de Emilio Machado reuniendo el equipo y hablando con sus hombres. Peg estaba tan lejos de sus pensamientos como los helados y los deportes televisados, porque no podía permitirse el lujo de distraerse pensando en su boca tierna y ávida pegada a la suya.

Machado estaba serio.

—Tenemos a los hombres y el equipo —le dijo a Grange—. Tenemos más financiación gracias a tus esfuerzos y a los del señor Pendleton. Pero no tenemos fuerzas aéreas ni medios de transporte...

—Una revolución puede tener éxito sin contar con ello, siempre y cuando cuente con hombres comprometidos y la información precisa —le recordó Grange—. La inteligencia militar es mi especialidad. Sé cómo organizar un movimiento de resistencia. Lo hice en Irak con miembros de las tribus locales. Puedo hacerlo en Barrera.

Machado sonrió.

—Tú me das confianza. Sé que es una buena causa. Cometí un error. Dejé mi país en las manos de un traidor ávido de poder y se han perdido muchas vidas por ello. Me preocupa Maddie —añadió con tristeza—. Era mi amiga, una arqueóloga americana que había hecho un importante descubrimiento en la selva, cerca de la capital. No sé qué habrá sido de ella. Si la capturaron, lo más probable es que esté muerta. Y eso me pesará en la conciencia toda la vida. Había también dos profesores de la universidad amigos míos que desaparecieron y probablemente estén muertos también. Ha sido duro perder a tantas personas por culpa de un descuido por mi parte.

—No pienses en el pasado ni en el futuro —le aconsejó Grange—. Es mejor vivir el presente.

Machado suspiró.

—Tienes razón. Tengo un comunicado de una periodista americana que trabaja en una revista femenina. Quiere acompañarnos...

Le entregó la revista a Grange.

—Se llama Clarisse Carrington...

—¡No, por el amor de Dios! —exclamó él—. ¡No estoy dispuesto! ¿Cómo se ha enterado de nuestra misión? ¡Es como la peste!

—¿Cómo dices?

—Conocía a esa condenada mujer de sociedad en Oriente Medio mientras hacía un reportaje para la revista —masculló—. No quise postrarme a sus pies en una fiesta en Washington y supongo que su ego no lo aceptó bien. De modo que hace cuatro meses empezó a perseguirme después de que fuera a aquel evento en Washington con unos amigos del Ejército. No le hice caso. Se puso furiosa. Desde entonces, no puedo ir a un hotel sin que ella aparezca por allí.

—Entiendo.

—Se cree irresistible —dijo Grange con frialdad—. Y no lo es.

—Tal vez esté haciendo averiguaciones sobre ti. Debe haberse filtrado algo. Rechazaré su ofrecimiento.

—Gracias.

Grange estaba echando un vistazo a la revista y frunció el ceño al ver las noticias de la portada. La abrió por una página en concreto y compuso una mueca.

—¡Mierda!

—¿Te acuerdas de que te hablé de un oficial que intentó hacer pasar por suya mi estrategia de batalla, tras lo cual me hicieron un consejo de guerra? ¿El oficial contra el que tuve que testificar?

—Sí.

—Se ha suicidado.

—¡Madre mía!

—Esta es la clase de historia que interesa a los medios. Me gustaría que no fuera así por el bien de su familia. Lo pillaron en otro escándalo relacionado con chantaje y robo de fondos destinados a compra de equipo —leyó Grange—. Pero su hijo afirma que el oficial que testificó en su contra es el responsable de su muerte, yo —suspiró—. Conozco al chico. Lleva toda la vida entrando y saliendo de terapia. Su padre decía que era bipolar, pero a mí me parecía que el peor de sus problemas era el relacionado con las drogas. Su madre era rica. El chico lo heredó todo al morir ella. A su marido no le dejó ni un céntimo —dejó la revista—. De modo que el niño está forrado y me culpa a mí de que su padre se haya suicidado. La periodista cree que me puede convencer para ir a hacer un reportaje de guerra —miró a Emilio Machado con ojos como platos—. Lo mismo soy para ti una carga que no te puedes permitir.

Machado se limitó a sonreír.

—Amigo mío, todos tenemos nuestras cargas. Creo que tú puedes soportar esta. Y ahora vamos a hablar con tus hombres para dejar zanjado todo el tema de la partida.

Habían organizado el viaje para los hombres que Grange había seleccionado personalmente. Machado tenía un amigo que los esperaba en un viejo DC-3 para transportarlos a una pequeña ciudad en la costa de Sudamérica, zona de paso hacia Barrera, al norte de Manaos, en el Amazonas, ciudad situada en la selva amazónica. Más tropas, organizadas en pequeños grupos por los amigos de Machado que estaban en la resistencia, se agrupaban en la frontera de Barrera. No era ni mucho menos un grupo de batalla. Claro que una pequeña milicia con las ganas y los medios podían derrocar un gobierno. Tal como Machado recordaba a los demás, un puñado de sus hombres se habían pasado al bando de Sapara y lo habían derrocado fácilmente a él. Actuando por sorpresa y con sigilo. Ellos podían hacer lo mismo con su anterior asistente. Tan solo hacía falta planearlo cuidadosamente y contar con una buena estrategia.

A bordo del DC-3 que aterrizaría en una pequeña pista oculta en Barrera, Grange explicó a Machado las líneas maestras de su plan de batalla.

—Un ataque por sorpresa será el modo más eficaz de recuperar tu gobierno —le dijo al general—. Aquí —dijo señalando la pequeña capital del estado, Medina—, se encuentra el corazón del Ejército, en el cuartel general subterráneo de la ciudad. Contamos con un aliado con bombas antibúnker, pero disponemos de dos únicamente. Eso significa que, si tenemos que llevar a cabo un asalto con todos nuestros recursos, será necesario coordinar el golpe a las comunicaciones militares y la red táctica con la toma simultánea de todos los medios de comunicación, campos de aviación y los tres centros de mando militar de Colari, Salina y Dobri situados aquí, aquí y aquí —señaló los puntos rojos sobre el mapa plastificado—. Estas ciudades son menores que Jacobsville —dijo, riéndose suavemente—, de modo que la toma de los centros de mando podría llevarla a cabo solo un hombre con una automática de 45 milímetros —añadió.

Machado suspiró.

—El elemento sorpresa va a ser difícil, amigo mío —dijo—. Mi adversario tiene agentes. No es ningún tonto.

—Lo sé —Grange se irguió con gesto serio—. Lo más difícil será familiarizar a todo el mundo con lo que tiene que hacer en el ataque.Ya lo he hecho. He enviado a dos de mis hombres por delante para que contacten en Medina con tu antiguo comandante, Domingo López. Se van a hacer pasar por granjeros y lo harán bien —añadió—. Son mexicano-estadounidenses, dos de mis mejores hombres, y expertos en demolición. Formaron parte de los SEALs de la Marina.

—Estoy impresionado —dijo el general.

—También he enviado a uno de los capitanes de unidad que tenía bajo mi mando, experto en conseguir equipo y armas en los lugares menos pensados, junto con uno de los mejores mercenarios sudafricanos que he conocido en mi vida, para que monten el campamento base. Contamos también con un indio nativo americano experto rastreador llamado Carson, un mercenario con malas pulgas que conoce todos los dialectos nativos. Los acompañan, entre otros, un irlandés experto en electrónica. Es capaz de hacer cualquier cosa con un ordenador y es experto en programar virus informáticos.

Machado enarcó ambas cejas.

—¿Virus informáticos?

Grange sonrió de oreja a oreja.

—O'Bailey estuvo en el Ejército británico antes de llegar al grupo de Eb Scott. Tiró la red de comunicaciones de una zona remota de Irak con solo un viejo ordenador con el software obsoleto —informó. Sacudió la cabeza—. Le dieron una medalla por ello de hecho.

—Cuentas con gente muy buena —dijo Machado—. Espero que esta empresa nuestra no implique la muerte de ninguno de ellos.

—Yo también lo espero, pero en las guerras muere gente —contestó Grange—. Todos lo haremos lo mejor que sabemos. La cosa es que a lo mejor la victoria no será inmediata. Por eso nuestra prioridad tiene que ser tomar sus comunicaciones, sus misiles tierra-aire y los medios.

—Misiles tierra-aire —suspiró Machado—. Los compré a Rusia. Son de última generación —añadió con gesto adusto—. Pensé que nos ofrecerían protección frente a estados cercanos peligrosos para nosotros. Falta de previsión por mi parte, porque jamás pensé que pudieran ser empleados contra mi propio pueblo —dijo con expresión solemne—. El antiguo comandante de mi ejército no vacilará en destruir ciudades enteras con sus habitantes. Matará a quien sea con tal de conservar el poder.

Grange le puso una de sus grandes manos en el hombro.

—Haremos lo que tengamos que hacer. Recuerda que ya han muerto muchos inocentes. Si no actuamos, morirán muchos más.

—Lo sé —Machado sonrió con tristeza—. Demasiado bien.

Uno de los soldados bajó los empinados escalones que los separaban de la zona de arriba del avión.

—El capitán dice que aterrizaremos dentro de una hora —les informó—. Lo haremos a unos pocos kilómetros de un tranquilo pueblo junto al río. Eso es todo lo que hay por la zona, exceptuando una pequeña pista del tamaño justo para que aterrice este avión. Según nuestra información, Sapara la construyó para permitir el aterrizaje a una compañía petrolífera que estaba haciendo los estudios preliminares antes de comenzar a operar.

—Sí —dijo Machado con el mismo gesto adusto—, y Sapara comenzó a matar a los habitantes nativos para obligarlos a que abandonaran la zona. Aún quedan algunos a pesar de la devastación, situación que confío poder resolver. Sin embargo, es un buen lugar para el aterrizaje —dijo Machado y sus ojos oscuros resplandecieron—. Allí fue donde aterricé la primera vez que invadí Barrera. Las gentes de la zona simpatizan con nuestra causa.

Grange se encogió de hombros.

—En este caso el rayo golpeará dos veces.

—Eso espero, amigo mío.

Salieron rápidamente del avión protegidos por la oscuridad y este volvió a Manaos por el momento con el resto de los miembros del grupo. Grange llevaba tiempo sin pelear en la selva. El último campo de operaciones en el que había estado había sido el desierto de Oriente Medio, pero entonces sus hombres contaban con uniformes de camuflaje nuevos y el patrón generado por ordenador se mezclaba perfectamente con el paisaje.

Levantaron las tiendas que formarían el campamento base y encendieron un pequeño fuego para cocinar. Nadie los esperaba, por lo que no había mucho peligro de que fueran descubiertos. Prepararon café entre las exclamaciones de alegría de los hombres y se repartieron las raciones de alimento. Los sonidos de la selva les resultaban extraños, pero los hombres se adaptarían.

Grange terminó la comida y el café, y se levantó.

—Me pondré en contacto con el pelotón de vanguardia para ver qué han averiguado —se excusó Grange.

Se puso en contacto con Brad Dunagan, el que fuera capitán de una de sus unidades, y que se había ido con la otra parte de los hombres a Manaos, desde donde iría a las afueras de Medina para establecer allí un segundo campamento. En esos momentos se encontraba ya coordinando las unidades menores de las fuerzas invasoras. Grange empleó un codificador y una frecuencia que con gran probabilidad no estaría monitorizada por las fuerzas enemigas.

—¿Qué tal todo? —preguntó en voz baja.

—Tenemos dos tanques, un par de misiles SCUD, varios lanzacohetes, un cargamento de munición y unos cincuenta indios nativos que odian al gobierno y conocen la ciudad lo bastante bien como para sernos de gran ayuda en una incursión —respondió el otro.

—Estoy impresionado.

—Eso espero...

—Dígale lo que he hecho, señor —le gritó O'Bailey desde la fogata con tono divertido.

—O'Bailey quiere que te diga que le ha echado el guante a un ordenador preparado para jugar y lo ha reutilizado para diseñar un virus de gusano. Se lo piensa encasquetar a los militares de Barrera.

—¡Ese tío es un as! —exclamó Brad—. Dile que le compraremos una camioneta.

—¡No! —se quejó O'Bailey—. ¡Yo quiero un Jag!

—Hijo, ni yo puedo permitirme uno —Grange se rio por lo bajo—. Cuando yo pueda comprar uno, te compraré otro a ti.

—De acuerdo, señor, entonces me conformo con una camioneta con un buen sistema de audio.

—Hecho —se volvió de nuevo hacia la radio—. Brad, te daré la señal cuando O'Bailey esté listo para subir el virus a la Red. Quiero a todo el mundo en sus puestos, todas las ropas agrupadas y el personal preparado antes de empezar. Que nadie mueva un músculo hasta que yo dé la orden. ¿Entendido?

—Entendido, señor —convino Dunagan.

—Hay que actuar con meticulosidad —dijo Grange—. No podemos permitirnos ni un solo fallo.

—Lo sé. Estaremos preparados.

—Estamos en contacto.

Desconectó y volvió a sentarse con el ceño fruncido. Iba a ser una operación difícil. Demasiadas cosas que podían ir mal. Deseó que hubieran sido capaces de convencer a uno de los gobiernos amigos para que les prestaran un grupo de apoyo, pero quedaba totalmente descartado. Nadie quería arriesgarse a enfadar a los estados vecinos, teniendo en cuenta el estado de la economía mundial y las amenazas que seguían llegando desde Oriente Medio. Había gente con buenos deseos para ellos y ofrecimientos a ayudar cuando la misión se completara con éxito. Pero dependía en gran parte del plan de batalla de Grange y de la calidad de su variopinto ejército. Esperaba que fuera suficiente.

CAPÍTULO 4

El problema de tan complejo asalto, pensaba Grange, residía en la coordinación y reunir la información. Había numerosas variables, y entre ellas cobraba especial importancia conocer el terreno, el clima, las amenazas por parte de la fauna salvaje y otros humanos, y conocer de antemano a la gente que detentaba el poder en Barrera. La resistencia contaba con soporte de artillería y una capacidad de soporte aéreo limitada. Sería cuestión de elegir el momento más oportuno para impedir que hubiera bajas de civiles que pudieran poner a malas con Machado a aquellos que estaban de su parte.

Por suerte, Machado tenía gente dentro de los organismos de poder con los que estaba en contacto. Uno de sus antiguos oficiales, el general Domingo López, que había sido el comandante en jefe de las fuerzas militares del país, era ahora el jefe de suministros del dictador Arturo Sapara. Era un puesto humillante para uno de los estrategas del anterior dirigente del gobierno. Pero López apoyaba a Machado y estaba dispuesto a hacer lo que fuera con tal de ayudar a volver a todo el ejército en contra de aquel fibroso hombrecillo que era el dictador Sapara, tragarse un descenso de categoría entre otras muchas cosas. Sabía que Machado regresaría y quería estar en un puesto en el que pudiera ayudar. Había sido capaz de enviar el mensaje.

—Desafortunadamente, tenemos que seguir un calendario —le había dicho Machado a Grange durante una de las sesiones de lluvia de ideas que tenían lugar en el campamento base—. El mes que viene, para lo que solo quedan unos días, comienza la época de lluvias —miró al jefe de su ejército—. No hace falta que te diga los sufrimientos a que tendrán que hacer frente nuestros hombres si no completamos el asalto deprisa. No podremos trasladar hombres y material a través de la jungla durante la época de lluvias.

—Lo sé —suspiró Grange—. Aprendí tácticas de guerra en la selva y cuento con expertos entre mis hombres —respondió—. Elegí a aquellos que habían luchado en el sur de África, Sudamérica y Centroamérica. El problema más grave que tengo es con aquellos que no han estado antes en la selva —elevó las manos al cielo—. ¡Dos hombres vinieron con machetes!

Machado se echó a reír a carcajadas.

—Amigo mío, en la mayoría de las películas americanas se ven hombres atravesando la selva a machetazo.

—Cierto, pero incluso los expertos fallan —dijo Grange—, lo que significa que será mejor que cuentes con buenos medios médicos y un hospital cercano porque las infecciones son frecuentes en esta zona. Cuando les dije que utilizábamos podaderas para cortar ramas, pensaron que me estaba burlando de ellos. Después tuve que explicarles lo de las serpientes —dijo, sacudiendo la cabeza—. Rourke estuvo aquí con un equipo hace no mucho. Sean O'Bailey estaba en ese grupo. Jamás había visto una serpiente antes de ir a Irak. Es irlandés. Y llega a Sudamérica y se encuentra con una *surucucu* —añadió, llamándola por el nombre nativo para la serpiente de cascabel muda—. Tuvo que cambiarse los pantalones. Y menos mal que no le atacó. He oído historias de serpientes de esas que persiguen a sus víctimas hasta los poblados en época de cría y los atacan sin provocación alguna. Prefiero tenerlo aquí con el ordenador, es más seguro para él. Es más seguro para todos —advirtió Grange.

—Sí, un grito puede oírse a gran distancia, incluso en la selva. ¿Pudiste conseguir las armas que te pedí?

Grange asintió.

—Lanzacohetes RPG-7, fusiles de asalto AK-47 y subfusiles UZIs —sacudió la cabeza—. Todos esos avances en armamento y mira lo que seguimos utilizando. Dios mío.

—Armas antiguas, lo sé, pero duraderas, es fácil aprender su manejo y cuesta inutilizarlas —dijo Machado, sonriendo—. Conquisté Barrera la primera vez utilizando esas armas, un mínimo de artillería ligera y dos tanques.

—Pero eso fue antes de que se pudieran realizar ataques con cazas F-22 y helicópteros Apache.

—Me temo que podremos disponer de pocas de esas cosas. Cuento con el elemento sorpresa —dijo Machado.

—Y yo también. Hemos conseguido introducirnos en la frontera sin levantar sospechas gracias a la habilidad de nuestro piloto. Y afortunadamente no tuvimos que utilizar un helicóptero. Habría sido un horror.

—No acabo de entender por qué los pilotos de helicóptero son tan extremadamente meticulosos —dijo Machado—. No dejan subir a bordo a las tropas hasta que han inspeccionado a cada soldado.

—Pero me parece bien —dijo Grange con seriedad y le explicó por qué era un proceso vital.

Machado suspiró.

—Entiendo. Nunca tuve pilotos así. Estoy impresionado.

—Igual que yo cuando Eb Scott me sugirió que utilizáramos helicópteros —dijo Grange con una sonrisa—. Pero los emplearemos solo como último recurso. Sigo creyendo que tal vez sea posible derrocar al gobierno desde dentro empleando lo mínimo la fuerza.

—El general López, rebajado de categoría a coronel por Sapara, tiene acceso a informes de alto secreto de los movimientos de las tropas. Podrá hacernos sugerencias que nos ayuden a ocultar nuestra posición cuando nos dispongamos a entrar.

—Es una suerte que sobreviviera a la primera purga —convino Grange.

—Muchos no lo lograron —numerosas arrugas se marcaron en el rostro de Machado—. Los vengaré a todos si tengo oportunidad. Nuestro principal objetivo por el momento es el propio Sapara. Se ha aficionado a los regalos de sus vecinos más cercanos, la hoja de coca. Conforme aumenta su adicción, más se distancia de la realidad y menos capaz es de comprender hasta qué punto lo detestan los ciudadanos.

—Las adicciones son una cosa terrible —replicó Grange—. Yo no bebo ni fumo.

—Ya me he fijado —dijo Machado.

Él se encogió de hombros.

—Durante mucho tiempo fue una cuestión económica, no me lo podía permitir. Después se convirtió en un hábito. Ahora es una obsesión.

—El alcohol puede ser una amenaza, sobre todo para una operación como esta.

—Por eso lo he prohibido. Intenté prohibir los cigarrillos, pero casi se me amotinan —explicó Grange—. De modo que he dejado claro a qué horas y qué lugares se puede fumar. El olor podría delatar nuestra posición. Igual que hablar, cargar la munición…

—Vamos a correr grandes riesgos —Machado le puso la mano en el hombro—. Pero te aseguro que la recompensa será grande si lo conseguimos.

—Cuando lo consigamos —repuso Grange con una amplia sonrisa—. No quiero actitudes pesimistas.

—Como bien dices, cuando lo consigamos.

O'Bailey bebía café y miraba a su alrededor, incómodo.

—Ahora voy a soñar con serpientes —masculló, mirando a Grange con cara de pocos amigos.

—Rourke te dijo que aquí había serpientes en tu primera misión en Sudamérica —le dijo Grange.

—¡Creía que se refería a esas culebras rayadas pequeñas, como la que tiene mi hermana en su jardín de York, no a serpientes de agua!

—Era una serpiente de cascabel muda, cenutrio —dijo Rourke, riéndose por lo bajo con ojos chispeantes mientras se sentaba junto al irlandés y se pasaba la mano por su coleta para comprobar que no tuviera ningún bicho—. Apuesto lo que sea a que ni siquiera era grande.

—Vi una de esas serpientes de cascabel una vez, señor, y con todos mis respetos, ¡esos bichos son enormes! —terció otro soldado.

—¡Es enorme cuando ataca, eso seguro! —replicó O'Bailey.

Rourke sonrió de oreja a oreja.

—Una vez leí ese libro sobre un explorador que se pierde en Sudamérica a principios del siglo xx —dijo mientras extendía un paño y un kit de limpieza y se ponía a limpiar su automática—. Se llamaba Fawcett. Trabajaba como topógrafo en la Royal Geographic Society. Reunió una partida de hombres y viajó a lugares en los que el hombre blanco no había estado jamás y dejó por escrito sus aventuras. Le contaron la historia de uno que se estaba lavando en un río cuando sintió que alguien le tocaba el hombro, primero en un lado y después en el otro. Pensó que eran imaginaciones suyas. Entonces se volvió y se encontró cara a cara con una *surucucu*. Dice que salió corriendo dando gritos, porque todo el mundo sabe que esas serpientes son agresivas y letales, pero no lo siguió. Parece que esta tenía sentido del humor.

Grange soltó una carcajada.

—Yo me sé otra, aunque esta es un poco peor. La de una cascabel muda que se volvió loca y atacó en un campamento. Mordió a mucha gente.

—¡Odio las serpientes! —dijo O'Bailey enfadado.

—Pues estás en el lugar equivocado, colega —le advirtió Rourke—. Será mejor que vuelvas a Dublín y te dediques a vender coches como antes.

O'Bailey puso una mueca.

—No se gana dinero vendiendo coches. Mientras que esto me convertirá en una leyenda en mi pueblo y seré rico si tenemos éxito. El general Machado nos ha ofrecido una buena prima si ganamos.

—¿Si? —repitió Rourke enarcando las cejas y recolocándose mínimamente el parche que tenía en un ojo—. ¡No digas eso!

—Lo siento, señor —dijo O'Bailey con una mueca—. Se me ha olvidado que estamos en el bando ganador, pero no se me volverá a olvidar. Palabra.

Grange se alejó sacudiendo la cabeza.

Miró hacia la selva con aprensión. Había muchos peligros ahí fuera y la presencia de jaguares o serpientes era el menor de ellos. Había otros peligros de menor tamaño, como los mosquitos que contagiaban el dengue o la malaria. Menos mal que estaban en la época seca y no se daban en ella. Pero en un mes llegarían las lluvias y tendrían que hacer frente a la humedad y a enfermedades que se propagaban a través del agua y los mosquitos. Si no conseguían lo planeado antes de un mes —y eso era hacerse ilusiones— tendrían que aguardar a que pasaran las lluvias, lo cual daría tiempo a ese loco cocainómano que dirigía Barrera, tiempo más que suficiente para reunir la ayuda de sus simpatizantes. Era un riesgo que no podían correr. De modo que Grange estaba decidido a llevar a cabo sus planes con éxito en el tiempo con el que contaban.

Tenían las esperanzas puestas en entrar en la capital con el menor derramamiento de sangre. Machado y él contaban con muchos hombres, buen apoyo aéreo y una artillería ligera decente. Pero si López, el amigo de Machado, tenía influencia y sabía utilizarla, y les ayudaba saboteando el cuartel general desde dentro, y si Grange podía poner en marcha equipos especializados dentro de la ciudad y hacerlo con precisión, y utilizar a sus soldados en la selva como apoyo para que alentaran a las poblaciones nativas de los alrededores, había posibilidades de éxito.

Lo que quería era recabar apoyos entre las tribus indígenas. Vivían a las afueras de Medina y la mayoría de ellos habían ayudado a Machado a obtener el poder la primera vez. La información de la que disponían indicaba que Sapara había diezmado su población en cuanto se hizo con el poder por venganza. Rourke iría con varios hombres, disfrazados, y trataría de que se unieran a la causa. Al mismo tiempo, Machado iría a Medina con otro grupo de hombres y se tirarían en paracaídas sobre la capital, cerca del cuartel general, donde se reunirían con más hombres que estaban allí para prestar apoyo.

Si todo eso fallaba, la campaña tendría que librarse en la selva cerca de Medina, y tendría que ser rápida, con éxito inmediato. Había muchos aspectos que podían fallar. Grange se ponía malo solo de pensar en los hombres, amigos suyos, que podría perder en el fuego cruzado. Pero los había enviado a morir. Era algo que todo comandante del Ejército tenía que hacer en tiempos de guerra. Y nunca era fácil.

Aquello le recordó al oficial que se había suicidado tras el consejo de guerra. Grange se sentía culpable, pero no sabía qué más podría haber hecho. Si hubiera obedecido las órdenes de aquel hombre, su pelotón habría muerto. Su agilidad mental y su capacidad de estratega los había salvado, pero su oficial al mando lo había obligado a dejar el Ejército con honores para librarse de un consejo de guerra. Grange había aceptado el trato, pero la mano derecha del oficial lo había contado todo en una borrachera, de modo que el oficial había sido sometido a un consejo de guerra. Excepto que, en su caso, al contrario que Grange, lo habían echado del Ejército sin honores. No pudo soportar la humillación o probablemente la falta de dinero. Supuestamente tenía unas deudas de juego inmensas. Así que se suicidó y ahora su hijo drogadicto con problemas mentales lo apuntaba a él como autor de la tragedia.

Grange sacudió la cabeza. Como si él hubiera empujado a alguien a hacer algo tan drástico como arrancarse la vida. Y él también había pasado por el tragedia de las drogas cuando no era más que un adolescente. Su hermana se suicidó cuando el padre de su novio amenazó con hacer que arrestaran a Grange y lo condenaran por un asesinato que habían cometido sus amigos. Su hermana murió para salvarlo a él. En un aspecto lo salvó. Después de aquello se rehabilitó y decidió convertirse en un ciudadano ejemplar. Pero podría haber sucedido de otro modo. Lo lamentaba por el hijo del oficial. Al menos, el chico no trataría de matarlo allí, pensó.

Y Clarisse, la periodista con gran influencia entre la gente de la alta sociedad de Washington, no se le colgaría al cuello, puesto que Machado se había negado a que los acompañara. Eso le hizo pensar en Peg, que esperaba en Jacobsville noticias suyas. No se atrevía a llamarla, pero había otros modos de comunicarse sin que pudieran localizarlos si alguien estaba escuchando. Su amigo Rourke conocía todos los trucos y tenía una pequeña emisora de radioaficionado que llevaba a todas partes.

Peg estaba fregando los cacharros cuando sonó el teléfono. Su padre estaba fuera, ocupándose de una vaca que tenía una infección ocular, de modo que se secó las manos y fue a responder. Tenían lavavajillas, uno de los muchos electrodomésticos que Grange había comprado para la casa, pero a Peg no le gustaba utilizarlo solo para dos platos y dos tazas. Le parecía un gasto de agua y electricidad, por lo que los fregaba a mano.

—Residencia Grange, dígame —dijo con voz educada.

—¿Señorita Peg Larson? —preguntó una voz desconocida.

—Sí, soy yo…

—Soy Bill Jones. Usted no me conoce. Soy un operador de radio. Acabo de recibir un comunicado de un caballero desde otro continente. Quiere que le dé un mensaje. Quiere que le diga que un caballero llamado Grange está disfrutando de sus vacaciones y que la echa mucho de menos.

Ella contuvo el aliento.

—¿Está bien?

Él se echó a reír.

—Supongo que esperaba usted noticias de su llegada a su destino. Le aseguro que llegó en perfectas condiciones. Dice también que le diga que no podrá ponerse en contacto con usted directamente, pero que le desea unas felices fiestas y espera poder verla dentro de unos meses. Dice que la echa mucho de menos —repitió.

—Gracias —dijo ella con fervor—. Muchas gracias. Yo… Estaba preocupada.

—Se lo diré.

—Deséele también unas felices fiestas y dígale que tenga cuidado. Y que no se imagina cuánto lo echo de menos.

—Lo haré. Que pase una buena noche.

—Gracias. Igualmente.

Colgó, feliz de que Grange se hubiera acordado de mandarle un mensaje en tan peligrosas condiciones.

Salió por la puerta de atrás en dirección al establo. Ed ya había terminado de poner crema a la vaca en los ojos. Se dio la vuelta y sonrió.

—¿Ocurre algo?

Ella sonrió de oreja a oreja.

—Grange nos ha enviado un mensaje. Dice que ha llegado bien y nos desea felices fiestas.

—¡Qué alivio! —dijo Ed, poniéndose en pie—. Empezaba a preocuparme. Me dijo antes de marchar que intentaría contactar con nosotros, pero no estaba seguro… Quiero decir que es un viaje largo y lleno de peligros, no porque no sea bueno en lo suyo —añadió con firmeza.

—Ya lo sé. Yo también estaba preocupada —le confesó.

Volvieron a la casa juntos. Casi todas las hojas de los robles se habían caído ya, pero a los nogales americanos aún les quedaban algunas. Las nueces habían desaparecido hacía tiempo ya. Las ardillas se las habían llevado, en su mayoría cuando estaban aún verdes.

—Debería cargar mi arma y hacer guardia junto a ese árbol —Ed señaló el más grande y más viejo de los nogales—. A lo mejor así conseguíamos un puñado de nueces para hacer un bizcocho.

—Tienes que descansar también —le recordó ella—. Encontrarían la forma de llevárselas cuando se hiciera de noche. No puedes vencer a las ardillas. Son muy listas.

—Supongo que tienes razón.

—Barbara siempre pide nueces crudas y me da unas pocas —dijo Peg, refiriéndose a la dueña del Barbara's Café—. No te preocupes, papá, tendrás tu bizcocho de frutas japonés estas Navidades. Te lo prometo.

Era un bizcocho amarillo de tres capas, una capa de especias con nueces y cobertura de azúcar glaseado sobre la que espolvoreaba coco, nueces y guindas rojas y verdes.

Ed suspiró aliviado.

—No puedo vivir sin ese bizcocho. Tu madre, que Dios la tenga en su gloria, preparaba uno todos los años. Igual que su madre.

—Sí, pero la abuela lo hacía de seis capas muy delgadas. Mamá no tenía tanta paciencia. Ella lo hacía de tres y me enseñó la receta, y yo se la he pasado a Barbara. Me ha dicho que es uno de los bizcochos estrella. A mamá le habría encantado.

Él asintió.

—Cocinaba muy bien. Igual que tú, cariño.

—Gracias. Pero yo hago solo platos básicos. No soy inventiva.

—Ser inventivo no siempre es bueno —le recordó con ojos resplandecientes—. No se me ha olvidado esa receta de patatas danesas.

Ella puso una mueca.

—Ni al jefe —dijo ella refiriéndose a Grange—. Lo probó, me miró y preguntó si lo habíamos comido alguna vez antes. Cuando le dije que no, dijo: «Pues mejor no repetimos».

Ed se rio en voz baja.

—No estaban tan malas. Pero no eran patatas, eran boniatos y no estamos acostumbrados a comer eso.

Ella puso los ojos en blanco.

—Lo único que quieren comer los hombres es carne con patatas.

—La mejor comida del mundo es la comida sencilla.

—Sí, pero tampoco es malo probar cosas nuevas.

—Prueba con nuevas recetas de carne y patatas.

—¡Eso es lo que hice!

Él la miró con el ceño fruncido.

—No tan nuevas.

Ella soltó una carcajada y entró en la casa.

A la mañana siguiente tuvo que a ir a recoger una receta para su padre. Tenía tendencia a que le subiera la tensión, de modo que el doctor Copper Coltrain le había recetado una medicación que combinaba un diurético con algo para estabilizar la tensión. La farmacia tenía un buen surtido de medicamentos genéricos que podían permitirse, pese a lo ajustado de su presupuesto.

Nancy preparó la receta y Bonnie se la entregó en el mostrador.

—¿Has tenido noticias? —preguntó Peg con animación, porque Bonnie sonreía de oreja a oreja. Había ido al Cattleman's Ball con un hombre que conducía un Rolls-Royce. Se había convertido en la comidilla de la ciudad.

—De hecho, me llamó anteayer —confesó mientras marcaba el precio de la medicina—. ¡Desde París!

—¡Vaya! —dijo Peg con los ojos como platos.

—Vuelve a Estados Unidos dentro de tres semanas y espera poder pasar por aquí para que vayamos a cenar a San Antonio —Bonnie sacudió la cabeza—. ¿Te lo imaginas? Le gusto a un millonario.

—Le gustas a todo el mundo —señaló Peg—. ¡Creo que es genial!

—Y yo. Solo espero que no sea un sueño del que termine despertando.

Peg se inclinó hacia ella.

—¿Quieres que te pellizque?

Bonnie puso una mueca.

—Ni se te ocurra.

Peg sonrió de oreja a oreja.

—Solo intentaba ayudar.

Después, pasó por el café. Barbara le tenía preparada una bolsa de nueces pecanas.

—Siempre hago un pedido para los platos navideños, no me cuesta pedir una bolsa más para ti —dijo Barbara cuando Peg intentó pagárselas.

—Pues te lo agradezco —dijo Peg.

—Tú me diste la receta de ese bizcocho tan estupendo —le recordó Barbara con una sonrisa—. Ha sido un éxito entre los clientes.

—A nosotros también nos encanta —confesó Peg.

Barbara bajó la voz.

—¿Has tenido noticias de Grange?

Ella asintió mientras miraba a su alrededor con cautela.

—Que ha llegado bien. Nada más.

Barbara se mordió el labio.

—Ya.

—¿Qué más sabes que yo no? Venga, dímelo.

Barbara la condujo a través de la cocina donde dos mujeres cocinaban entre los fogones y la encimera hasta el porche trasero.

—¿Te acuerdas del oficial que se metió en líos por haber querido hacer pasar como propia la estrategia de batalla de Grange, el que hizo que lo expulsaran del Ejército?

—Sí.

—Se ha suicidado.

—¡Oh, Dios mío! —exclamó Peg.

—Y eso no es todo —continuó Barbara con tono lúgubre—. Tiene un hijo que no está muy bien, ya me entiendes. Y ha jurado que va a hacer que Grange pague por lo que hizo.

—Pues le deseo buena suerte como intente encontrar a Grange —dijo Peg, tratando de pasar por alto el repentino nudo que se le había formado en la boca del estómago.

—Espero que tengas razón. Pero su padre tenía amigos y es posible que ellos sepan adónde ha ido Grange y por qué —continuó Barbara—. Rick oyó a su padre, el general Machado —añadió en un susurro—. Dice que el general no dejó que una periodista los acompañara porque resultó ser una mujer con influencias en la alta sociedad que iba persiguiendo a Grange.

Peg sintió que el corazón le daba un vuelco.

—¿Una mujer de alata sociedad?

—No te preocupes —le aseguró Barbara con una cálida sonrisa—. El general dijo que Grange amenazó con abandonar si Machado dejaba que los acompañara. La odia.

Peg se relajó.

—Algo es algo. Me he enterado que tuviste un distinguido invitado en Acción de gracias.

—Sí. El padre de la mujer de Rick. También es general. Tiene malas pulgas, pero buen corazón —añadió y soltó una carcajada—. Le gusta cocinar.

—¡Qué interesante! —murmuró Peg con sonrisa pícara.

—También sabe prácticamente todo lo que ocurre en el Ejército —continuó Barbara—. De modo que si el hijo del oficial al mando de Grange planea salir el extranjero, nos enteraremos. Intenta no preocuparte. Simplemente creí que debías saberlo.

Peg la abrazó en un impulso.

—Yo también. Gracias.

—Es para preocuparse —dijo Barbara—. Estoy totalmente de acuerdo con las intenciones del general Machado. Pero es muy peligroso.

—Y que lo digas —suspiró Peg—. También tiene que ser terrible para Rick, ahora que acaba de conocer a su padre.

—Desde luego. Teme perderlo sin que hayan llegado a conocerse.

—Esperemos y recemos por que todo salga bien —repuso Peg.

—Tienen buenos soldados —dijo Barbara—. La mayor parte de los hombres que han ido con Grange son de Eb Scott.

—He oído que es bastante puntilloso con los hombres que entrena —dijo Peg.

—Mucho. Comen aquí, por eso sé mucho de ellos. Uno de los mejores es un sudafricano llamado Rourke —frunció el ceño—. Creo que no he oído su nombre de pila —se rio y sacudió la cabeza—. Hasta hace muy poco no sabía que el de Grange era Winslow.

Peg asintió.

—Todo el mundo lo llama Grange.

—¿Tú también?

Peg se sonrojó.

—También, aunque a veces sí lo llamo Winslow.

—No sale con nadie de por aquí —señaló—. Salió varias veces con Tellie Maddox antes de que se casara con J. B. Hammock, pero son solo amigos. Y desde entonces no ha salido con nadie —se rio—. Nos quedamos todos muy sorprendidos cuando apareciste en el baile con él, por si no lo sabías.

—Yo también —respondió Peg—. Como jamás habría imaginado que me pondría esa ropa. Fue muy amable por parte de la diseñadora, Bess Truman. Y la señora Pendleton me prestó el abrigo.

—También lo he oído. Gracie es un cielo. Hace tiempo que somos amigas —dijo, sacudiendo la cabeza—. Me dieron ganas de darle una buena a Jason Pendleton por tratarla como la trató. No es así como se corteja a una chica.

—Ahora parece que son felices.

—Lo son, ahora. Y eran buenos amigos antes de que él se liara con aquella modelo. Pero esa es otra historia —Barbara la abrazó de nuevo—. Toma tus nueces y vete a casa a preparar ese bizcocho para tu padre. ¡Yo tengo que volver al trabajo!

—Lo haré. Gracias otra vez por las nueces —se dio la vuelta para marcharse pero entonces retrocedió con expresión preocupada—. Si te enteras de algo por el suegro de Rick, ya sabes, de lo del hijo del oficial que quiere hacer que Grange pague, me lo dirás, ¿no?

—Sí —prometió Barbara—. Pero no te preocupes, jovencita. Grange sabe cuidarse.

Peg sonrió.

—Claro que sabe. Pero si te enteraras de que le van a hacer algo, podrías pedirle al suegro de Rick que se lo advirtiera, ¿no? Son amigos, ¿verdad?

—Lo son y lo haré.

Peg se relajó un poco.

—Sé que no tengo que preocuparme, pero lo hago.

—Todos nos preocupamos cuando la gente que nos importa corre peligro —convino Barbara en voz baja.

Peg asintió y agarró la bolsa de nueces.

—Gracias otra vez.

Barbara sonrió.

—Es un placer.

Peg iba distraída en el trayecto hasta el rancho. Se estaban acumulando las complicaciones. Sentía algo muy fuerte por Winslow Grange. Creía que él también sentía algo por ella. Le había gustado enterarse de que no había salido con nadie y que era solo amistad lo que había entre Tellie y él. De hecho, conocía a Tellie, habían estado juntas en la escuela. Había supuesto que Grange sentía algo por ella, pero ahora se sentía mejor.

Excepto por lo del tema de la periodista. A Grange no le gustaba. Pero era obvio que la mujer era insistente. ¿Y si pasaba por alto el permiso del general y se presentaba allí de todos modos? ¿Y si aparecía en el campamento y se le insinuaba?

—¿Se le insinuaba? —masculló—. Pero qué cosas dices, Peg. ¡Nadie habla así en el siglo XXI!

Enfiló el camino del rancho todavía con el ceño fruncido. En situaciones desesperadas, los hombres a veces hacían cosas desesperadas. Tal vez Grange no fuera lo cauteloso que era siempre y, si la mujer era sofisticada y agresiva, podía conquistarlo.

Peg era pobre y no era guapa. No sabía comportarse en los círculos de la alta sociedad. Ni siquiera sabía dónde se ponían los cubiertos. Esa mujer sería experimentada y chic, y conocería todas esas cosas. Quizá Grange las comparara y entonces ella no saldría bien parada.

Entró en la casa atormentándose con esos pensamientos y se chocó con su padre porque no iba mirando por dónde iba.

—¿Y a ti qué te pasa? —le preguntó bromeando.

El rostro de Peg se crispó.

—Ni siquiera sé poner la mesa como es debido, y no sé comportarme entre la alta sociedad.

Él se quedó perplejo.

—¿Cómo dices?

—Que una mujer de la alta sociedad de Washington está detrás de Winslow —masculló—. Intentó acreditarse como periodista para acompañarlos en la expedición. Lo persigue. ¿Y si aparece en mitad del campamento…?

—Peg, tranquilízate —dijo su padre con calma—. ¿Y qué que lo haga? Grange no es un niño. Te llevó al baile a ti.

Peg suspiró.

—Sí, pero seguro que ella es guapa y tiene ropa bonita.

—De poco le servirá si él no la quiere.

Ella miró a su padre sin hablar.

—¿De verdad lo crees?

—Lo sé —su padre miró la bolsa de nueces que llevaba en las manos—. Ve a hacer el bizcocho. Te vendrá bien.

Ella pestañeó.

—¿Seguro? ¿No será a ti a quien le va a venir bien?

Él se rio suavemente.

—A los dos. Tú te distraerás mientras lo preparas y yo estaré en la gloria cuando lo coma.

—Ay, papá —dijo ella, abrazándolo—. Gracias.

—Deja de preocuparte. Grange no es idiota. Ya lo verás.

Ella asintió.

—De acuerdo.

Peg soñó aquella noche. Estaba en la selva y Winslow estaba tumbado en una gran hamaca, en pantalones cortos, con el ancho torso cubierto de vello al descubierto y el pelo revuelto, y le sonreía.

—Ven aquí, nena —le susurró.

Ella se acercó. Llevaba puesto un pareo rojo, algo más propio de la Polinesia que de Sudamérica, con flores blancas. Él se lo desató y lo tiró fuera de la hamaca. Sus manos esbeltas y fuertes le acariciaron los pechos con avidez y se inclinó a besárselos. Ella gemía en sueños y se removía inquieta al sentir la prueba del deseo de él pujante y tensa contra sus caderas. Lo sintió moverse, notó que lanzaba los pantalones cortos por encima de la hamaca y que, en un rápido movimiento, cambiaba de posición dejándola a ella debajo y comenzaba a besarla en serio.

—Winslow —susurró ella, atónita, cuando notó que comenzaba a penetrar su tierna y cálida carne. Se arqueó de placer, el cuerpo estremecido. Lo oyó reírse con ternura al ver que se movía frenética tratando de pegarse todo lo posible a él.

Estaba ardiendo. Incendiada. Se iba a volver loca entre el calor y la tensión. Quería más. Lo deseaba de un modo insoportable.

Y entonces se dio cuenta de que estaban en una hamaca. Lo miró con gesto serio y dijo:

—¡Pero no podemos hacerlo en una hamaca!

De repente se despertó.

Temblaba de lo real que le había parecido todo. Se humedeció los labios resecos y miró la almohada que había estado aferrando con tesón. Ojalá no hubiera abierto la boca en el sueño, masculló. Cerró los ojos, se dio la vuelta y trató de volver a conciliar el sueño.

CAPÍTULO 5

Grange pidió a Dunagan que enviara a dos hombres a Medina a reconocer el terreno aprovechando la oscuridad y que se pusieran en contacto con el amigo de Machado, Domingo López.

Iba a ser una carrera contrarreloj, sobre todo como tuvieran que entablar una fuerte lucha para entrar en la ciudad. Había posibilidad, pequeña pero existía, de que lograran sus objetivos sin derramar sangre si tomaban los puestos clave del gobierno antes de que empezara la batalla. Con el control de los centros de comunicaciones, los ordenadores militares, los medios y todos los puentes de entrada a la ciudad, podrían evitar la violencia. Dependería de muchos factores. Pero como Grange había aprendido, uno tenía que confiar en lo mejor y estar preparado para lo peor.

Si fuera necesario, tenían contactos que podrían persuadir a los gobiernos cercanos para que ayudaran. Y los Estados Unidos tenían hombres de Operaciones Especiales cerca a los que también podían recurrir en caso de necesidad. Iba a ser una operación encubierta, una de tantas que se llevaban a cabo, pero de las que nadie se enteraba porque no se informaba de ellas.

Grange se arrodilló junto a Rourke, que estaba comprobando la radio y escuchando los medios locales.

—Propaganda del gobierno —dijo Rourke, asqueado—. La retransmisión más reciente habla de dos profesores de la universidad local que fueron arrestados y encarcelados por criticar la nacionalización de las compañías petrolíferas extranjeras que hay aquí y la opresión.

—Petróleo —replicó Grange apesadumbrado—. La bendición y la maldición de las últimas tres generaciones. ¿O esta es la cuarta? Esta maldita sociedad solo se mueve por el petróleo.

—Y pagamos por ello en forma de desastres ecológicos periódicos —replicó Rourke.

—Sí.

—En la universidad tuve un profesor de Antropología buenísimo —comenzó Rourke, que seguía girando el dial de la radio—. Nos contó que toda sociedad que habita un nicho dependiente de un bien perecedero está condenada a la extinción.

—No se lo digas a los ejecutivos de las petrolíferas. Protestarán en masa.

Rourke hizo un sonido gutural.

—Probablemente. Pero, a nivel global, vivimos una situación desastrosa. El uno por ciento que tiene el poder controla al otro noventa y nueve. El ciudadano medio está viendo todos sus derechos recortados.

—Y hay mucho paro.

Rourke asintió.

—Tú eres sudafricano. ¿Vuestra sociedad no es mejor después de todos esos cambios?

—Seguimos teniendo conflictos regionales. Algunas tribus no se llevan bien entre ellas y mucho menos con el resto de nosotros. Sin embargo, basta que un extraño haga un comentario negativo para que todos nos unamos contra él —

dijo Rourke, riéndose por lo bajo—. Es nuestra África. No nos gusta que la gente la maltrate.

—¿La maltrate? ¿Es femenino? —Grange frunció los labios—. Sexista.

Rourke soltó una risotada.

—¿A cuántos medios nos enfrentamos aquí? —preguntó Grange muy serio de repente.

—A nivel local solo un canal de televisión, dos de radio y tres periódicos. Perdona, dos periódicos. Bombardearon el tercero por imprimir un artículo que no gustó al Presidente.

Grange frunció el ceño.

—Son los medios que te encuentras en una ciudad pequeña estadounidense, de unos veinte, treinta mil habitantes.

Rourke asintió.

—Ese es el tamaño que tiene Medina. Es un país muy pequeño, rodeado por vecinos grandes y poderosos. Acaba de descubrir que tiene reservas petrolíferas y se rumorea que una antropóloga americana ha encontrado pruebas de la existencia de una civilización más antigua que las pirámides egipcias, justo en medio de la región con potencial petrolífero. Desapareció tras el golpe de estado. Se la da por muerta —se inclinó sobre Grange y con un gesto de cabeza hacia el general Machado añadió—: Estaba enamorado de ella. Quiere acabar con Sapara. Venganza pura y dura además del deseo de salvar a su país.

—Espero que podamos. Llevo tiempo pensando en ello. Si podemos encontrar la manera de infiltrarnos en los objetivos más importantes, es posible que podamos evitar un asalto por tierra masivo. Con la estación de las lluvias a la vuelta de la esquina, podría ser un desastre, lo que nos deja en una situación muy peligrosa desde el punto de vista estratégico. Francamente, no quiero bombardear la ciudad para someterla. Buscarnos la enemistad de los ciudadanos no nos ayudará a echar al usurpador.

—Estoy de acuerdo —dijo Rourke—. Necesitamos información. A espuertas. Y necesitamos también tener bien ocultas nuestras reservas.

—Yo estaba pensando lo mismo, así que he enviado al grueso de nuestro ejército en avión a un país amigo, por decirlo de alguna manera, cerca de la zona de Mato Grosso.

Rourke enarcó las cejas.

—¿El Mato Grosso? —dijo—. Mal sitio. Muy malo. ¿No fue allí donde desaparecieron Fawcett, su hijo y el hijo de su mejor amigo en 1925? —preguntó en alusión al misterio sin resolver del destino del explorador británico, el coronel Percival Fawcett y sus dos jóvenes acompañantes, uno de ellos su propio hijo. Aún hoy, el misterio seguía llamando la atención de investigadores que se adentraban en las selvas con la intención de resolver el misterio acaecido ochenta años atrás. Muchos nunca regresaron.

Grange sonrió.

—Cerca del Mato Grosso. Ya que no están en guerra, puede que encuentren a alguien que sepa lo que le ocurrió a Fawcett. ¿Quién sabe? Pero al menos evitaremos que se produzca una insurrección. Se mantendrán ocultos hasta que los necesitemos. Confío en que podamos tomar la ciudad sin derramar sangre, por la puerta de atrás, con la ayuda de las operaciones especiales.

—Yo pienso lo mismo.

—Y ahora, lo que tengo que hacer es convencer al general —dijo Grange, señalando hacia el expatriota, que estaba sentado solo y pensativo.

—No costará mucho convencerlo. Él tampoco quiere derramamiento de sangre —dijo Rourke—. Creo que ya ha visto suficiente en su vida.

—¿Y quién no? —dijo Grange exhalando un profundo suspiro—. Me gustaría envejecer sin volver a escuchar un tiro más.

—Entonces estás en el negocio equivocado, tío —dijo Rourke—. Tienes que dejar de aceptar trabajos como este.

Grange hizo una mueca.

—No me lo puedo permitir. Jason Pendleton me regaló una casa, un terreno y ganado de pura raza, aparte de un capataz que tiene por hija la mejor cocinera que he conocido en mi vida. Tengo que mantenerlos a todos ahora. Me pagan una pequeña fortuna por ser capataz del rancho de Pendleton, pero no llega para realizar las reformas que quiero hacer ni para comprar toros. Por eso estoy aquí —miró detenidamente a Rourke y frunció el ceño—. Lo que me hace preguntarte lo mismo. ¿Necesitas de verdad el trabajo? Posees ese parque de animales asombroso y tu padre...

El ojo oscuro de Rourke resplandeció peligrosamente.

—No sigas —dijo con voz mortalmente queda, como cuando una serpiente peligrosa se desenrosca.

Grange levantó una mano.

—Lo siento.

Rourke miró hacia la radio.

—Es culpa mía. Soy sensible con algunos temas.

—Lo sé. No debería haber dicho nada.

—No pasa nada —dijo, forzando la sonrisa—. Convence a tu intrépido líder de que intente hacer esto de la manera fácil, dándole la vuelta al gobierno desde dentro.

—Haré lo que pueda.

Rourke sonrió.

—Sé que lo harás.

Grange podría haberse mordido la lengua. Según se decía, Rourke era hijo ilegítimo de K. C. Kantor, un exmercenario millonario. Pero Rourke no hablaba nunca de ello, no hablaba de Kantor a pesar de haber trabajado para él durante años. Era un secreto a voces, pero no era sensato mencionarlo delante de Rourke. Nada sensato. Y no era momento de ponerse a echar sal en las heridas.

Se sentó junto a Machado.

—He enviado hombres de reserva a Casera, en el Mato Grosso, a bordo del DC-3. Tenemos gente en Manaos, pero no podemos permitirnos enviar a un grupo de mercenarios. Tenemos buenos contactos en Casera tras la última incursión de Rourke —dijo—. Tanto él como yo queremos probar la opción de infiltrarnos, detener a Sapara poniendo a su propia gente en su contra. Igual que hizo él contigo, pero al contrario —añadió con una sonrisa.

Machado suspiró.

—Yo también preferiría una revolución pacífica —dijo, sacudiendo la cabeza—. Esta pobre gente ya ha sufrido suficiente por mi descuido —dijo, el rostro tenso—. No volverá a ocurrir.

—Tenemos dos hombres en la ciudad —continuó Grange—. Los que enviamos a buscar al que fuera comandante de tu ejército para ver si nos ayudará. Creo que sí.

—Sí, yo también —suspiró otra vez y bebió un sorbo de café fuerte—. Desde luego, mi adversario lo ha hecho sufrir. Afortunadamente para nosotros, era demasiado valioso para matarlo o meterlo en la cárcel. Conoce el funcionamiento del Ejército y la localización de los ordenadores estratégicos dentro del cuartel general. Será nuestro mejor activo si lo convencemos de que arriesgue su vida en esto.

—Estoy de acuerdo. Ahora solo tenemos que sentarnos y esperar.

Mientras esperaban, un todoterreno llegó al complejo. El conductor era un guía turístico local amigo de Machado, que se había enterado de dónde estaba su campamento por los lugareños. Lo acompañaba un pasajero.

—¡Dios mío! —exclamó Grange sin poder contener la furia—. ¡No me lo puedo creer!

Machado también se había quedado sorprendido.

El pasajero bajó perezosamente del vehículo. Era una americana de unos veintitantos años de cabello corto rubio y ondulado, y ojos azules, vestida como una turista novata en su primer safari, con pantalones de algodón de color caqui y una cámara al cuello.

—He venido de todos modos —anunció con altanería. Se dirigió hasta Grange y le acarició el pecho, diciendo casi con un ronroneo—: ¡No puedo mantenerme alejada de ti, querido!

—¡Alto! —gritó Grange en español al conductor, que estaba dando la vuelta al coche dispuesto a marcharse. Tomó a Clarisse por el brazo y la llevó protestando de vuelta al vehículo, abrió la puerta y la metió dentro. Esta casi se cayó al suelo. Tenía cara de estar confusa. ¿Estaba borracha?

—No voy a irme… —protestó ella.

—Sí te vas —dijo él entre dientes—. De todas las mujeres repulsivas que he conocido, tú te llevas la palma. ¿Qué tengo que hacer para convencerte de que no te deseo? ¿Crees que eres irresistible para todos los hombres que conoces? Tienes la moral de un gato callejero —añadió con desprecio—. ¡No me rebajaría a acostarme contigo aunque fueras la última mujer sobre la faz de la tierra! ¿Te ha quedado claro?

Rourke también la había visto. Se acercó con actitud inusualmente hostil, incluso para él, y la miró con el ceño fruncido.

—¿Qué demonios crees que haces aquí, Tat? —le preguntó con frialdad.

Ella se quedó atónita no solo por el hecho de que

Rourke estuviera allí, sino porque la llamara por el apodo por el que solía llamarla durante el tiempo que había estado viviendo en Sudáfrica, cerca de donde él vivía. Hubo un tiempo en que habían sido compañeros de juegos, amigos incluso.

La mujer levantó la barbilla agresivamente. Se sentía combativa. Estaba tomando pastillas para la ansiedad, tal vez demasiadas, puesto que la tragedia se había cebado con su familia últimamente. Nadie lo sabía. Excepto Rourke. Él había ido al funeral. Había sido amable. Incluso…

—Soy reportera gráfica —le dijo con tono gélido—. Es mi trabajo.

—No —dijo él con sarcasmo—. Tu trabajo es seducir a los hombres, ¿no es cierto? Y Grange está en tu lista. Una larga lista, por cierto. Todos te valen.

Clarisse, que no solía reaccionar ante las críticas, se quedó mirándolo fijamente. Lo que sentía por dentro era un dolor personal. Jamás lo revelaría.

—Sí, parece que estoy el primero de la lista —masculló Grange con frialdad—. Pero de nada te va a servir. ¡Llevo meses diciéndotelo! —se preguntaba por qué Rourke parecía casi aliviado—. Entérate, ya hay una mujer en mi vida —le espetó—. Un mujer dulce, joven e inocente que se quedaría horrorizada si te conociera. El contraste es abrumador.

Clarisse tragó saliva y se puso roja como un tomate.

—Y ahora vete de aquí y no vuelvas —le gritó Grange con furia—. ¡Váyase! ¡Váyase ahora mismo! —le ordenó en español al conductor.

—Haré que te arrepientas —dijo Clarisse, su habitual actitud de coqueteo se había esfumado—. ¡Te lo prometo!

—Haz lo que quieras —le espetó Grange, furioso de una manera desproporcionada—. ¡Váyase! —le dijo una vez más al conductor, golpeando la capota con la palma de la mano.

El ruido del todoterreno se perdió en la distancia. Grange lo vio alejarse, más furioso de lo que había estado en años. Aquella odiosa y persistente mujer tenía el valor de aparecer...

Rourke lo miró.

—¿Desde cuándo va detrás de ti?

—De manera intermitente desde Irak —respondió él—. Estuvo persiguiendo a mi unidad para un reportaje. Pero de una forma especialmente intensa desde hace cuatro meses. Es una pesadilla.

—Entiendo —Rourke regresó a su tarea perdido en sus pensamientos.

Grange tomó aire y contuvo su mal humor cuando Machado se le acercó.

—Lo siento —le dijo a su jefe—. He perdido los nervios. Ahora irá a ver a Sapara y todos moriremos por culpa de mi estupidez.

—No lo veo muy probable, amigo mío —dijo Machado con una sonrisa amable—. Conozco a las mujeres. No traicionará a todo un pelotón de hombres solo por querer conseguir a uno. Pero yo dormiría con un ojo abierto si fuera tú.

—Sí —respondió él y se volvió—. Lo siento.

Machado lo estudió detenidamente.

—Es sofisticada y experimentada, pero a ti no te resulta atractiva. Creo que te gusta la inocencia.

Grange asintió.

—Hay una chica en Estado Unidos. La hija de mi capataz —se movió y desvió la mirada—. Es como una brisa primaveral.

Machado se rio suavemente y le apretó el hombro.

—Ahora lo entiendo. Ven. Olvídate de esa loca y tómate

un café conmigo. Pronto sabremos algo de nuestros contactos en la ciudad.

Clarisse voló hasta Manaos en el pequeño avión de un hombre al que conocía y puso a trabajar a uno de sus contactos en Texas. Una hora más tarde, sabía quién era Peg Larson y dónde encontrarla. Grange iba a lamentar mucho haberle hablado con un tono tan insultante. Solo deseaba poder hacerle daño también a Rourke, pero este estaba hecho de acero. Ni una bomba le haría daño.

A Grange, sin embargo, sí podía herirlo. Clarisse era descendiente de uno de los padres fundadores del país, procedía de una familia poderosa. Poseía dinero y encanto, y sabía cómo emplear ambos. Grange iba a pagar por sus insultos y bien.

Miró por el balcón de la habitación del hotel desde donde se podía contemplar la enorme ciudad de la selva con sus dos millones de almas, y sus ojos se posaron sobre la opulenta Ópera construida en 1896. Durante la fiebre del caucho a principios del siglo xx, Manaos, conocida como el «París de los Trópicos», se convirtió en el centro de una próspera industria que llamaba a los hombres a adentrarse en la selva y sus preciosos árboles del caucho. La fiebre se redujo hacia los años veinte y no volvió a recuperar algo de intensidad hasta que fue necesario de nuevo el caucho durante la Segunda Guerra Mundial. Pero unos astutos biólogos llevaron semillas a Ceilán y otros países orientales, lo que terminó con el monopolio. Después, Manaos volvió a ser la ciudad de la selva de sus orígenes y la era de las grandes fortunas ganadas a costa de la naturaleza llegó a su fin. Pero la ciudad era un ave fénix, destinada a levantarse de sus cenizas una vez más.

En 1967 convertida en zona franca pasó a ser un importante centro de manufactura de aparatos eléctricos y también fuente de turismo ecológico por su belleza, preservando así la belleza del Río Negro, sobre la que estaba situada, y su diversidad biológica.

Manaos tenía una grandiosidad propia. Allí, en las negras aguas del Río Negro, técnicamente provincia de Brasil, se hablaba portugués, no español. Mientras que donde estaban Grange y sus hombres acampados justo dentro de los límites fronterizos de Barrera, la lengua que se hablaba era el español. Clarisse no tenía problemas para comunicarse en ninguno de los dos idiomas. Y con ello en mente, levantó el teléfono y reservó dos pasajes de ida y vuelta en clase turista desde Estados Unidos a La Paz, y luego otros dos pasajes para Manaos. No tenía intención de aceptar un no por respuesta. Iba a convencer a Peg Larson de que la acompañara. Después, tenía otros planes más oscuros para la mujer que había conquistado a Grange. Muy oscuros. Le remordía la conciencia. Normalmente no era tan retorcida y no hacía daño a la gente deliberadamente. Se tomó varias pastillas para la ansiedad y se tumbó en la cama con los ojos cerrados. No debería sentirse culpable. Grange tenía la culpa.

Se estremeció al ver mentalmente la corriente del Río Negro y recordó lo que había ocurrido allí cuatro meses atrás. Cerró los ojos y se estremeció. Era demasiado pronto. No debería haber regresado. Buscó las pastillas y frunció el ceño al ver que el bote estaba casi vacío. No importaba. Tenía un amigo médico que vivía en la ciudad. Lo llamaría y le pediría más.

Regresó a Washington D. C. al día siguiente. Estaba furiosa y había tomado demasiadas pastillas. Tenía la mente nublada por el ego machacado y el orgullo pisoteado. No podía pensar más que en vengarse. Grange iba a pagárselas y también su amorcito.

Peg estaba dando de comer a las gallinas que les proporcionaban huevos a diario cuando un Mercedes-Benz plateado aparcó en el camino de entrada. Dejó el cubo y salió a ver quién era.

Al principio creyó que sería Gracie Pendleton, pero los Pendleton conducían Jaguar. De hecho, Gracie tenía uno de carreras de color verde, su color favorito.

No era Gracie.

Una mujer guapa de pelo rubio, corto y ondulado salió del coche. Iba vestida con unos inmaculados pantalones chinos y una blusa azul claro que parecía de seda. Encima llevaba un chaleco multibolsillos o algo así.

—¡Hola! —saludó con tono amistoso y sonrió—. Busco a Peg Larson.

Peg pestañeó.

—Soy yo.

—Me llamo Clarisse Carrington —respondió, ofreciéndole la mano a Peg—. Acabo de llegar de Sudamérica —se acercó más y miró a su alrededor con cautela para asegurarse de que no las oía nadie—. He visto a Winslow Grange.

—¿Está bien? —preguntó Peg con el rostro congestionado por el miedo.

—Perfectamente —dijo Clarisse. Odiaba la mirada de Peg. Era obvio lo que sentía por él, y durante un breve instante, sintió una punzada de culpabilidad por lo que tenía intención de hacer. No duró mucho. Volvió a sonreír—. Están esperando a tenerlo todo listo antes de entrar. Quiere verte.

—¿Viene a casa? —preguntó Peg, excitada por la noticia.

—No. Eso no es posible —se miró los elegantes mocasines—. Pero quiere que te lleve al campamento. Soy periodista, de modo que puedo ir a donde quiera. Tengo avión privado y todoterreno con chófer. He comprado dos pasajes de San Antonio a Atlanta, donde volaremos hasta Miami y desde allí a Manaos con otros dos pasajes de ida y vuelta en turista que he comprado. He reservado habitación para las dos en Manaos. No está muy lejos del campamento de Grange y sus hombres.

La mujer hablaba muy deprisa. Había algo raro en sus ojos. Peg empezó a tener dudas.

—Es demasiado caro. ¿Cómo te lo voy a pagar?

—¿Estás de broma? —Clarisse carraspeó—. No tienes que pagarme nada. Soy rica. Trabajo como periodista por diversión, no por el dinero.

—¿Por qué lo haces? —insistió Peg.

Mierda, qué lista era la chica, pensó Clarisse. Tal vez demasiado. Compuso otra sonrisa forzada.

—Estoy escribiendo un artículo sobre el asalto para una revista conocida —dijo. La nombró. Era una de esas revistas femeninas muy famosa de las que Peg hojeaba en las salas de espera de las consultas médicas—. Se trata de un artículo de interés humano, sobre la gente que hay detrás de los que luchan. Había pensado hacerlo sobre otro hombre del grupo asaltante, pero no he podido conseguir que su hermana volara hasta allí —desvió la mirada para decir la mentira sin que se le notara—. Es bastante peligroso. En realidad no —corrigió acto seguido—. Pero a la chica le dan miedo las serpientes. Hay serpientes en esa zona de Sudamérica...

Serpientes. Una excusa muy pobre. Peg habría ido a donde hiciera falta para ver a un hermano. Iría a cualquier parte para ver a Grange. Le había enviado el mensaje cifrado, pero no había mencionado nada de aquella mujer. ¿No había algo de una mujer de la alta sociedad que lo perseguía?

—Por favor. El artículo será bueno para el golpe que están planeando. Serán solo un par de días —añadió Clarisse rápidamente porque veía que Peg vacilaba—. Estarás de vuelta antes del fin de semana. Te lo prometo —la sonrisa comenzaba a desmoronarse—. Winslow tiene muchas ganas de verte —añadió—. Te echa muchísimo de menos.

Peg sintió que el corazón le daba un vuelco. Se le olvidó

todo lo que había oído. Grange quería verla. Ella también lo había echado tanto de menos que sentía como si le hubieran arrancado el corazón. Se paseaba por sitios en los que Grange había estado, se sentaba en habitación y miraba la cama en la que había dormido. Se quedaba mirando a las musarañas en su propia habitación, donde había vuelto a besarla, pero con una ternura que dolía. Tenía tórridos sueños eróticos con él casi todas las noches. Sabía que él sentía algo por ella. Pero no se había dado cuenta de lo fuerte que era. Si tantas ganas tenía de verla que le había pedido a una periodista que la llevara hasta otro país solo para estar un par de días, tal vez quisiera pedirle que se casara con él?

—Oh, Dios mío —exclamó Peg, llevándose la mano al cuello.

—Tal vez la lucha sea intensa, pero van a entrar igualmente —dijo Clarisse con tono lúgubre—. Es un buen militar, pero ¿y si le ocurriera algo y no fueras? ¿Y si no vuelves a verlo por miedo a adentrarte en la selva?

—No me da miedo adentrarme en la selva —masculló Peg, que miró a la otra mujer con ojos brillantes—. No me gustan las serpientes, pero no les tengo fobia.

—Eres una chica valiente —dijo Clarisse, riéndose—. De acuerdo, entonces, ¿cuál es tu problema?

—¿No desvelarás los planes del general Machado si escribes el artículo?

—Querida niña, no lo publicaré hasta que el general recupere el poder —Clarisse se rio al ver la falta de conocimientos de la chica—. Jamás los traicionaría. No es propio de mí. Aunque me torturasen.

Peg seguía vacilando. Podría llamar a alguien y averiguar quién era aquella mujer antes de aventurarse en la selva con ella.

Clarisse vio lo que estaba pensando. Consultó la hora e hizo una mueca.

—El avión de Atlanta a Miami sale dentro de cuatro horas. Tendremos que darnos prisa en llegar a San Antonio si queremos tomarlo. El vuelo de Miami es directo. Y no me van a devolver el dinero de los pasajes —añadió con la cantidad justa de preocupación en el rostro.

Peg gimió. Billetes para Sudamérica. Grange la esperaba para verla antes de llevar a cabo la operación que podía salir mal. ¡No había tiempo, no había tiempo!

—Guardaré algunas cosas en una bolsa —dijo Peg—. Le diré a mi padre... —ya corría hacia la casa—. Entra y siéntate en el salón. No tardo —le gritó a Clarisse.

—Mete ropa ligera. De seda, si tienes —le aconsejó Clarisse mientras entraba en la casa.

Peg se detuvo en seco y la miró.

—¿Seda? —movió las manos señalando lo que la rodeaba y preguntó—: ¿Te parece que puedo permitirme ropa de seda? ¡No puedo comprar ni un pañuelo siquiera!

Clarisse se mordió el labio. No se había dado cuenta de que la chica vestía de algodón porque era lo único que tenía. Echó un vistazo al mobiliario barato a su alrededor. «Es pobre», pensó con desdén culpable, pero enseguida se acordó de su papel en todo aquello.

—Mete algo cómodo. Y también un chubasquero. La temporada de lluvias va a empezar. También te hará falta protector solar, pero Manaos es una ciudad grande. Podemos comprar los artículos de baño allí. No vas a poder meterlos en el avión, así que mete solo ropa. Que no sea de algodón —añadió con firmeza—. El algodón retiene la humedad. Algo que se seque rápido. Y mete también unas botas y unos pantalones de fibra sintética.

—De acuerdo, me daré prisa —lo cierto es que tenía un montón de ropa de poliéster porque era barata. ¡Seda con su presupuesto! Menuda tontería.

Clarisse se dio una vuelta por el salón. Se fijó en un cuadro de caballos al galope contra un cielo cubierto de nubes situado sobre la chimenea.

—¿De quién es el cuadro que hay sobre la chimenea? —preguntó a Peg.

—De una artista de por aquí, Janie Brewster Hart —le contestó ella—. Hay una exposición suya en San Antonio ahora mismo. Expone con su cuñada, la mujer del fiscal general, que es escultora.

—Es bonito —murmuró Clarisse. Era un cuadro muy bueno. Una pintora con talento. De repente se le ocurrió algo. Aquella era la casa de Grange. Era suya. Vivía allí. Frunció el ceño. Había rasgos de su personalidad en ella. Era espartana, contaba con los elementos de confort mínimos. Desperdigados por el salón había recuerdos traídos de Oriente Medio. Había un par de cuadros más pequeños junto con algunas piedras fosilizadas y una funda de cuchillo. También había fotos de él con su unidad de boinas verdes en Irak. Lo que despertó en ella dolorosos recuerdos de sus intentos de coquetear con él. Por entonces era menos agresiva, extremadamente tímida casi. Había tenido que obligarse a seguir adelante. Nadie sabía la verdad sobre ella. Ni siquiera Rourke.

—Estoy casi lista. Solo tengo que llamar a mi padre y decirle adónde voy.

—No le digas más de lo necesario —le dijo Clarisse con expresión lúgubre—. Podrían haber pinchado el teléfono.

—¡Será broma!

Era broma, pero no quería que el padre de Peg se diera cuenta de lo que ocurría. No quería cabos sueltos.

—No, no es broma. Se trata de una operación encubierta y estamos en casa de Grange. No es imposible —según lo decía cayó en la cuenta de que tal vez fuera verdad.

Peg hizo una pausa.

—De acuerdo. Está en el rancho de los Pendleton. Lo llamaré y le diré que estaré fuera un par de días con una amiga del instituto que quiere que la acompañe a Atlanta.

—Buena chica.

Durante unos segundos, Clarisse estuvo a punto de cambiar de opinión. Era una crueldad. Antes, ella no había sido una persona cruel. Su pasado la había hecho cruel. Grange la consideraba una especie de devorahombres. Tenía gracia. Ella era tan inocente como Peg, solo que sabía actuar. Pero con Grange no actuaba. A él lo quería de verdad. Le recordaba a Rourke...

Tragó saliva con dificultad y entró en la ordenada cocina a buscar una botella de agua. No había, así que llenó un vaso de agua del grifo. Hizo una mueca. Sacó el bote de pastillas y se tomó dos. Odiaba volar. Pero tenía que acostumbrarse. Las medicinas la ayudaban. Servían para todo.

Tenía gracia; el único hombre que la había atraído alguna vez había sido Rourke. Grange había aparecido en su vida en un puesto militar en Irak, donde estaba con un grupo de Operaciones Especiales, los boinas verdes. Estuvo con ellos, con permiso del Ejército porque tenía amigos influyentes en el Pentágono, para hacer un reportaje. Y Grange se convirtió en su objetivo principal. Intentó atraerlo de todas las formas posibles, pero no lo consiguió. Él fue amable con ella mientras cubría la noticia, pero una vez que abandonó el Ejército, desapareció. Se encontró con él de nuevo en una fiesta en Washington D.C. justo antes de que ocurriera la gran tragedia de su vida. Eso fue después de que empezara a tomar pastillas para las pesadillas y la ansiedad. Le cambió la personalidad por completo. Su forma de coquetear se volvió agresiva. En vano. No consiguió que le hiciera caso. Entonces se obsesionó con que se fijara en ella, empezó a seguirlo cada vez que estaba en la ciudad, aparecía en los restaurantes y hasta en los hoteles. Él no le había dicho gran cosa, pero de repente dejó de ir a los hoteles en los que ella podía sobornar a los empleados para que le avisaran de su llegada.

Aquello no hizo más que impulsar su determinación. Lo más gracioso era que él ni siquiera era su tipo. Suspiró y dejó el vaso en el fregadero. El agua no estaba tan mala. Mucho mejor que la embotellada.

Pensó de nuevo en su último encuentro con Grange en Barrera, en los insultos que le había gritado delante de todos los hombres... delante de Rourke. Grange no la deseaba. Le parecía repulsiva. Aquello se le había clavado en lo más hondo. ¿Qué sabía de ella, de su pasado, de su sufrimiento? No quería saber nada. Él tenía a aquella jovencita dulce e inocente, poco más que una adolescente, que no tenía dinero, ni contactos, nada. Mientras que ella, Clarisse, lo tenía todo, pero no podía conseguir a Grange.

—Tengo que estar loca —se dijo en un susurro—. ¡Loca de atar!

—¿Qué dices? —preguntó Peg desde la escalera.

—El agua no está mala —dijo Clarisse.

—Gracias. Tenemos un pozo. El agua sale fría siempre y está buena —entró en el salón con una maleta desastrosa, zapatos de tacón y su mejor vestido—. ¿Voy bien así?

Clarisse se quedó de piedra. Pestañeó.

—¿Alguna vez has viajado en avión?

—Pues no. Sí. He volado en un aparato de fumigar —respondió ella—. No es más que un pequeño aeroplano de dos plazas. Fumigamos los campos con insecticida. Bueno, nosotros no lo hacemos. Lo hacen otras personas.

Clarisse tomó aire profundamente. Había pocos sitios en el mundo en los que no hubiera estado. Había viajado en todo tipo de aviones, desde aparatos para pasajeros hasta naves militares. Aquella niña no había puesto un pie en un avión y creía que tenías que ponerte de punta en blanco para ello. Ir con tacones al aeropuerto internacional de Hartsfield de Atlanta era mortal porque los pasajeros tenían que caminar largas distancias entre los mostradores y las puertas de embarque.

—Ponte pantalones largos y camiseta, botas y calcetines. Puedes llevar un jersey también. No puedes recorrer un aeropuerto con tacones. Te saldrán ampollas. Podrían causarte una infección y eso podría ser fatal en plena época de lluvias tropicales. Así se producen las septicemias.

—Oh —Peg se sonrojó.

Clarisse se le acercó.

—No pasa nada —le dijo con amabilidad—. Yo no nací sabiendo todas esas cosas. Tuve que aprender.

Peg sonrió con timidez.

—Gracias. Iré a cambiarme.

Se fue corriendo a su habitación. Clarisse se sentía fatal. Peg se parecía mucho a Matilda. No en el aspecto, pero sí en la actitud, las agallas y la inocencia. Le sobrevino una oleada de dolor que le hizo cerrar los ojos. Había sido culpa suya. Culpa suya. Ella había insistido en que Matilda fuera en un bote nativo con su padre a ver la selva que rodeaba Manaos, una gran aventura, mientras ella entrevistaba al jefe con un intérprete. Pero Matilda, la dulce Matilda, había pagado por su cortedad de vista. Y ahora estaba a punto de poner en peligro a otra niña, deliberadamente, solo por venganza…

—Ya estoy —anunció Peg.

Clarisse la miró con los ojos muy abiertos, vacilante.

—No sé. Tal vez no sea buena idea —dijo, pensando en voz alta.

—Quiero ir, por favor —le suplicó Peg—. Haré lo que sea con tal de verlo. ¡Lo que sea!

Clarisse apretó los dientes con fuerza. Grange la había insultado delante de Rourke, a quien le sobraban los motivos para odiarla. Grange había hecho que se sintiera pequeña e insignificante. El insulto había aniquilado la bondad que había en ella. Compuso una sonrisa forzada.

—¡Pues, entonces, vamos!

Peg no había estado nunca en una terminal de aeropuerto, excepto aquella vez que fue con su padre a recoger a Jason Pendleton para llevarlo al rancho. El de San Antonio era grande y estaba lleno de gente. Miró las palmeras del exterior y sacudió la cabeza.

—Esto siempre me asombra —murmuró—. Palmeras. Supongo que como en Florida. Aunque nunca he estado en Florida.

Clarisse se limitó a asentir con la cabeza. Aquella chica no tenía ni idea de nada.

Entraron en el avión tras una hora de espera. Ya no se llamaba primera clase, sino *business*. Era un compartimento para cuatro personas, hombres con teléfonos móviles y ordenadores portátiles conectados a Internet, totalmente ajenos a lo que los rodeaba.

Peg estaba fascinada. Cuando la asistente de vuelo pasó con el chaleco salvavidas y el vídeo explicativo, Peg la escuchó con total atención.

—¡Es fantástico! —le dijo a Clarisse con emoción.

—Sí, como que un chaleco salvavidas te va a servir de ayuda en la tierra.

Peg pestañeó.

—Pasaremos solo por encima de ríos y lagos —continuó—. Si el avión se cae, te aseguro que el chaleco no va a ser lo más falta nos haga.

—Oh —contestó Peg, jugando con los mandos del asiento—. Pero luego vamos a atravesar el océano para llegar a Sudamérica —dijo alegremente—. Si tenemos que hacer un aterrizaje forzoso, nos vendrán bien.

Si el avión cayera, golpearía el agua a varios miles de kilómetros por hora, lo que sería como chocar con una pared de ladrillos a esa velocidad, pensó Clarisse. El avión se desintegraría junto con los pasajeros. Aun en el caso de que no acabaran hechos picadillo, a los tiburones les parecería un bocado apetitoso. Pero no le dijo nada a Peg. Se tomó otra pastilla prescrita para casos de ansiedad extrema y se durmió para no pensar en la horrible venganza que pensaba tomarse contra el hombre que no la deseaba.

Grange se sentó con Rourke en la oscuridad. Tenía remordimientos de conciencia.

—No debería haber sido tan hiriente con Clarisse —masculló—. No estuvo bien. Perdí los nervios. Lleva años dándome la lata. Estoy harto. Y más ahora.

Rourke jugueteaba con la taza de café.

—No sabes mucho de ella, ¿verdad?

Grange enarcó las cejas.

—Sé que ha sido una pesadilla de dos meses a esta parte.

Rourke se quedó mirando el café.

—Hace unos seis años nombraron a su padre miembro del Departamento de Estado de Estados Unidos. Hace cuatro meses lo enviaron a hablar con el gobierno de Barrera sobre unos contratos en materia de petróleo. Para guardar las apariencias, ya que había encontrado la manera de matar a todos aquellos nativos que se opusieran a las prospecciones en su territorio, Sapara lo envió a uno de los poblados para que negociara un tratado con ellos. Esto se hace siempre con el jefe o los jefes de la tribu si son varios terrenos —bebió un sorbo de café—. Cerca de Manaos hay barcos fluviales para los turistas, pero si quieres ir a ver a un grupo de nativos en las profundidades de la selva, te buscas un guía que conozca el territorio y vas en un bote local —apretó los labios—. Resumiendo, a la embarcación le hacían falta algunas reformas y volcó cuando descendían por unos rápidos. El agua estaba llena de pirañas.

Grange se quedó helado. Esperó a que le contara el resto.

Rourke compuso una mueca.

—Su padre se había cortado afeitándose. No es que fuera una herida grave, pero fue suficiente. Probablemente se ahogara antes de que las pirañas llegaran hasta él, pero se lo comieron de cintura para abajo. Iba con sus dos hijas. Creyó que sería una excursión divertida. Cuando la más pequeña, Matilda, vio que su padre se hundía, fue a rescatarlo. Y murió también. Clarisse se había quedado entrevistando al jefe de la tribu. Lo vio todo desde la orilla, horrorizada. Perdió a toda su familia —se encogió de hombros—. Me enteré, por un amigo mutuo, que lleva tomando pastillas para la ansiedad desde entonces. A veces, cuando los recuerdos son insoportables, se toma más de las que debería, y le están afectando el juicio. Hace locuras —suspiró—. No siento nada por ella. De hecho, me resulta desagradable. Pero después de la tragedia, algo se rompió dentro de ella. ¿Y cómo arreglas eso? —preguntó, fijándose en que Grange estaba pálido—. ¿Cómo arreglas una alma que se ha partido?

—De haberlo sabido —dijo Grange con voz queda—, no habría sido tan duro. Jamás habría dicho cosas tan insultantes —se encogió de hombros—. Echo de menos a Peg, mucho, y estoy preocupado por el asalto —miró a Rourke a los ojos—. Si tenemos que entrar con toda la artillería, habrá muchos muertos. Puede que incluso él —señaló hacia Machado, que discutía algo con sus camaradas—. Me cae bien.

Rourke asintió.

—Sí, a mí también —le dio unas palmaditas a Grange en la espalda—. No te preocupes mucho. Clarisse lo superará. Ha superado cosas peores —se estaba acordando de un incidente íntimo con ella cuando era mucho más joven, incidente que lo había apartado de ella para siempre. Se preguntaba si ella lo recordaría. Él intentaba no hacerlo.

—Estaría bien poder retirar las palabras que se dicen cuando uno está furioso —replicó Greg.

Rourke se rio por lo bajo.

—Descansa un poco. Mañana tenemos un día importante por delante, de un modo u otro.

—Un día importante —convino Grange.

CAPÍTULO 6

Peg no podía dejar de mirarlo todo con ojos como platos desde el taxi camino del hotel de Manaos. Clarisse tenía una suite grande con espacio de sobra para las dos, ya que se necesitaban un par de días para organizar el viaje a la selva. Clarisse tendría que buscar un guía en el que confiara plenamente, alguien que pudiera llevarlas a su destino por caminos vecinales.

Eso significaba que tendría que buscar a Enrique Boas, guía con mucha experiencia en rutas por la selva. Tendrían que alquilar también un coche mejor que el cacharro que solía conducir Enrique, preferiblemente un todoterreno.

Había un pueblo a una hora de camino de donde estaba acampado el grupo, en la frontera de Barrera con la Amazonia pero dentro de Barrera, un pequeño pueblo donde la gente solo hablaba portugués. Allí no había extranjeros. La madre de Enrique vivía allí, de modo que sería el lugar perfecto para abandonar a la chica. Después iría al campamento de Grange y le diría lo que había hecho.

Se preguntaba si la lastimaría. No le importaba. Su plan estaba bien pensado, no había cabos sueltos. Tenía la intención de abandonar a su rival en un lugar del que no podría escapar y a Grange solo le diría que la había llevado a la selva y la había abandonado.

Las pastillas le estaban nublando el juicio. La chica podría morir. Los turistas morían por desconocimiento muchas veces. La picadura de un insecto podía causar enfermedades. Las serpientes mataban. Había pirañas en los ríos…

Le entraron ganas de vomitar. Matilda nadando frenéticamente para intentar salvar a su padre mientras ella permanecía atónita en la orilla sin hacer nada. ¡Nada! ¿Por qué no había hecho nada? Amaba a su padre y a su hermana. Matilda, la valiente Matilda, había muerto…

Se estremeció. El recuerdo estaba demasiado reciente, demasiado vivo aún, demasiado horrible. Cuatro meses. Ayer. ¿Por qué había vuelto? Por seguir a Grange. ¿Y para qué? Él no la deseaba, nunca la había deseado. Se había escondido en una pequeña ciudad polvorienta de Texas en la que había encontrado a aquella petunia, a aquella violeta, a aquella chiquilla increíblemente ingenua de diecinueve años. Peg. Y ella iba a castigarla para vengarse de Grange. Pestañeó. ¿De qué tenía la culpa Peg? La miró y de nuevo la invadió el recuerdo de su preciosa hermana. Tomó aire profundamente, intentando abrirse paso en la neblina mental cuando el coche se detuvo delante del hotel.

—Aquí es —le dijo a Peg. Sentía el rostro entumecido. ¡Qué extraño! Le dio un billete al taxista. Este inclinó la cabeza y salió, sacó el equipaje y lo metió en el hotel. La mujer le había dado una buena propina.

Clarisse se tropezó en la acera y se habría caído de bruces si Peg no la hubiera sostenido.

—Ten cuidado —dijo Peg, preocupada—. No querrás romperte una pierna.

Clarisse se mordió el labio. Pestañeó.

—Gracias, Matilda.

Peg la miró con sus límpidos ojos verdes.

—¿Quién es Matilda?

El recuerdo la arrasó como un torrente. Los cuerpos revolviéndose en el agua, los gritos, gritos inhumanos, el horror, la sangre…

Clarisse tomó aire y tragó saliva con dificultad nuevamente. Se quedó totalmente inmóvil, blanca como el papel. Aquella no era Matilda. Era Peg. Intenta recordar. ¡No! ¡No intentes recordar…!

—Será mejor que entremos —le dijo a Peg.

—Apóyate en mí —le dijo Peg con ternura—. No estás bien.

Clarisse sintió un dolor como si le clavaran un cuchillo en el pecho. Miró a la chica, sus ojos claros, su expresión bondadosa y casi se odió. ¿De verdad creía que una extraña benevolente había cruzado medio mundo para hacerle un favor? Era muy confiada. Matilda también lo era…

—Estoy bien —dijo Clarisse con gran pesar—. Estoy bien. Pero… gracias.

Peg se limitó a sonreír.

El dolor aumentó. Peg era varios años más joven que ella, pero tenía carácter y agallas.

—Se come muy bien aquí —dijo Clarisse.

—Genial. Estoy muerta de hambre.

Clarisse consultó el reloj.

—Tendremos que pedir algo del servicio de habitaciones. Aquí cenan muy tarde en comparación con los hoteles de Estados Unidos. No habrá nada abierto hasta las siete o las ocho.

Peg suspiró.

—Pero podremos comer un sándwich, ¿no?

Clarisse soltó una carcajada.

—Queso y *crudités*, tal vez.

—¿Crudiqué? ¿Qué es eso?

—Verduras crudas con una salsa para mojar.

—Creo que he comido de eso una vez.

—Vivirás muchas experiencias nuevas en este país —algunas inolvidables y terribles. El sentimiento de culpa la hizo darse media vuelta—. Subamos. Estoy cansada. Imagino que tú también.

—No mucho. ¿Cuándo iremos a ver a Winslow? —preguntó, esperanzada.

—Tardaremos uno o dos días en preparar la marcha. No está lejos de aquí, pero el transporte es complicado en esta época. No podemos ir en barco, de modo que tendremos que utilizar lo que llaman carreteras. Hay una carretera pavimentada que va de Manaos hasta la capital de la Amazonia, pero nosotras tenemos que ir hacia el norte. Normalmente, los caminos son de tierra y algunos de los puentes se los lleva la corriente. Aunque no suele ocurrir tan al principio de la época de lluvias.

Peg sintió que se le caía el alma a los pies.

—Oh.

—Tenemos que evitar los accidentes —añadió Clarisse—. Se preocuparía. Es un momento crucial para ellos.

—Sí, claro. ¿En qué estaría pensando? ¿Podemos hablar con él?

—No sería muy sensato.

Peg se mordió el labio.

—Lo siento. No pienso con claridad. Creo que tengo eso, ¿cómo se llama? ¿Jet lag?

—Tendría que haberte dado melatonina además de la quinina —Clarisse le había estado dando quinina desde que subieron al avión en San Antonio para los mosquitos. En Manaos casi no había, pero a donde iban habría muchos. Por alguna extraña razón, la chica había despertado en ella un instinto protector desde el principio.

—Lo importante es hacer lo que corresponda hacer según la hora en el lugar de destino —continuó Clarisse—.

Dormiremos cuando sea hora de acostarse en esta zona horaria y nos levantaremos cuando sea de día. Te acostumbrarás.

—Debes de viajar mucho —dijo Peg cuando se detuvieron en la puerta de la suite.

—Sí. Mucho —en un intento de escapar de los recuerdos, habría dicho Clarisse, pero no lo hizo. Se limitó a sonreír—. ¡Ya estamos!

Abrió la puerta.

Peg entró con cautela. Nunca había visitado ningún sitio realmente elegante, excepto aquel gran restaurante de San Antonio al que Grange los había llevado a su padre y a ella nada más empezar a trabajar para él. Pero aquello no se podía comparar.

Todo en la habitación era lujoso. Los tejidos, las camas de matrimonio, los inmaculados edredones de satén con el vivo de color verde. Las cortinas a juego. Había un pequeño refrigerador con bebidas y cosas de comer. La alfombra era exquisita. Las pinturas que colgaban de la pared parecían reales, como las que Grange tenía en su rancho.

Peg sintió una punzada de culpa. No le había contado gran cosa a su padre, solo que una compañera de la escuela la llevaba de compras un par de días a Atlanta en un avión de verdad y le pagaba el hotel. Si le hubiera dicho la verdad, no la habría dejado ir.

—¿No te gusta? —preguntó Clarisse, al verla fruncir el ceño.

—La habitación es preciosa —respondió Peg—. Jamás había estado en un sitio tan elegante. Es como un sueño. Pero estaba pensando en papá. Le he mentido. No lo había hecho antes.

—Te perdonará. Tú solo recuerda las ganas que tiene Grange de verte.

Peg suspiró.

—Lo intentaré —miró a su alrededor de nuevo—. Es todo tan exótico. ¿Hay loros e iguanas de verdad como las de la revista del avión?

—En la Amazonia vive todo tipo de animales salvajes —dijo Clarisse, adormilada—. La mayoría son letales si no los conoces.

—Me alegro de que estés conmigo —Peg sonrió de oreja a oreja—. Es agradable tener una compañera de viaje que conoce el lugar.

Clarisse suspiró.

—Sí —se tiró sobre la cama y cerró los ojos—. Voy a echarme una siesta, solo unos minutos —abrió los ojos—. No salgas de la habitación. Prométemelo.

Peg estaba decepcionada, pero notó que la mujer quería protegerla.

—Está bien —dijo a regañadientes.

—Mañana te llevaré a ver la ciudad —murmuró Clarisse—. Te llevaré al zoo.

—¿Hay un zoo?

Pero Clarisse ya se había quedado dormida.

Peg se puso a dar vueltas por la habitación y terminó asomándose al balcón que daba sobre la ciudad. Quería saberlo todo de aquel lugar. Jamás habría soñado siquiera con visitar un país extranjero. Pero ahora que estaba allí sentía cierta aprensión. Le había mentido a su padre. Estaba a miles de kilómetros con una mujer de la no sabía absolutamente nada excepto que le había dicho que Grange quería verla, desesperadamente.

Eso le había bastado para que hiciera el viaje. Ahora le preocupaba haber sido demasiado impulsiva y que pudiera correr peligro. Tenía el pasaporte, pero, ¿no se suponía que había que ponerse vacunas y cosas antes de viajar a otro país?

Clarisse le había dado pastillas para evitar la malaria, pero no ella no estaba vacunada nada más que del tétanos. Todo el dinero que tenía era un par de dólares. No tenía medicinas. No se había llevado su teléfono.

Cuanto más pensaba en ello, más aumentaba su preocupación. A eso había que añadir que estaba muerta de hambre. Clarisse le había dicho que pedirían comida, pero se había quedado dormida.

Solo por curiosidad, Peg abrió el menú del servicio de habitaciones. Estaba en varios idiomas, pero ninguno que reconociera aparte del inglés y el español. No hablaba un español fluido, pero sí entendía y hablaba un poco. Leerlo era más difícil, a pesar de haberlo estudiado durante años en el instituto. En los dos años que habían pasado desde que se graduara, no había prestado mucha atención al español escrito, más allá de las señales que podían verse en Jacobsville. Ojalá hubiera estudiado más. Manaos estaba en Brasil, donde se hablaba portugués. Y le parecía ya difícil leerlo, así que hablarlo era impensable. Se preguntó si Clarisse comprendería esa lengua.

Levantó vacilante el teléfono y marcó el número del servicio de habitaciones.

—*¿Sim?* —contestó en portugués.

Tragó saliva.

—¿Tienen pescado? —preguntó, vacilante en inglés.

Se produjo una pausa y una risilla divertida.

—Sí, tenemos pescado —le respondieron con el mismo tono de diversión en inglés—. Hablo inglés. Quiere usted pescado. Tenemos todas las variedades imaginables.

—¡Maravilloso! —vaciló un momento—. ¿Me puede recomendar alguno? Es la primera vez que viajo a Sudamérica. Quiero probar cosas nuevas.

Él se rio alegremente.

—Le prepararé una fuente con varios tipos. ¿Qué tipo de preparación le gustaría?

—¿Frito? Y con patatas, fritas también. Y Ketchup.

Él volvió a reírse.

—Marchando. ¿Le gustaría algo de beber?

—Oh, sí. ¿Tienen té?

—¿De jazmín tal vez?

—¡Sí!

—¿Azúcar?

—¡Por favor! ¡Me muero de hambre! —miró a Clarisse—. Mi compañera de viaje está dormida. Supongo que será mejor que no pida para ella nada hasta que se despierte.

Se produjo una pausa y al momento la voz antes alegre se tornó fría.

—Probablemente no sea hasta mañana. La señorita dormirá mucho —otra pausa—. ¿Es usted amiga suya?

—Bueno, en realidad no la conozco mucho —respondió Peg dubitativa—. Fue a buscarme para decirme que mi... jefe quería que volara hasta aquí. Él... —vaciló. No podía decir nada que pudiera delatar la operación militar en marcha—. Trabaja aquí. En investigación —se apresuró a añadir.

Nueva pausa.

—Si necesita cualquier cosa, el encargado de la planta de abajo la ayudará. Además, la embajada americana tiene aquí una oficina consular.

—Es usted muy amable. Gracias —dijo Peg.

—No cuesta nada ser amable, señorita —respondió él suavemente con un tono hondo muy agradable—. La comida estará lista en menos de media hora.

—Gracias —y tras vacilar un momento repitió en español—: Gracias.

Él se rio.

—Aquí se dice *obrigada* si eres mujer y *obrigado* si eres hombre. Es portugués.

—*Obrigada!* —repitió ella, riéndose alegremente—. Mi primera palabra en portugués.

—Aprenderá muchas más, estoy seguro. *Boa tarde* —dijo, riéndose—. Eso significa «buenas tardes». Una frase para que la aprenda.

—*Boa tarde* —respondió.

—*Boa tarde* —dijo él con tono risueño antes de colgar.

Mientras esperaba a que le subieran la comida, fue al ordenador, que supuso sería de Clarisse, y lo encendió. Confiaba que no le importara que lo usara. Iba a ponerse a buscar algo en Internet cuando vio un fichero que le llamó la atención. Parecía relacionado con el país en el que se encontraban, de modo que, en un impulso, lo abrió.

Era un informe fechado cuatro meses atrás. Trataba de un visitante extranjero, un empleado federal de la embajada de los Estados Unidos, con el apellido de Clarisse. Según el informe, cayó al río durante un viaje en canoa a un poblado indio con los que debía negociar un contrato para la explotación petrolífera de la zona que beneficiaría no solo a Brasil, sino también a las compañías estadounidenses. El informe decía que un corte en la cara atrajo a un grupo de pirañas. Estos peces no siempre eran peligrosos, según decía el autor del informe, pero al parecer aquellas llevaban tiempo sin comer, por lo que se sintieron atraídas. Una joven, su hija, saltó al agua en un intento de salvarlo y acabaron muertos los dos. La chica se llamaba... Matilda. Otra hija se había quedado en tierra, observando horrorizada desde la orilla. El informe afirmaba que, tras aquello, sufrió un colapso nervioso y hubo que llevarla al hospital, donde recibió terapia.

Horrorizada, Peg cerró el documento y el ordenador. Se acercó a Clarisse y la observó con el corazón encogido. La pobre mujer había perdido a su familia y lo había visto todo. No le extrañaba que se hubiera derrumbado. Lo que le sorprendía era que Clarisse hubiera sido capaz de regresar tras la tragedia.

Con los ojos cerrados y el rostro relajado, las líneas de expresión dejadas por el estrés y la pena parecían aún más pronunciadas. Peg suspiró. Pobrecita, tener que llevar a cuestas algo tan horrible. Le parecía aún más asombroso que pudiera ser tan generosa con una absoluta desconocida. La mayoría de las personas se habrían retraído en sí mismos después de semejante tragedia. Pensó que ella habría reaccionado así. claro que una nunca sabía cómo reaccionaría uno en una determinada situación hasta que no te queda más remedio que enfrentarte a ella.

Se acercó a la ventana y miró a través de ella. Aquel lujoso hotel, uno de los mejores de la ciudad según el folleto que había encima de la mesa, estaba situado en una playa de arena blanca. Le había sorprendido encontrar una ciudad moderna en vez de un montón de casuchas en la selva rodeadas por jaguares y serpientes.

De hecho, Manaos era conocido como el «París de los Trópicos». Era una bella ciudad llena de luz y color, con modernos edificios mezclados con otros de arquitectura colonial más antiguos, que contaba con todos los servicios de una ciudad como Nueva York o cualquier capital europea. Peg se había sentido fascinada al ver un transatlántico en el puerto. Clarisse le había dicho que por el río Amazonas transitaban transatlánticos hasta Manaos. Eran bastante frecuentes allí. También contaban con una compañía aérea nacional, la TAM, que ofrecía vuelos internacionales desde y hasta Manaos y otras ciudades de Sudamérica.

Desde el balcón, Peg veía la arena blanca, las palmeras y el agua resplandeciente. Parecía más un océano que un río, pensó, y deseó poder salir y verlo más de cerca. Esperaba que Clarisse la llevara a ver los alrededores mientras se ocupaba de ultimar los preparativos para ir a ver a Grange. Tal vez fuera la única vez en su vida que estuviera en una ciudad extranjera.

No significaba que no hubiera renunciado a ello por volver a ver a Winslow. El corazón se le aceleró al pensar en la cara que se le iba a poner cuando la viera. ¡Estaba impaciente!

El camarero llegó con una enorme bandeja de pescado, té y un maravilloso postre.

—Raoul pensó que también le gustaría probar una de nuestras especialidades de postre —le dijo con una sonrisa—. Está hecho a base de frutas de la zona, como los cocos. Si necesita cualquier otra cosa, no tiene más que pedírnoslo.

Ella vaciló y lo miró con preocupación.

—No puedo darte propina —dijo con incomodidad.

Él le sonrió con amabilidad.

—Señorita, no es nada. Créame. Que haya pensado en ello ya es mucho.

—Mil gracias —dijo ella en su amable español.

El chico estaba encantado.

—De nada —dijo en español para sorpresa de Peg—. Verá que, si entiende español, comprenderá muchas cosas de portugués. Ya lo verá. *Bom dia.*

Ella sonrió de oreja a oreja.

—*Bom dia.* Y *obrigada.*

Él le hizo una reverencia sonriente y se marchó.

Peg miró con gesto de culpabilidad a Clarisse, que estaba roncando. Ya pediría ella cuando se despertara. Esperaba tener suficiente dinero en su cuenta de ahorros para pagar la comida. Tenía que ofrecerse a hacerlo al menos.

Se sentó junto a la ventana para poder ver la playa y se puso a comer.

No se lo pudo terminar todo. El pescado empanado y frito, estaba delicioso, y las patatas sazonadas a la perfección.

Había también una pequeña ensalada de frutas y el indescriptible postre que hizo que Peg cerrara los ojos con deleite.

Jamás había probado comida como aquella. Deseó hablar el portugués suficiente como para pedirles las recetas. Claro que, siendo una especialidad del hotel, lo más probable sería que no quisieran dársela. Una pena. Su padre se quedaría atónito si le sirviera una comida como aquella.

Hizo una mueca. Confiaba en no tener que decirle dónde estaba. Se enfadaría mucho. Nunca le había mentido. Pero se moría por ver a Winslow. Todo saldría bien. ¡Tenía que salir bien!

A la hora de irse a dormir según la hora de Manaos, Clarisse aún no se había despertado. Peg miró hacia la ciudad, que refulgía con un millón de resplandecientes luces de colores. Era la ciudad más hermosa que había visto en la vida, y era enorme. Por la noche se podía ver hasta dónde se extendía. Jamás habría imaginado que encontraría algo así en la misteriosa y peligrosa región del Amazonas. ¡Era increíble!

Abrió el folleto del hotel y leyó la historia de la fundación de la ciudad.

Para cuando terminó estaba un poco adormilada. Había sido un día largo, y Clarisse seguía dormida.

Con un suspiro fue a darse una ducha y se puso un camisón de algodón largo. Media hora después, estaba profundamente dormida.

Se despertó al oír que abrían una maleta. Clarisse estaba guardando sus cosméticos y artículos de baño. llevaba otra ropa, pantalones chinos, pero esta vez con una chaleco azul multibolsillos y botas azules de piel a juego.

Miró cómo Peg se frotaba los ojos.

—Por fin te despiertas —se rio—. ¿Has dormido bien?

—Muy bien, gracias. Pedí la cena anoche. Te lo pagaré...

Clarisse hizo un gesto con la mano.

—Yo invito. Siento haberme quedado dormida, pero estaba destrozada. He hecho este mismo viaje dos veces en tres días sin descanso. El jet lag te deja fundido. ¿Tienes hambre? He pedido el desayuno. El café de este sitio está buenísimo. ¿Tomas café?

—Sí, me encanta.

—No sabía. Raoul me dijo que anoche pediste té.

—No sabía si tendrían café.

—¡Pero si estamos en Sudamérica! —exclamó Clarisse—. ¡Si prácticamente lo inventaron aquí!

Peg se rio.

—Lo siento. Estaba muy cansada. Nunca he estado en ningún sitio. ¡Este sitio es fantástico! —añadió, levantándose de la cama—. ¡Parece sacado de esas fotos de Nueva York de noche! No imaginé que sería tan grande.

—Es grande, sí. Tiene una Ópera que fue construida durante la fiebre del caucho, por no mencionar algunos de los rascacielos más modernos del país y muchas catedrales.

—¿Nos dará tiempo a ir a explorar la ciudad?

—Claro. Primero tienes que ponerte unas inyecciones. Conozco a un médico. Yo ha he empezado a darte el tratamiento de quinina de forma preventiva. La malaria campa a sus anchas por aquí en el Río Negro, y la estación de lluvias va a comenzar pronto.

—¿Inyecciones?

Clarisse asintió.

—Sí, de Hepatitis A y B, malaria, fiebre amarilla. Winslow no me perdonaría que te contagiaras de una agresiva fiebre tropical —añadió sin querer mirarla. Antes, no había caído en la cuenta de protegerla, pero los remordimientos de conciencia la estaban matando. No pensaba dejar que la chica fuera a la selva sin vacunarse.

—Odio las inyecciones.

—Las enfermedades que podrías pillar te gustarían aún menos.

Peg suspiró.

—Supongo.

Oyeron que llamaban a la puerta.

—El desayuno —anunció Clarisse y se forzó a sonreír.

Comieron despacio y luego llegó el médico. Llevaba consigo las recetas que les había prescrito, entre ellas un medicamento para la diarrea en caso de que Peg, no habituada a la comida de la zona, la tuviera.

Peg le dio las gracias efusivamente porque no le había hecho daño al pincharla.

Él sonrió, hizo una inclinación de cabeza y salió al vestíbulo con Clarisse, que volvió al cabo de unos minutos.

—En el hotel se puede comer y beber de todo —le dijo—, pero ni se te ocurra beber agua o comer comida en los pueblos que están fuera de la ciudad. Y por lo que más quieras, presta atención a las picaduras de los mosquitos. Son peligrosas si no se tratan enseguida.

—De acuerdo —dijo Peg.

Clarisse se dio la vuelta.

—Deberíamos irnos. Voy a llevarte a dar una vuelta. Tienes que ver Manaos. Es increíble.

—No sé cómo podré pagarte todo esto —dijo Peg con pesar.

Clarisse la miró asombrada. Alguna que otra vez se había llevado a alguien a ver mundo con ella, y jamás se habían ofrecido a pagarle nada.

—¿Pagarme? —preguntó, obviamente sorprendida.

—Te agradezco todo esto que estás haciendo —respondió Peg—. No me gusta aceptar cosas de los demás a menos que pueda ofrecerles algo a cambio.

Clarisse tragó saliva. No sabía qué decir y el sentimiento de culpa era cada vez mayor.

—Me gusta Grange —dijo al final y bajando los ojos añadió—: Me pidió que te trajera.

Peg quería preguntarle por los rumores que corrían de una mujer de la alta sociedad que perseguía a Grange. Estaba segura de que no podría ser ella. Aquella mujer era amable y generosa. No parecía la persona sin corazón de la que había oído hablar. Pero no sabía si sacar a relucir un tema tan desagradable, especialmente en ese momento.

—Entonces te lo agradezco mucho —dijo Peg—. Pero, si alguna vez puedo hacer algo por ti, lo haré. Lo que sea.

Clarisse no la miró.

—Deberíamos irnos.

Hicieron las rutas turísticas por la ciudad. El edificio de la ópera era un vestigio de los tiempos coloniales, con grandes columnas y superficies rosadas. Al entrar les dieron unas fundas con las que cubrirse los zapatos porque los suelos eran antiguos y resbalaban mucho. Peg recorrió el opulento edificio verdaderamente maravillada. Había oído a Grange escuchar alguna vez música de ópera cantada por un célebre tenor, Plácido Domingo. Había una canción en particular que le encantaba, *Nadie duerme* o algo así llevaba por título.

—Escuché ópera una vez. Estaba ambientada en China. Recuerdo aquella canción que hablaba de que nadie dormía...

—Sería *Turandot*. El aria lleva por título *Nessun Dorma* —dijo Clarisse con un tono de angustia—. Sí, es la más hermosa que he oído nunca.

—La cantaba ese tal Plácido Domingo. Se me puso la piel de gallina.

Clarisse se volvió hacia ella.

—¿Has estado alguna vez en la ópera?

Peg se rio suavemente.

—No he estado en ningún sitio —confesó—. Hasta ahora.

—Deberías ir. Al menos una vez. Es una experiencia que no se olvida jamás —como esa, pensó, pero se mordió la lengua. La pobre Peg jamás olvidaría lo que estaba a punto de ocurrir. Clarisse se apartó un poco, se tomó un par de pastillas y se las tragó rápidamente con el agua que llevaba. Pastillas. Pastillas para dormir, para despertarse, para bloquear los recuerdos, los horrendos recuerdos…

—Será mejor que nos vayamos —le dijo a Peg al cabo de un minuto—. No tenemos mucho tiempo.

—Claro, claro.

Clarisse la llevó a dar una vuelta por los alrededores en un autobús turístico y se acercaron al zoo. Había ejemplares de todos los animales que se podían encontrar en el Amazonas, monos, iguanas y tapires. También había pirañas en un gigantes acuario.

—No deberíamos haber venido —dijo Peg cuando vio la expresión de Clarisse al ver las gigantescas mandíbulas y los afilados dientes—. Vámonos.

Parecía que Clarisse se movía a cámara lenta. Se quedó mirando a Peg.

—¿Qué?

—No deberíamos haber venido a verlas… —se mordió la lengua.

Clarisse echaba chispas por los ojos azules.

—¡Has estado husmeando! —le dijo con frialdad—. Has estado mirando mi ordenador, ¿a que sí? —quiso saber mientras Peg se ponía blanca como el papel.

CAPÍTULO 7

Peg no sabía qué decir. Clarisse parecía enloquecida, fuera de control, como si hubiera tomado drogas. Peg sabía lo que era, porque uno de los hombres que trabajaban en el rancho de los Pendleton había estado coqueteando con sustancias ilegales. Había sido su padre quien se había enfrentado al chico, que le había estado haciendo incómodas insinuaciones amorosas a Peg. El chico decidió seguir tratamiento, por fortuna, cortesía de Jason Pendleton, y ahora trabajaba de nuevo en el rancho y había vuelto a ser el mismo de antes. Pero Peg jamás pudo olvidar la expresión de su rostro, sus ojos o su manera de comportarse.

—Sí —dijo Peg apesadumbrada—. Estaba buscando información sobre Manaos y encontré el artículo de periódico. Creía que era sobre algún tipo de atracción turística. Lo siento mucho. Tu hermana y tu padre… ¡Qué horror!

Clarisse se sentía destrozada. Nadie la había consolado. Rourke había estado en el funeral, pero no se había atrevido a pedirle consuelo. Él se ofreció a hacer por ella lo que necesitara, pero ella lo rechazó formalmente y se apartó rápidamente.

Nunca quiso tener amigos íntimos. El tiempo que pasó en un exclusivo colegio femenino en Suiza la había hecho sentirse aislada e incómoda, porque su madre era una mujer muy religiosa que le había inculcado el respeto hacia sí misma y hacia su cuerpo, que no participara en juegos sexuales con sus amigos ni se emborrachara ni tomara drogas. Esas cosas no eran buenas. Los animales copulaban indiscriminadamente. Las personas se unían por amor.

Y no sería porque no hubiera estado tentada. Se encaprichó locamente de un profesor. Pero a él le gustaban los hombres. Clarisse no entendía por qué las demás chicas se reían por lo bajo cuando la veían sonrojarse ajena a ello cuando él estaba cerca. Nunca había estado cerca de otro hombre excepto en los intensos coqueteos en eventos sociales en los que participaba para que sus amigas creyeran que era normal. Y Grange pensaba que era una chica a la que le gustaban las fiestas. Ridículo.

Sí, había perdido los nervios al ver que no respondía a sus coqueteos. A Grange no le importaba que fuera rica. Simplemente no la deseaba.

Y allí delante tenía la razón. Aquella chica dulce, inocente y amable que la miraba con tal expresión de compasión que Clarisse se desmoronó por primera vez desde el accidente.

—Oh, no, no pasa nada —susurró Peg, abrazándola—. Está bien. Tienes que dejar salir la pena o se infectará como una herida —la meció entre sus brazos—. Está bien, está bien.

Clarisse sollozaba como una niña. Encontrar consuelo de un modo tan inesperado, en el enemigo, en una mujer que era su rival, una mujer a la que pretendía hacer daño... era insoportable.

Sucumbió, pero fue solo un instante. Se separó bruscamente y buscó en la riñonera que llevaba uno de sus pañuelos de encaje belga. Se secó los ojos y la nariz. Se sentía fatal.

—No has hablado de ello, ¿verdad? —preguntó Peg con voz queda.

—¿Con quién iba a hablar? —preguntó Clarisse abiertamente—. Mi madre murió hace años. Mi padre y mi hermana... —tragó saliva—. Eran todo lo que me quedaba. No tengo más familia y los únicos amigos que tengo solo salen conmigo si los recompenso con una velada cara en la ciudad o vuelos en jet privado a vacaciones en hoteles de cinco estrellas en el extranjero...

—Esos no son amigos —respondió Peg.

Clarisse tomó aire profundamente.

—Nunca he tenido amigos.

Peg hizo una mueca.

—Yo no he tenido ningún amigo íntimo. Tengo amigos —añadió—. Pero no es lo mismo.

—No, no lo es.

—¿Estás bien? —preguntó Peg con amabilidad.

Clarisse tomó aire de nuevo.

—Sí —dejó a un lado el pañuelo y miró a Peg, pero acto seguido apartó la mirada—. Gracias —dijo con incomodidad.

Peg sonrió.

—Todos necesitamos que nos abracen de vez en cuando.

Clarisse dejó escapar una risa temblorosa.

—Eso dicen.

Peg quería hablar de la frecuencia con que tomaba pastillas, pero no lo hizo. Apenas se conocían. Pero al cabo de unos días, cuando llegaran al campamento de Grange, lo haría. Le caía bien. No quería que terminara como el chico del rancho Pendleton.

—Será mejor que volvamos al hotel. Todavía tengo asuntos que arreglar y puede que te duela el brazo de las vacunas —añadió, fijándose en que Peg tenía ligeramente inflamado el brazo que dejaba a la vista la camiseta de tirantes.

—Me siento un poco mareada —confesó Peg—. Gracias.

—Túmbate un rato. Yo me ocuparé de todo.

Peg se detuvo al salir del acuario.

—No estaba cotilleando. De verdad. Buscaba información sobre Manaos. Quería saber adónde pedirte que me llevaras.

—Está bien —dijo Clarisse. Pero no dijo nada más.

Peg estaba muy enferma. La mezcla de vacunas le habían causado fiebre. Clarisse se sentó a su lado, confundida ante su propia preocupación hacia su rival. Humedeció un paño y le refrescó la frente. Al final llamó al médico que conocía y le pidió que se acercara.

—Es solo una reacción —dijo el doctor Carvajal al salir de la habitación. Entonces la miró con ojos entornados y dijo con preocupación—: Tomas demasiadas patillas, amiga mía.

Ella apartó la mirada.

—Solo cuando las necesito. De verdad.

—Pueden ser demasiadas. Te nublan el juicio.

—¿Sí?

Él suspiró.

—¿Qué hace ella aquí? —le preguntó bruscamente—. La chica. ¿Por qué la has traído a Manaos?

—A ver a un amigo —respondió ella bajando los ojos—. Un hombre al que conoce. Trabaja aquí.

El médico ni pestañeaba.

—Y estás haciendo esto por generosidad, ¿no? Es obvio que esa chica no ha salido antes de su país.

Ella lo fulminó con la mirada.

—Eso es asunto mío.

—Sí —dijo él al cabo de un minuto—. Lo es. Pero no habías vuelto desde la tragedia, y creo que el pasado te persigue. Como las pastillas, los recuerdos hacen que te comportes con temeridad —le puso una mano en el brazo—.

Tienes que prometerme que no harás nada peligroso, sobre todo teniendo a esa chica a tu cargo. Otra tragedia terminaría contigo, niña.

Se puso pálida.

—¿A qué te refieres?

—Me refiero a que tu nexo de unión con la realidad es frágil, igual que tu estado emocional. No eres fuerte. Ya no. No debes correr riesgos. El Amazonas es un lugar peligroso y esa chica no conoce los peligros que acechan. No querrás poner en peligro su vida, ¿verdad?

Clarisse se preguntó si tendría razón, si se le estaría nublando del juicio. Últimamente no actuaba de forma normal. Aquel viaje era descabellado. Lo que había planeado hacer con Peg lo era todavía más. Pero a ella le había parecido razonable antes...

—Es un regalo. No le hará daño —le prometió.

—Tú no eres una persona cruel —respondió él y sonrió—. Me acuerdo de tu madre. Una dama dulce y amable. Era la primera que acudía cuando alguien se ponía enfermo... Vivía para la Santa Iglesia, para la Santa Virgen. Una gran mujer.

Clarisse cerró los ojos.

—Mi mundo murió con ella. Papá y Matilda nunca lo entendieron.

—Tu padre llevaba a su familia por toda África y Sudamérica, allí donde la embajada lo enviaba, de modo que no te daba tiempo a hacer amigos. Tu madre era lo único a lo que te podías agarrar. Tu padre estaba siempre fuera ocupándose de los asuntos de la embajada y Matilda era una niña. Tu madre y tú erais como gemelas. Sé que la echas de menos.

Ella tomó aire profundamente.

—Gracias por venir.

—La chica se pondrá bien —sonrió—. Eres una buena enfermera.

Clarisse soltó una risa que sonaba a falsa.

—No, no soy buena.

—Estará mejor por la mañana. Ya lo verás.

—Gracias.

—No te acerques a la selva —le advirtió.

Ella se hizo una cruz sobre el pecho juguetonamente.

El doctor hizo una mueca y se fue.

Clarisse volvió junto a la cama y observó a la chica, que dormía con el rostro enrojecido y el pelo rubio esparcido sobre la almohada. Humedeció de nuevo el paño y se lo puso en la frente. Su plan se le antojaba cada vez más estúpido.

Se preguntó si el doctor tendría razón. Las pastillas para la ansiedad parecían estar nublándole el juicio. No estaba segura de que pudiera hacer nada sin ellas. Por eso las tiró por el retrete, pero guardó unas pocas para ir dejándolas poco a poco.

—Ahora veremos si tenía razón —murmuró para sí. Hizo una mueca. ¿Cómo iba a arreglárselas sin las pastillas?

Se tragó el miedo como pudo. Había podido vivir sin ellas antes de la tragedia. Si de verdad le estaban nublando el juicio, y empezaba a pensar que tal vez fuera así, esa era la forma de demostrarlo. Y si tenía una crisis por no tomarlas, siempre podía volver a tomarlas. Implicaría hacer una llamada internacional a la farmacia para que le preparasen un bote, pero para algo era rica.

Regresó al dormitorio. Peg acababa de abrir los ojos.

—Me siento fatal —murmuró débilmente.

—Sí. Has tenido una reacción a las inyecciones. Lo lamento.

—No ha sido culpa tuya —murmuró Peg obligándose a sonreír. Frunció el ceño al notar el paño húmedo en la cabeza y supo que Clarisse había estado intentando bajarle la fiebre—. ¿Tenemos aspirinas?

—¿Aspirinas? ¡Claro! —Clarisse se habría dado de tortas

por no haberlo pensado. Fue a buscar el frasco que tenía en su equipaje y sacó una botella de agua del frigorífico, tomando nota mental al tiempo de pedir que les subieran más. Se la estaban bebiendo muy deprisa.

—¿Eres alérgica a las aspirinas? —preguntó antes de abrir la botella.

—No.

Puso una pastilla en la palma de la mano de Peg y la sujetó mientras la tomaba.

—Llamé al médico para que viniera a verte hace unas horas —se sorprendió diciendo Clarisse—. Dijo que no era más que una reacción, nada peligroso, que te pondrías bien en uno o dos días. Pero la aspirina te ayudará a bajar la fiebre. Siento no haberlo pensado antes.

Peg la miraba con curiosidad.

—Llevas levantada toda la noche cuidando de mí.

Clarisse parecía avergonzada.

—Me daba miedo quedarme dormida. Y parecías muy enferma.

—¿Y llamaste al médico?

—Es amigo. Buen amigo.

Peg no dejaba de mirarla.

—Gracias —dijo con tono vacilante—. Aparte de mi padre, nadie se ha quedado levantado toda la noche cuidándome cuando estaba enferma. Mi madre, pero murió hace años.

—Como la mía —dijo Clarisse, sentándose en la cama—. Nació aquí —se sorprendió diciendo—. Su madre era alemana, su padre, de Madrid. Trabajaba incansablemente en comités de ayuda para la iglesia.

—¿La iglesia católica? —preguntó Peg.

Clarisse asintió.

—Era una santa —bajó la vista—. No como yo. No soy una buena persona.

Peg le puso una mano en el brazo.

—Sí que lo eres —dijo con firmeza—. Has estado cuidándome y has llamado al médico. ¿Una mala persona habría hecho eso?

El sentimiento de culpa era cada vez mayor. Clarisse quería confesar la verdad, pero la admiración que le demostraba aquella chica era una novedad muy dulce que hizo que se sintiera feliz por primera vez desde hacía meses. Apretó la mano de Peg.

—Descansa. Voy a pedir el desayuno. ¿Te apetece comer algo?

Peg suspiró.

—Lo intentaré, pero pide algo ligero, por favor. Tengo el estómago revuelto.

Ella sonrió.

—A ver qué nos sugieren.

Tomaron un desayuno ligero y Peg se quedó dormida de nuevo. Al día siguiente se sentía mucho mejor. Y también había bajado la inflamación del brazo.

Durante las primeras horas tras deshacerse de las pastillas, Clarisse se sintió inquieta. Se tomó solo la cantidad prescrita, evitó la cafeína y bebió agua y zumo. El médico le había dicho que las fuera dejando poco a poco, e hizo lo que le habían mandado. Al día siguiente, ella también se sentía mejor.

Se vistió y Peg y ella tomaron un buen desayuno en el restaurante de abajo. Fuera se veían pájaros de colores y se oía el sonido de la selva cercana, junto al río.

—Las lluvias llegarán pronto —dijo Clarisse—. A veces el hotel se inunda, pero está en un lugar muy hermoso. Me encantaba venir aquí cuando era niña. Vivíamos en Washington D.C. la mayoría del tiempo, con la familia de mi padre. Pero mamá echaba de menos su hogar y veníamos de visita.

—¿Tienes amigos o familia aquí? —preguntó Peg.

—Ya no —respondió ella—. Tenía una tía, la hermana de mi madre. Murió el mismo día que mi madre.

—Es triste no tener familia. Yo solo tengo a papá.

—¿No tienes tíos? —preguntó Clarisse con curiosidad.

Peg negó con la cabeza.

—Mis padres eran hijos únicos los dos.

Clarisse hizo una mueca. Bebió un sorbo de café. Iba a ser la única taza del día, así que esperaba que le durara. La cafeína empeoraba su estado.

Peg la observaba.

—No te he visto tomar más pastillas para la ansiedad —comentó con suavidad.

Clarisse se rio.

—Las estoy dejando poco a poco y tiré la mayor parte por el retrete —murmuró—. El médico piensa que estaba tomando demasiadas. Yo no lo creía. Pero parece que tenía razón. Tengo la mente más clara por primera vez desde que papá y Matilda… desde el accidente.

Peg sonrió.

—Estoy segura de que las pastillas te sirvieron en su momento.

—Sí —Clarisse se terminó el café con un suspiro—. Pero a la vida hay que enfrentarse de cara y con la mente despierta, como solía decir mi madre.

—Buen consejo.

Clarisse se encogió de hombros. Sonrió.

—Bueno, ¿qué me dices? ¿Llamamos al chófer y vamos al pueblo que está cerca del campamento de Grange? He llamado a Enrique hace un rato. Acaba de llegar de Sao Paulo, así que está libre. Te dejaré en el pueblo e iré a buscar a Grange. El chófer tiene que encontrar el campamento. No es tan fácil llegar.

—¿Hoy?

Clarisse se volvió a reír.

—Hoy.

—¿Y no podría ir contigo al campamento?

Clarisse se reclinó en el asiento con aire pensativo.

—Peg, querida, no te he sido sincera. Quiero hacerlo, pero me vas a odiar cuando sepas lo que hice.

Peg observó su rostro compungido.

—Ahora somos amigas —dijo con voz queda—. No te odiaré sea lo sea lo que hayas hecho.

Clarisse intentó contener las lágrimas sin éxito. Sacó el pañuelo belga y se secó los ojos.

—Fue algo muy malo.

—Cuéntamelo. Te sentirás mejor.

Clarisse tomó aire profundamente. Le iba a doler de verdad que Peg la odiara.

—Me encapriché de Grange —dijo—. Ni siquiera sé por qué. No es mi tipo de hombre. Pero me obsesioné con él después de que nos viéramos en Washington D.C. tras la... tragedia. Tomaba demasiadas pastillas y el hecho de que no me hiciera caso hizo que tuviera más ganas de conseguirlo. Me obsesioné —vaciló antes de continuar. Peg no parecía enfadada aún—. Grange piensa que soy una chica fácil a la que le gusta ir a fiestas... que ando por ahí seduciendo a los hombres. Mi madre era muy religiosa y me inculcó el respeto hacia mí y hacia mi cuerpo. Yo nunca he... —carraspeó—. Bueno, ya sabes.

—Lo cierto es que sí lo sé —confesó Peg con una risilla tímida—. Se metían conmigo en el instituto por eso, pero yo les decía a las otras chicas que pensaba envejecer sin tener que preocuparme por las enfermedades de transmisión sexual o algo peor, y que era cuestión de autoestima. Era asombrosa la cantidad de chicas que se entregaba a los chicos solo porque era lo que se esperaba de ellas —resopló, indignada—. Yo sigo mis propias reglas, no las de los demás.

—Buena chica —dijo Clarisse con cariño. Suspiró—. El caso es que lo siguiente que hice fue ir al campamento del general Machado y decirle que quería acompañar a las tropas y escribir un artículo sobre ellos. Soy reportera gráfica de verdad —añadió con voz queda—. Tengo credenciales. Pero Grange sabía que también lo hacía por la obsesión que tenía con él, y me echó del campamento. Dijo que era una mujer ligera de cascos, una cualquiera. Lo dijo delante de un hombre al que conozco de toda la vida, un hombre al que... respeto —hizo una mueca de dolor al recordar la forma en que la había mirado Rourke cuando Grange la comparó con una fulana—. Estaba como loca por culpa de esas malditas pastillas y quería vengarme de Grange —miró a Peg con ojos asustados y heridos—. Te traje esperando que te ocurriera algo malo. Estoy muy avergonzada, Peg. Has sido más amable conmigo que nadie en este mundo, aparte de mi familia. No sabes lo avergonzada que estoy.

Peg se levantó de repente, rodeó la mesa y la abrazó.

—Deja de preocuparte. La gente comete estupideces y errores. Por eso los lapiceros llevan borrador, ¿no te parece? Porque nadie es perfecto.

Clarisse la abrazó con más fuerza.

—Nunca he conocido a nadie como tú.

Peg sonrió.

—Pues menos mal.

—¡No, lo digo en serio! —se apartó de ella con los ojos rojos y llorosos—. Te compensaré por esto aunque sea lo último que haga —dijo con firmeza—. Como sea. Te llevaré al pueblo. Son buenas personas, estarás a salvo. Es donde vive la madre de Enrique, justo en el límite fronterizo de Barrera, en un asentamiento nativo. Grange no puede dejarse ver en Manaos, Sapara tiene agentes aquí. Es mejor evitar que te vean los posibles espías, y el pueblo es muy seguro. Enrique me guiará hasta el campamento. Yo sola no lo encontraría y me daría miedo intentarlo ahora que está comenzando la época de lluvias. Iré y le diré a Grange lo que he hecho y espero que también él me perdone. Luego lo llevaré a verte. Después, él volverá al campamento y yo te llevaré a Texas, sana y salva.

Peg apartó el pelo que le había caído en los ojos a Clarisse.

—Es una buena persona —dijo con suavidad—. Lo comprenderá.

—¿Eso crees? —se limpió los ojos—. Lo mismo me dispara, así que, si no vuelvo, ya sabes lo que me habrá sucedido. Lo que me recuerda...

Sacó del monedero un fajo de billetes. Miró a su alrededor para asegurarse de que nadie miraba y se lo metió a Peg en el bolsillo de los vaqueros.

—Esto es infalible —dijo entre dientes—. El billete de avión era de ida y vuelta, pero esto es para asegurarme de que podrás volver a Manaos en caso de que algo saliera mal. Mete el billete de avión y el dinero en la riñonera junto con tu documentación y una muda.

Peg sintió escalofríos.

—¿Qué podría salir mal?

Clarisse frunció el ceño.

—No lo sé. A veces tengo esa... sensación. Probablemente no sea nada, pero, por si acaso, aquí tienes suficiente dinero.

Se levantó y tomó la cuenta.

—Peg, lamento de verdad haberte metido en esto. En parte fue por mi ego, pero también tuvieron mucho que ver las pastillas. No era consciente de lo que me estaban haciendo.

—Uno de los trabajadores del rancho se enganchó una vez a las pastillas —se sorprendió Peg diciendo—. Terminó en rehabilitación. Lo cierto es que estaba tratando de reunir el valor para decirte que me parecía que tomabas demasiadas pastillas —añadió.

—¡Qué dulce eres! —dijo Clarisse y lo decía en serio—. Te pareces mucho a mi hermana —se mordió el labio y apartó la mirada—. Será mejor que nos pongamos en marcha.

—Sí —Peg la siguió. Sentía más respeto que nunca hacia aquella torturada mujer.

Hicieron el equipaje, pero dejaron las maletas en el hotel. Solo llevaron consigo lo necesario para un par de días de viaje.

—El guía conoce la Amazonia como la palma de la mano —le dijo Clarisse cuando salían del hotel—. Pertenece a una de las tribus locales.

—¿Hablan inglés? —preguntó Peg, preocupada.

—No, pero entienden español y portugués —sonrió—. Tendrás suficiente con tu español, aunque uses los verbos sin conjugar.

—¿Hablan tres idiomas? —Peg estaba impresionada—. Qué ideas tan equivocadas tenemos de la gente que vive en lugares primitivos —trató de explicar.

Clarisse se rio.

—Es cierto. ¡Y que hayas tenido que aprenderlo porque una mujer desconocida te ha arrastrado hasta un país extranjero y te ha obligado a escuchar cosas en contra de tu voluntad! —dijo con aire bromista.

Era la primera vez que bromeaba con Peg, que se rio.

—Bueno, no me quejo. Voy a ver a Grange y solo por eso habrá merecido la pena.

—Me va a matar —dijo Clarisse alegremente—. Siempre quise saber lo que sería estar contra un muro con los ojos vendados y un cigarrillo.

—Tú no fumas —señaló Peg.

—No me estropees el sueño imaginario con datos irrelevantes, anda.

Y se rio.

El guía se llamaba Enrique Boas, un hombre alto y guapo, con el pelo negro rizado y unos grandes ojos oscuros. Tenía una preciosa sonrisa.

—Será un honor escoltar a dos mujeres tan bonitas —dijo, haciendo una reverencia.

Peg estaba fascinada.

—¡Gracias!

Él le besó la mano.

—¡Qué sonrisa tan deliciosa! —dijo—. Tiene unos ojos como la selva, del verde más puro.

—Ya basta. No está libre —dijo Clarisse, mostrándose inesperadamente protectora.

—¿Que no está libre?

—Tiene novio —explicó Clarisse—. Vamos a su campamento a buscarlo.

—Ah, qué hombre tan afortunado —exclamó, recorriendo con la mirada a una sonrojada Peg—. Entonces tendremos que darnos prisa, ¿no?

—Sí —dijo Clarisse—. Tenemos que dejar a Peg en el pueblo de tu madre. Allí estará segura.

—Cerca de las ruinas —dijo Enrique, asintiendo con la cabeza al tiempo que les abría la puerta del coche—. Una arqueóloga americana dijo que iba a dar la vuelta a las teorías existentes sobre la civilización sudamericana. Nos dijo que las ruinas eran anteriores a las pirámides egipcias. ¿Te lo imaginas?

—¿Ruinas? —preguntó Peg—. ¡Vaya! Me encantaría verlas.

—Lo primero es lo primero —dijo Clarisse, subiéndose junto a Enrique y dejando que le cerrara la puerta. Se rio por lo bajo cuando se volvió en el asiento para mirar a Peg—. Primero, Grange me dispara, después lo ves y después vamos a ver las ruinas.

—No puede dispararte. Dile que lo he dicho yo —le dijo con firmeza.

—Lo haré. ¡Solo espero que funcione!

Peg sonrió de oreja a oreja. Enrique subió al todoterreno, lo puso en marcha y salieron.

El pueblo era muy pequeño. Había chozas con tejados de paja alrededor de una amplia zona despejada. Los habitantes eran de baja estatura, tez oscura y pelo negro. Hombres y mujeres vestían con unas togas al estilo romano. Salieron con timidez cuando Enrique se detuvo a la entrada del claro y se puso a llamarlos en su propia lengua.

Una mujer mayor se acercó a las dos mujeres, despacio y con recelo.

Enrique le dijo algo. Ella respondió con tono inquisitivo. Él sonrió y dijo algo más con un gesto hacia ellas.

—Ah —dijo la mujer y asintió.

Se acercó a Peg y la estudió detenidamente, fascinada con su pelo rubio y sus ojos verdes. Le preguntó algo a Enrique.

Él soltó una carcajada.

—Quiere saber de qué tribu eres que tienen los ojos verdes —tradujo.

Peg sonrió.

—Dile que la tribu se llama Texas.

Él se rio de buena gana y repitió las palabras.

Ella sonrió también.

—Esta es mi madre, María —les dijo a las dos mujeres—. Ese no es su nombre de nacimiento, pero hay un cura que viene con frecuencia al poblado y es el nombre que le puso hace tiempo, cuando era más joven.

—María —dijo Peg, estudiando detenidamente a la mujer—. *Me gusta ser aquí* —dijo en español—. Me alegra estar aquí.

—*¿Se habla español?* —preguntó la mujer en español también y de repente la abrazó—. *Bienvenidos.*

—*Gracias.*

—Veo que vas a estar en buenas manos —dijo Clarisse con una sonrisa—. Dame un abrazo para que Enrique y yo podamos irnos. Tengo ganas de poner fin a todo esto —añadió con una mueca—. Cuanto antes, mejor.

Peg la abrazó.

—Todo saldrá bien. ¿Cuánto crees que tardarás?

Clarisse se volvió hacia Enrique y enarcó las cejas.

—Un par de horas en coche hasta allí si no han cambiado la ubicación del campamento y si los ríos no han crecido tanto como para destruir los puentes —repuso—. Si han movido de sitio el campamento, tendremos que seguirles la pista. Aunque sean un grupo amplio de hombres, es fácil perderlos de vista en la selva si no sabes dónde buscar. Cuando los encontremos, nos llevará un par de horas volver. Deberíamos estar de vuelta hacia el anochecer.

Peg asintió y los miró alternativamente.

—Tened cuidado, ¿de acuerdo? Sé que tienes experiencia —le dijo a Enrique—, pero yo solo he oído cosas acerca de lo peligroso que es ese lugar. Tened cuidado. Los dos.

Ellos sonrieron.

—Tenemos experiencia —le aseguró Clarisse—. Pasé mucho tiempo haciendo especiales sobre la selva para revistas europeas. Y mi guía era siempre Enrique —le sonrió—. Me atrevería a decir que sé tanto como él.

—Excepto rastrear —dijo Enrique, riéndose por lo bajo.

Clarisse hizo un gesto difuso con la mano.

—No me hace falta. No tendré que orientarme en la jungla. Para eso te llevo.

Él sonrió de oreja a oreja, abrazó a su madre, con quien habló un momento, y marchó hacia el todoterreno.

Clarisse abrazó de nuevo a Peg.

—Ten cuidado. No salgas del pueblo bajo ninguna circunstancia, por lo que más quieras. Fuera, aguardan todo tipo de peligros: insectos, serpientes, jaguares. Prométemelo.

—Te lo prometo.

—Ponte el chubasquero —miró hacia arriba y compuso una mueca. Se puso el chubasquero cuando comenzó a llover inesperadamente. Peg hizo lo mismo.

—Y usa el dinero si tienes que hacerlo —dijo Clarisse con tono lúgubre.

—Tú y tus presentimientos —se burló Peg—. Todo saldrá bien.

Clarisse asintió. Pero no sonrió. Echó una última mirada a Peg y salió detrás de Enrique. Sin mirar atrás.

Peg sonrió a la madre de Enrique, María.

—*¿Puede muestrame su ciudad, por favor?* —preguntó en español.

—*¡Cómo no!* —respondió la mujer—. *¡Venga!*

María la llevó por todas las chozas del asentamiento y le fue presentando a sus moradores. Peg se fijó en las hamacas colgadas que servían para dormir. Había muchos niños y todos parecían fascinados con la mujer americana del largo pelo rubio y los ojos verdes. La seguían cuando María salía de una casa para ir a otra.

María le explicó en qué consistía la comida. A Peg le preocupaba comer o beber agua fuera de la ciudad, pero no quería ofender a aquella gente que la había acogido como si fuera de la familia. Le preguntó por qué las viviendas de las afueras, más cercanas al río, estaban construidas sobre pilares, y le explicaron que el nivel de los ríos subía mucho y se producían inundaciones, sobre todo de enero a junio, la temida época de lluvias. Era fácil reconstruir aquellas casas con rapidez tras una inundación. Llevaban haciéndolas así desde siempre.

Se sentaron en el centro de un edificio grande en el que había encendido un gran fuego para cocinar. Dos mujeres le sonrieron. Estaban asando algún tipo de carne. Había también una olla con algo para parecía tapioca. Cerca de la columna central que sostenía el techo, una mujer trabajaba incansablemente en un telar con un bebé sobre una manta cerca de ella.

Le ofrecieron algo para beber de una calabaza. Creyó que era agua hasta que bebió el primer sorbo. Aguantó la respiración y se llevó las manos a la garganta. Tenía alcohol. Mucho. Las mujeres se echaron a reír.

—No te ofendas —dijo María en español, pero también se estaba riendo—. Es nuestra forma de ofrecerte nuestra hospitalidad.

—No me ofende, en absoluto —le aseguró Peg, riéndose—. Es que no bebo alcohol.

—¿No? Aquí, en la selva, mucha gente lo hace. Esto se hace de la hoja de la planta de coca, una variedad que no se emplea para fabricar ese diabólico narcótico que las milicias venden para ganar dinero —dijo María—. Se hacen muchas otras bebidas con fruta. El alcohol es una maldición entre muchas de las tribus de nativos porque te arrebata el cerebro y te hace perezoso.

—Ocurre lo mismo en mi país —le dijo Peg—. En la mayoría de los países, creo.

María asintió.

—Toma, prueba esto —tomó un trozo de carne del espetón y se lo ofreció en un plato tejido a mano.

Peg se lo metió en la boca con cierto recelo y pestañeó, sorprendida.

—Sabe a pollo.

María y las otras mujeres se tiraban por los suelos de risa.

—¡Porque es pollo! —explicó María—. ¿Es que no has visto los pollos y los gallos que corretean por el pueblo? —dijo, riéndose, pero no con ánimo degradante. Le hacía gracia.

Peg se sonrojó, pero se rio también, y comió con apetito la carne delicadamente salada. Más tarde se enteró de que los habitantes nativos no utilizaban sal, pero como sabían que los europeos sí lo hacían, creyeron que a Peg le gustaría. Estaba destinada a aprender muchas cosas de aquella tribu. Muchas y muy pronto.

CAPÍTULO 8

A Clarisse le preocupaba no encontrar a Grange y al general Machado, aunque Enrique estaba bastante seguro de saber dónde estaba el campamento. La estación de las lluvias acababa de comenzar, pero el nivel de los afluentes de los ríos ya había comenzado a crecer.

Para llegar al lugar en el que se encontraba el campamento de Grange había que atravesar uno de los afluentes del poderoso Amazonas por un cruce peligroso. Clarisse se agarraba como si le fuera la vida en ello mientras Enrique conducía el resistente todoterreno por encima de un puente que se balanceaba de forma alarmante a su paso y por caminos que parecían haber sido construidos para que pasara la gente a pie, no en coche.

—Esta máquina se ha ganado bien la fama —le gritó Enrique.

—Sí —convino Clarisse, pasándose la mano por el pelo rubio corto con una mueca—. ¿Estás seguro de que vamos bien?

Él sacó el GPS y lo miró.

—Según esto sí.

Ella se recostó con un suspiro.

—Grange se va a enfadar mucho.

—¿Por qué?

Ella se rio.

—¿Te acuerdas de cómo me echó del campamento la última vez? Pues le he traído una ofrenda de paz, una amiga suya de Estados Unidos —sonrió—. Tu madre ha sido muy amable al alojarla con ella. Es encantadora. Encantadora de verdad.

—¿Mi madre o tu amiga?

Ella sonrió.

—Las dos.

Enrique la miró.

—Te noto… no sé… diferente esta vez.

—No estoy tomando pastillas —dijo ella, expulsando el aliento de forma entrecortada—. Las he dejado.

Él asintió, pero no dijo nada.

—Cuando alguien se ahoga… ¿es rápido? —preguntó de repente.

Él frenó un poco para mirarla.

—Estás pensando en la barca que volcó con tu familia dentro.

—Sí. Las pirañas… —tragó con dificultad.

—Uno se ahoga muy deprisa en este río —le aseguró con voz queda—. Y las pirañas llegarían cuando ya hubieran pasado a mejor vida. ¿Entiendes?

—¿Quieres decir que no sintieron…?

—Eso es lo que quiero decir. Ocurrió muy deprisa. Estoy seguro de que no es mucho consuelo, pero…

—Es un gran consuelo. Gracias, Enrique.

—De nada —dijo en español —miró el mapa y se irguió todo lo que pudo para asomarse por encima de la capota—. Creo que veo un camino —dijo, sentándose de nuevo.

Clarisse dejó escapar el aliento lentamente.

—Al menos…

Un disparo hizo añicos la luna del coche y penetró en el

cuerpo de Enrique, que dejó escapar un grito y se derrumbó sobre el respaldo del asiento, sangrando por el pecho.

—¡Enrique!

Sin darle tiempo a reponerse de la sorpresa o moverse para ayudarlo, la ventanilla de su lado del vehículo se hizo añicos también y algo la golpeó muy fuerte en la cabeza. Lo último que vio fue un grupo de hombres con el uniforme militar gubernamental que corrían hacia ella...

Clarisse tenía la sensación de que le iba a explotar la cabeza. Tenía ganas de vomitar, pero los dos soldados que la escoltaban solo se detenían cuando se doblaba hacia delante para vomitar en la calle. En cuanto terminaba, seguían arrastrándola de muy malas formas hacia el gran edificio. Había estado inconsciente un rato. Recordaba una explosión. No se acordaba de nada más. Su mente estaba confusa.

Estaban en una ciudad. No lo sabía a ciencia cierta, pero creía que era Medina. Solo la capital tenía el tamaño de aquella ciudad, y no era grande para lo que estaban acostumbrados en Estados Unidos. Ni especialmente moderna. Algunas de las estructuras databan de los tiempos de la colonia, principalmente la catedral. No le sorprendió ver soldados armados con ropa de camuflaje de brazos cruzados en las puertas de entrada. Se rumoreaba que Sapara había cerrado las iglesias para que no se refugiara la gente. A los manifestantes de las calles les disparaba. Había salido en las portadas de la prensa internacional. Poco después, el Estado había negado el acceso a todos los periodistas extranjeros.

Clarisse sabía que la iban a interrogar. Daba igual lo que le ocurriera, no debía revelar la razón por la que estaba en el país. No traicionaría a Grange o a Peg ni aunque la mataran.

Pero sí que podía mostrar sus credenciales como periodista. Eso sería plausible y explicaría su presencia allí. Recordó la explosión y lo que había sucedido a continuación. ¡Les habían disparado! El pobre Enrique estaría muerto a esas alturas. Recordaba cómo se había caído hacia atrás bajo el impacto de la bala, había visto la sangre. No se había movido. ¡Su pobre madre! Y Peg. Creería que la había abandonado. Grange ni siquiera se iba a enterar de que Peg estaba en el país. Qué desastre. ¡Y todo por su culpa!

Lo primero que pensó fue que alguien la había denunciado a las autoridades. No le había dicho a nadie adónde iba, excepto a Peg, que jamás diría nada. Por otra parte, Enrique lo sabía, podría haberle dicho a alguien que iba guiar a una americana por la selva. Solo esperaba que no hubiera revelado nada más.

Su escolta la metió en una sala dentro de un edificio de piedra con la bandera nacional ondeando fuera, pasaron varios guardias armados más, hasta que al final llegaron al despacho central. Allí, detrás de una mesa, estaba sentado el tirano y narcisista que había derrocado al anterior gobierno para hacerse con el poder. Arturo Sapara en persona, la babosa.

Arturo Sapara era un hombre de cuarenta y seis años calvo, gordo y con bigote. Tenía unos ojillos diminutos en aquella cara gorda y los dientes amarillos.

La miró con frialdad.

—Ah, señorita Carrington —dijo, leyendo el nombre en el pasaporte. Lo puso sobre la mesa y añadió—: ¡Qué amable es usted al visitarme!

—No ha sido de forma voluntaria —contestó, tratando de dominar las náuseas. Gimió y palideció.

—Rápido, dadle la papelera —Sapara señaló a los guardias chasqueando los dedos—. Que no me ensucie la alfombra. ¡La he importado de Marruecos!

Le dieron una papelera. Clarisse se dobló y lo echó todo fuera a propósito.

—¡Maldita seas, zorra! —exclamó Sapara.

Se irguió de nuevo, tambaleándose casi de la mezcla de dolor de cabeza y náuseas.

—Creí que merecía la pena por el dinero que me dieron —dejó caer.

—¿Dinero? —preguntó él, olvidándose del enfado.

—La agencia de noticias me ofreció una pequeña fortuna por introducirme en busca de los dos profesores desaparecidos —dijo, inventándoselo sobre la marcha, pero parecía que estaba funcionando—. Pensé que con la ayuda de un guía nativo, podría entrar en la ciudad.

—¿Por eso ibas con el conductor? Pues está muerto —hizo un gesto difuso con la mano—. Mis hombres lo dejaron donde estaba, sentado en el todoterreno. Alguien lo encontrará —sonrió con desprecio—. Aunque lo mismo no lo hacen hasta que no sea más que un montón de huesos. No veníais en esta dirección.

—Tomamos otra ruta porque los ríos estaban crecidos.

Él vaciló, pero la excusa lo convenció. La época de lluvias dificultaba el paso a través de los ríos. Entornó los ojos.

—¿Para qué quieren saber noticias de los maestros?

—Profesores universitarios —respondió ella con frialdad—. Tienen familia en Estados Unidos. Familia con influencias en los medios.

Sapara enarcó las cejas.

—¿No me digas? —esbozó una sonrisa endemoniada—. Me agrada saberlo. Puede que haya llegado el momento de matarlos.

—¿Por qué? —estalló—. ¿Qué han hecho para merecer la muerte?

—Inculcaban la traición en la universidad de la ciudad —dijo con frialdad—, y hacían que sus alumnos enviaran mensajes, mentiras, sobre mi gobierno a países extranjeros enemigos. Dicen que soy un dictador. Soy el Presidente de la República de Barrera —dijo con tono pomposo—. Mi gobierno servirá al pueblo…

—El pueblo se está muriendo de hambre —dijo Clarisse—. No tienen dinero porque todo está gravado con impuestos. ¡El gobierno se ha apropiado de negocios, ha nacionalizado empresas privadas, incluso las extranjeras, y ha cerrado las puertas de las iglesias…! —continuó, ganando fuerza en su perorata.

—Las iglesias no tienen lugar en una sociedad civilizada —dijo bruscamente—. Habría que destruirlas.

Ella le dirigió una larga y gélida mirada.

—A lo largo de milenios, muchos gobiernos han conspirado para cerrar las iglesias y prohibir la religión. Me viene a la mente Francia, justo después de la revolución, en 1792 —sonrió con frialdad—. Creo que en Francia hoy en día hay muchas, muchas iglesias de todas las confesiones.

—Tonterías —dijo, levantándose—. Ya que tiene tanto interés en los profesores encarcelados, podéis escoltarla a una celda junto a ellos —le dijo a los oficiales en español—. Que le den agua, pero solo agua. Lleváosla.

Sapara seguía teniendo la riñonera de Clarisse en la mesa. Se le cayó el alma a los pies. Su pasaporte, su billete de vuelta a Estados Unidos, sus tarjetas de crédito, el dinero en efectivo que no le había dado a Peg, todo estaba allí. No tendría nada aun en el caso de que encontrara la manera de escapar. Parecía que era el final del camino. «Bueno», se dijo, «he llegado lejos». Pero le preocupaba Peg. La pobre pensaría lo peor de ella, que la había abandonado a su suerte. No era cierto. Pero no tenía forma de contactar con ella para decírselo. ¿Y Grange? Estaba muy cerca, pero jamás lo sabría. La chica tendría que enfrentarse a todo tipo de peligros…

—Lleváosla —repitió Sapara, agitando la mano y volviéndose a sentar.

Los soldados la agarraron del brazo y, pasando por encima

de la vomitona sobre la majestuosa alfombra, la sacaron de la habitación.

Los dos profesores se llamaban Julian Constantine y Damon Fitzhugh. Daban clases de Historia y Botánica respectivamente en la pequeña universidad de Medina.

El estado del profesor Constantine era muy malo. Era alto y atractivo, con el cabello entrecano y ojos oscuros. Estaba delgado, pálido y le había crecido la barba. Y la ropa que llevaba parecía que no había visto el agua desde hacía meses.

El profesor Fitzhugh era más mayor. Tenía el pelo blanco y los ojos azules, y tenía el mismo mal aspecto que su colega.

Cerraron con llave la puerta de la celda y la dejaron allí. Era pequeña. Había una especie de cama con una manta andrajosa y un cubo que se suponía que era para hacer las necesidades. Sobre la mesa había un recipiente con agua. Nada más. La prisión databa de la época colonial, por lo que Clarisse veía, y no se habían llevado a cabo mejoras nunca. Machado había planeado una reforma, pero la economía de su pequeño país había sido lo prioritario para él.

Clarisse se tumbó en la cama y se dobló. No podía soportar las náuseas y le dolía la cabeza.

—¿Americana? —preguntó el profesor Fitzhugh desde la otra celda.

—Sí —contestó ella, feliz de oír que hablaba con un acento británico cerrado pero agradable —. Me llamo Clarisse Carrington.

—Yo soy el profesor Damon Fitzhugh. El caballero de la otra celda es el profesor Constantine. ¿Está usted bien? Se la ve muy pálida.

—He estado inconsciente. Creo que me dispararon —dijo, palpándose el cuero cabelludo. Notó que la piel estaba húmeda y blanda, y bajó la mano. Estaba cubierta de sangre.

Hizo una mueca de dolor—. No me extraña que me duela la cabeza —se tocó con más cuidado. Parecía que la bala le había pasado rozando, pero en los trópicos eso ya era peligroso en sí mismo. Si se le infectaba, estaba segura de que Sapara no se esforzaría en buscarle ayuda médica.

—Si tuviera los medios, podría prepararle un emplasto —se ofreció el profesor con tono amable—. Mi campo de estudio es la Botánica. Vine a enseñar aquí porque me daba la oportunidad de investigar los remedios médicos de los nativos. Son sorprendentes desde el punto de vista científico.

Ella sonrió a duras penas.

—Gracias de todos modos.

—Yo estoy aquí porque la historia de Sudamérica me fascina —dijo el profesor Constantine—, especialmente el periodo de las plantaciones de caucho a principios del siglo XX —sacudió la cabeza—. No estamos en nuestro mejor momento, eso está claro. ¡Cuántas atrocidades se han perpetrado contra la población nativa!

Clarisse se tumbó boca arriba.

—Sé algo sobre la Ópera de Manaos.

—Sí, gastaron millones de dólares en derribarla y la volvieron a levantar, ¿no es así? No se reparó en gastos en su construcción.

—Sí, las compañías de ópera venían hasta Manaos para hacer representaciones —dijo ella, contenta de que la conversación le hiciera olvidarse un poco de lo mal que se sentía.

Él asintió.

—Pero terminó en tragedia en varias ocasiones cuando los cantantes contraían la fiebre amarilla o la malaria. Varios de ellos murieron después a causa de infecciones que contrajeron aquí.

Clarisse hizo una mueca. Estaba pensando en Peg. Le había advertido que no saliera del poblado, ¿pero y si al ver que no aparecía, Peg, la valiente Peg, decidía salir a buscarla? ¡No soportaba pensar en lo que podía pasar!

—Son ustedes profesores. ¿Por qué están aquí?

El doctor Fitzhugh apretó los labios en una delgada línea.

—Cuando Emilio Machado fue derrocado, nos pusimos furiosos. Esta sabandija que ocupó su lugar se gasta el dinero en deportivos, mujeres y casas caras, mientras que su pueblo se muere de hambre. Ha echado a todos los periodistas extranjeros, cerrado las embajadas de países extranjeros, nacionalizado los servicios públicos y ahora planea llevar a cabo un importante operación con no sé qué compañía petrolífera para que empiece a buscar petróleo en la zona.

—Sí —dijo Clarisse con voz queda—. Mi padre intervenía en las negociaciones con los jefes de las tribus locales para la compañía en cuestión. Trabajaba en la embajada americana en Manaos. Eso fue hace cuatro meses.

—Pues Sapara ha dado luz verde. Muchas de las tribus fueron obligadas a firmar un acuerdo por medio de intimidaciones. Pero una de las tribus nativas protestó —su rostro se tensó—. Viven separados de la civilización, en una de las zonas recónditas de la selva de Barrera. Utilizan las armas de sus ancestros, las cargan con dardos envenenados y usan la fitoterapia para tratar todo tipo de enfermedades. Amenazaron con atacar. Era una débil amenaza porque en Medina tienen lo último en armamento. Pero Sapara decidió darles un castigo ejemplar por si a los demás se les ocurría considerar la posibilidad de armar una revolución. Envió mercenarios a la selva y mataron a docenas de ellos, los aterrorizaron, obligándolos a abandonar la tierra en la que tenían pensado comenzar las prospecciones.

Clarisse recordó las palabras de Enrique y su madre, a los que conocía desde hacía años.

—El dinero me pone enferma.

—No es el dinero. Es la codicia lo que provoca muchos

de los problemas de la vida —el profesor Fitzhugh tomó aire—. En resumen, el profesor Constantine y yo empezamos a redactar panfletos de propaganda y a organizar a nuestros alumnos para llevar a cabo protestas pacíficas a gran escala y dar voz a la súplica de la tribu nativa. Esto fue antes de que Sapara echara a los periodistas extranjeros que podrían extender la verdad por el mundo —sonrió con tristeza—. El resto de nuestros planes se vinieron abajo cuando los guardias nocturnos de Sapara nos arrestaron en plena noche.

—Sapara está creando un estado similar al de la Alemania nazi —dijo el profesor Constantine en voz baja, cansada—. ¿Cómo te enfrentas a un hombre así? —preguntó con pesar.

—No lo sé, pero espero que alguien pueda hacerlo —dijo, mirando hacia la parte superior de las celdas.

—Aquí no hay cámaras —dijo el profesor Constantine—. Lo comprobamos nada más llegar hace varios meses. No tienen dinero para ponerlas, ni para las mayoría de los servicios locales desde que Sapara se está construyendo su nueva mansión. Destina hasta el último penique a la construcción.

—Tenemos un guardia. Es viejo y gordo, y no le gusta su trabajo. Le gustamos nosotros —añadió el profesor Fitzhugh riéndose por lo bajo—. Creo que nos dejaría escapar si tuviéramos algún sitio al que ir. Solo podemos ir a nuestras casas, donde nos pillarían nada más darse cuenta de nuestra ausencia —miró a Clarisse—. Como revolucionarios, me temo que dejamos mucho que desear. Temas de salud nos dejaron a los dos fuera del Ejército, por lo que carecemos de cualquier tipo de entrenamiento.

—Ya somos tres —dijo Clarisse en voz queda—. Ojalá me dejara de doler la cabeza.

El profesor Fitzhugh frunció el ceño. Le preguntó por sus síntomas, pero al final sonrió y añadió:

—No es más que una ligera conmoción, creo, aunque

tendríamos que hacer un escáner para estar seguros —sacudió la cabeza—. Estudié Medicina en mi juventud, pero pensé que me gustaba dormir por la noche, y por eso cambié a la Botánica. Ahí no hay urgencias.

Clarisse sonrió.

—No tengo medicamentos. Me han quitado la documentación, las tarjetas de crédito, el dinero en efectivo, todo lo que llevaba encima, entre otras cosas medicamentos para las náuseas y el dolor de cabeza.

—Un hombre encantador, ese Sapara —dijo el profesor Constantine con tono amable—. Espero en que podamos devolverle la hospitalidad algún día —miró a su alrededor—. Esta celda es mucho más grandiosa que la habitación en la que dormía cuando estaba en la universidad.

Clarisse se rio y también el doctor Fitzhugh.

—Cuando esté mejor, tal vez podríamos hablar de nuestros planes de viaje —dijo Clarisse al final.

Los dos hombres se miraron.

—¿Planes de viaje?

Ella sonrió.

—Tengo amigos.

Los dos se volvieron hacia ella con curiosidad.

—Podríamos hacerles una visita —aclaró—. No conozco el camino, pero creo que puedo encontrar a alguien que sí. ¿Sería posible que habláramos con alguno de sus alumnos si lográramos escapar?

El profesor Fitzhugh se rio.

—Oh, sí. Memoricé los números de teléfono. Si es que aún funcionan —añadió alegremente—. Desde que Sapara nacionalizó la compañía de teléfonos y puso a su propia gente al mando, solo funciona esporádicamente. Igual que las comunicaciones militares, por lo que tengo entendido. Sus ordenadores funcionan con programas anticuados —dijo y se echó a reír—. Me extraña que aún no los hayan hackeado.

El profesor Constantine se encogió de hombros.

—Como si un pirata informático que se precio se rebajaría a piratear un sistema informático obsoleto.

El profesor Fitzhugh frunció los labios.

—Uno de mis alumnos es pirata informático, imaginativo y con estilo. Él me sugirió que metiéramos un virus en el sistema militar que tienen aquí. Le dije que no merecía la pena, pensando que nos arrestarían por ello —sonrió con gesto pícaro a Clarisse—. Pero ahora me parece que podría estar justificado.

El rostro de Clarisse se iluminó. ¡A Grange le iba a encantar!

—En ese caso, tenemos que salir y dar a ese alumno suyo la oportunidad de poner en práctica sus habilidades.

—Es alumna en realidad —dijo él, riéndose al ver la cara de consternación de Clarisse—. Una de las pocas piratas informáticas que conozco. Sus padres la enviaron a este rincón perdido del mundo para impedir que el FBI la metiera en la cárcel en Estados Unidos. Pirateó el ordenador del Secretario de Estado y publicó uno de sus e-mails secretos por toda la red. Sus padres debieron de sacarla del país, o ahora estaría en la cárcel. Como nosotros —dijo con pesar.

Los otros se echaron a reír. Los dos hombres parecían de repente menos aletargados, como si tuvieran más energía.

—¿Cree que es posible, posible de verdad, que escapemos? —preguntó el profesor Fitzhugh despacio.

—No solo posible, querido profesor. Probable —Clarisse sintió otro pinchazo en la cabeza y puso una mueca de dolor—. Y quiero un bate bien gordo para golpear a Sapara en la cabeza la próxima vez que lo vea.

—Yo mismo se lo conseguiré —le aseguró el profesor Fitzhugh y sonrió—. Tengo un viejo bate de cricket. Solía jugar de niño. Es bastante pesado, hecho de madera noble. Le va a salir un buen chichón.

—Qué amable de su parte —dijo ella arrastrando la voz y puso otra mueca porque cada gesto facial hacía que le doliera más la cabeza.

—Intente dormir un poco —dijo el profesor Fitzhugh con amabilidad—. Nosotros discutiremos las hipotéticas situaciones y prepararemos un plan para cuando despierte. Podemos llamar a una revolución estando encarcelados.

—Se han escrito muchos planes y libros en la cárcel por diversos motivos. Está el famoso *Don Quijote*, escrito por Miguel de Cervantes en la España del siglo XVI, después de que lo encarcelaran por deudas. Me encanta *Don Quijote*. Qué noble causa devolver el honor y la moralidad a un mundo decadente —cerró los ojos—. Nos vendría bien alguien como él hoy.

Los dos médicos se miraron y asintieron. Empezaron a lanzar sugerencias para huir. Clarisse se quedó finalmente dormida, pero el profesor Fitzhugh la despertaba a intervalos para asegurarse de que la conmoción no fuera lo bastante grave como para dejarla inconsciente o algo peor.

Peg no se preocupó hasta que empezó a oscurecer y la gente empezó a meterse en sus chozas. María la arrastró al interior. La lluvia caía de forma intermitente. A Peg le parecía fascinante.

—Mi hijo y tu amiga volverán pronto —le aseguró en su titubeante español. Se sentía más cómoda en su lengua materna o en portugués.

—Eso espero —dijo Peg—. Ya es de noche.

María asintió.

—No es fácil encontrar a alguien que no quiere que lo encuentren, sobre todo en la selva. Enseguida estarán de vuelta —añadió, sonriendo—. Ya lo verás.

Peg suspiró.

—Estoy segura. Pronto.

Pero las horas fueron pasando. La gente se fue a dormir. Peg estaba en una hamaca dentro de la choza, escuchando la lluvia. De vez en cuando se colaba alguna gota por el techo y caía al suelo. Sonrió al pensar en las casas en las que habían vivido su padre y ella, y cómo había tenido que recoger el agua que se colaba en cazos y otros recipientes.

Miraba la oscuridad con los ojos muy abiertos, preocupada. ¿Qué le había pasado a Clarisse? Al principio se avergonzó al pensar que tal vez había seguido adelante con su plan original de dejarla abandonada en venganza hacia Grange por haberla rechazado.

Sin embargo, la teoría se cayó por su propio peso cuando pensó en Enrique. Aquel era su pueblo, y su madre vivía allí. Aunque Clarisse hubiera salido del país, Enrique sabía dónde estaba Peg y volvería y le diría algo. Lo haría por su madre, si no por ella.

Pero Enrique tampoco había aparecido. Peg no durmió en toda la noche.

A la mañana siguiente, que amaneció radiante, estaba convencida de que algo terrible había sucedido.

—¿Sabes algo de tu hijo? —le preguntó a María, esperanzada. Lo mismo alguien había llegado corriendo al pueblo durante la noche.

—No —dijo María. Se la veía preocupada—. No quiero preocuparte más —añadió con vacilación—, pero Enrique dijo que pasaría por aquí de camino a la ciudad. Él siempre cumple su palabra. Es como su padre, que nunca me mintió en toda nuestra vida de casados.

Peg se mordió el labio.

María le tocó el brazo con ternura.

—Debemos tener esperanza —dijo—. Lo mismo han tenido un accidente: un pinchazo, una avería en el motor, ¿quién sabe? Debemos esperar y confiar.

—Supongo que sí, pero estoy algo preocupada.

María asintió.

—Yo también. Esto no es propio de mi hijo.

Peg aprendió a cocinar la comida local ante las risas de las mujeres complacidas al ver cómo disfrutaba Peg con su éxito. Había leído los panfletos turísticos del hotel en los que se anunciaban excursiones a la selva en las que se pernoctaba en pueblos nativos selectos. Tenían que cumplir todo tipo de requisitos, entre ellos pruebas de que los nativos estaban inmunizados. Teniendo en cuenta que en el pasado numerosas tribus indígenas habían sido diezmadas por culpa de enfermedades a las que los europeos eran inmunes, era algo lógico.

Pero Peg no había tenido que hacer tal cosa, probablemente porque Enrique había hablado con Clarisse o porque él mismo se había encargado de los detalles. Al fin y al cabo, él mismo era guía. Clarisse había mencionado que, en raras ocasiones, había accedido a que un visitante pasara la noche en el pueblo en el que vivía su madre, en señal de cortesía y solo si confiaba en él. Los habitantes nativos desconfiaban de los desconocidos.

—Intentamos preservar nuestras costumbres —le había explicado María a Peg en español—. No nos gusta que vengan extraños. Te ríes. ¿Por qué?

—Porque la pequeña ciudad en la que vivo en Estados Unidos es exactamente igual —explicó, sonriendo—. Es un lugar pequeño, no mucho mayor que vuestro pueblo. Somos recelosos con la gente que llega de fuera. Tenemos que conocerlos para poder sentirnos cómodos.

María sonrió con los ojos.

—Tenemos muchas cosas en común.

—Incluido el pollo —dijo Peg con una sonrisa despreocupada y María prorrumpió en carcajadas.

Pero el día pasó rápidamente. Tras la cena, salieron a escuchar los ruidos nocturnos alrededor de un fuego donde la gente se sentaba a charlar, y Peg comenzó a darle vueltas al asunto. Estaba muy preocupada por Clarisse. También estaba preocupada por Enrique.

Tenía que pensar también en su propia situación. No tenía visado. Tenía pasaporte porque Jason Pendleton la había ayudado a conseguirlo el año anterior por si acaso tenía que mandar a su padre al extranjero a cerrar algún trato, por ejemplo a Sudamérica. El caso era que gracias a la previsión del señor Pendleton ella había podido entrar en el país sin percances. Pero para usarlo tenía que llegar al aeropuerto, que estaba en Manaos. En el pueblo no había vehículos. No había teléfono. Ella contaba con que Clarisse y Enrique la llevaran junto a Grange, que se encargaría de que ella regresara a Manaos. Parecía que estaba atrapada en mitad de la selva en plena época de lluvias.

Corría a ocultarse en una choza para no empaparse cuando se acordó de lo que le había dicho Clarisse sobre las prendas de algodón. En la selva durante la estación de las lluvias, el algodón húmedo no se secaba. La gente vestía ropa sintética porque tardaba menos en secarse.

La lluvia cesó al cabo de unos minutos y asomó de nuevo la cabeza. Dos niños, morenos y muy guapos, se pararon y le sonrieron tímidamente con sus dientes blancos perfectos antes de salir corriendo de nuevo. Ella se rio de buena gana. A su manera, el poblado se parecía mucho a Comanche Wells. Tendría que intentar recordarlo para contárselo a su padre.

Mientras, su preocupación respecto a las probabilidades de que no volviera jamás a su casa aumentaban. Si Clarisse y Enrique no aparecían pronto, tendría que decidir algo. María la ayudaría, seguro. ¿Pero y si María perdía a su hijo? ¿Y si Clarisse y él habían sufrido un terrible accidente? ¿Y si...?

De repente, unos gritos llamaron su atención. Parecía que todo el pueblo corría hacia la carretera que conducía a la selva. Algo había sucedido.

Dos nativos llevaban a un hombre sobre una camilla improvisada. Al acercarse, Peg oyó los gritos de María.

Había un hombre en la camilla, muy pálido, inconsciente, con la camisa cubierta de sangre.

—¿Está muerto? —preguntó Peg en inglés y después tuvo que repetirlo en español para que María la entendiera.

María tenía la mano sobre la camisa de su hijo. Tenía el rostro bañado en lágrimas. Tomó aire bruscamente, y se relajó un poco.

—Está vivo —dijo. Le abrió la camisa y la utilizó para limpiar la sangre y poder ver el alcance de la herida. Había una herida de bala justo debajo de las costillas.

—¡Le han disparado! —exclamó Peg, mirando a su alrededor—. ¿Dónde está Clarisse? —preguntó, asustada.

—Habrá que esperar a ver lo que nos cuenta. Si es que puede contarnos algo —dijo María con pesaroso pragmatismo—. Traedlo —les dijo a los hombres en portugués—. Mandaré llamar al médico.

CAPÍTULO 9

Peg estaba muy nerviosa. Se encontraba perdida en un país extranjero, en un pueblo indígena sin medios de transporte hacia el aeropuerto ni forma de contactar con Grange, un sola muda de ropa y ni la más remota idea de qué hacer. Enrique había aparecido herido y nadie sabía el paradero de Clarisse. Si alguien había disparado a Enrique, Clarisse debía de estar herida o muerta.

—¿Dónde encontraron a Enrique? —preguntó Peg a María mientras colocaban a su hijo en un jergón de hojas de palma trenzadas en la choza de María.

Preguntó a los hombres que lo habían llevado al campamento.

—En el río —dijo ella, dándole el nombre nativo para este—. El coche estaba al borde del camino. Los cristales de las ventanillas estaban rotos —dijo con preocupación. Miró a Peg, en cuyo rostro se notaba la preocupación—. También había sangre en el asiento del copiloto, en el lugar en el que se suponía que estaba la cabeza de tu amiga. No encontraron su cuerpo —añadió—. Pero uno de nuestros cazadores dijo que había huellas de otro vehículo cerca y pisadas de dos hombres que llevaban botas. Probablemente fueran militares. Patrullan por estos caminos. Ese loco que está al mando del país disfruta atacándonos si nos entrometemos en su camino —dijo María con frialdad—. Muchos de nuestros primos han muerto por culpa del maldito petróleo.

—Lo siento —dijo Peg—. Sabía que era mala la situación, pero no tanto.

—Si te quedas aquí mucho, aprenderás muchas cosas —María pidió agua y limpió la frente de su hijo con ella—. Tiene fiebre. Espero que el médico llegue pronto.

—¿Puedes conseguir que venga el médico desde Manaos? —le preguntó Peg.

María la miró.

—No. Está demasiado lejos para ir a pie, pero podemos enviar una canoa a la ciudad para traer al médico. Enrique podría morir mientras tanto. Conocemos a alguien que puede curar. Trabajaba cerca de las ruinas cuando Sapara tomó las riendas del gobierno. Tuvo que esconderse para evitar la muerte porque conoce a Emilio Machado.

—Conozco al general —dijo Peg—. Es una leyenda en mi ciudad. La gente lo adora.

María estaba impresionada.

—Aquí también tiene muchos amigos. Confiamos en que un día regrese y derroque a Sapara.

Peg asintió.

Se produjo gran revuelo en el exterior y entró una persona desconocida con los pantalones empapados, pesadas botas y un sombrero de ala ancha que le tapaba el pelo oscuro, rizado y corto.

—¿Es usted el médico? —preguntó Peg arrastrando las palabras con acento de Texas.

Al quitarse el sombrero apareció una mujer alta y musculosa de veintitantos años que se quedó mirando a Peg atónita con sus ojos azul claro.

—Dios bendito, ¿eres de Texas? —preguntó ella con un

acento similar—. ¡Cuánto tiempo hacía que no oía hablar con el acento de casa!

Peg se rio.

—Soy de Jacobsville.

—Lo conozco —dijo la otra mujer, riéndose en voz baja como si compartieran una broma antes de volverse hacia el paciente—. Dios mío, parece una herida de bala.

—Alguien disparó a mi hijo —dijo María con preocupación—. Creemos que han sido soldados de Sapara. ¿Puedes hacer algo?

—Hace tiempo que no le saco una bala a alguien, pero creo que podré —se quitó la mochila y empezó a sacar cosas de ella—. Soy antropóloga, pero también fui sanitaria en el Ejército un par de años y después hice algunos encargos como mercenaria.

Peg estaba atónita.

—¿Has sido mercenario?

Ella asintió.

—Sí. Soy cinturón negro en karate y taekwondo y varias artes marciales más. Recorrí el mundo con un tipo llamado Colby Lane.

—¡Lo conozco! —exclamó Peg—. Bueno, más o menos. Está casado y tiene dos niños. Su mujer es agente del Departamento de Narcóticos y él trabaja en el departamento de seguridad de Ritter Oil Corporation en Houston.

—Oí que se había casado —dijo ella con voz queda—. Hubo un momento en que sentí algo por él, pero no quiso nada. Por entonces le gustaban las chicas blandas y femeninas —suspiró—. Yo no soy así. A mí me gusta la aventura. María, ¿podrías hervir un poco de agua? —añadió mientras sacaba lo que parecía un estuche de material quirúrgico—. Y también necesitaré un astringente.

María asintió y fue a buscar lo que le pedía.

—Las infecciones son peligrosas aquí, ¿verdad?

La otra mujer asintió.

—Mucho —levantó la vista y le sonrió con sus ojos azules—. No nos han presentado. Soy Maddie Carlson.

—Yo me llamo Peg Larson —respondió Peg sonriendo también—. Encantada de conocerte. Me alegra que sepas tratar heridas de bala.

—He tenido mucha práctica —contestó Maddie—. En el grupo teníamos un médico, un residente, se llamaba Micah Steele…

—¡Venga ya! —exclamó Peg—. Vive en Jacobsville.

—¿Trabaja con Eb Scott? —preguntó Maddie, sorprendida. Le estaba retirando la camisa a Enrique para examinar la herida.

—Oh, no, tiene una consulta médica con otro médico y también trabaja en el hospital.

Maddie dejó lo que estaba haciendo y se la quedó mirando.

—Y está casado. Callie y él tienen dos hijos, una niña y un niño de dos años.

Maddie contuvo el aliento.

—Si hubiera apostado por las posibilidades de que ese tipo se casara, ahora sería pobre —dijo ella sacudiendo la cabeza—. ¡Quién lo iba a decir! Colby Lane, casado; Micah Steele… Pero seguro que Eb Scott y Cy Parks no lo están, ¿verdad?

Peg se rio.

—Sí y los dos tienen niños.

—¡No me lo puedo creer! —exclamó Maddie. Asintió y dedicó una tranquilizadora sonrisa a María cuando le llevó las cosas que le había pedido—. Eb seguirá teniendo la agencia de entrenamiento, ¿verdad?

—Oh, sí. De hecho, algunos de los hombres de Winslow entrenan allí.

Maddie frunció el ceño.

—¿Winslow?

—Winslow Grange. Trabaja con el general Machado.

—Grange. No lo conozco.

—Y también está ese otro tipo, Rourke...

Maddie negó con la cabeza.

—Tampoco lo conozco. Llevo desconectada de ese mundo varios años. Ahora me dedico en exclusiva a la arqueología, y estoy a punto de dar hacer un descubrimiento asombroso. Maldito Sapara y su desatinado golpe de estado. Tenía toda la ayuda que necesitaba cuando Machado estaba en el poder —calló un momento mientras se lavaba las manos y se untaba una sustancia antiséptica antes de ponerse los guantes de goma—. Era amable conmigo. Estaba un poco enamorada de él —dijo con una extraña timidez—. Pero yo no era su tipo. Demasiado dura. Creo que le gustan las mujeres femeninas. No puedo cambiar a estas alturas.

—No deberías —dijo Peg con tono amable—. Las personas tienen que ser ellas mismas.

Maddie la miró con una sonrisa.

—Una chica lista.

Se puso a trabajar a la luz de un farol. Era hábil. Tanteó cuidadosamente en busca de la bala, que se había alojado en el parte baja del pecho. La sacó casi a la primera.

—Hay fragmentos de cristal en la herida —dijo, frunciendo el ceño.

—Los hombres que lo trajeron dicen que el cristal de ambas ventanillas estaba hecho añicos —comentó María.

—El cristal le salvó la vida —murmuró Maddie—. Contuvo la fuerza de la bala evitando que penetrara demasiado hondo. Pero le falló el pulmón. Eso es lo que lo dejó inconsciente. No tengo aquí el equipo necesario para devolverle su forma, maldita sea. Lo máximo que puedo hacer es darle un antibiótico y mandar a buscar al médico de Manaos. Creo que aguantará hasta entonces. María —llamó—, tienes que mandar una canoa a Manaos, la más rápida que haya, y que el médico termine lo que he empezado. Esto no es más que una cura de campaña.

—La canoa ya está en camino. Gracias por lo que has hecho —dijo María—. Puedes quedarte con nosotros. Te lo he dicho muchas veces.

—Sapara anda buscándome —dijo la mujer con pesar—. No quiere arriesgar su nueva operación para extraer petróleo, y si yo alertara de la inmensa cantidad que se ha descubierto aquí, la comunidad internacional se le echaría encima. Y no quiere que eso ocurra teniendo en cuenta el delicado estado de las negociaciones. Por eso se está dedicando a borrar del mapa a todas las tribus indígenas que se interpongan en su camino hacia la explotación petrolífera de la zona sin decir nada a sus socios potenciales.

—¿Sabes con qué compañía petrolífera está negociando?

—Sí. Ritter Oil, de Houston.

Peg contuvo el aliento.

—Todo la conocemos bien —dijo Peg—. Eugene Ritter se comería a Sapara con patatas fritas si supiera lo que está ocurriendo aquí.

—¿De veras? —preguntó Maddie, sorprendida—. ¿Un magnate del petróleo con conciencia?

—Puedes estar segura. Y será mejor que Sapara se ande con ojo. Colby Lane trabaja para el señor Ritter.

—Colby —Maddie sonrió—. Él formaría un equipo y borraría a Sapara del mapa en un santiamén. Maldito idiota, ese Sapara —masculló mientras terminaba de vendar el pecho de Enrique, que respiraba con dificultad—. Ojalá alguien encuentre la manera de acabar con él.

—Hay un plan en marcha según tengo entendido —dijo Peg con voz triste—. El general Machado está preparando un golpe.

—¿Emilio? —Maddie se detuvo cuando se estaba lavando las manos—. ¿Está aquí?

Peg asintió.

—Grange está al mando del comando de ataque. Ojalá supiera dónde están. Una amiga me trajo a Manaos para verlo.Y ahora ha desaparecido.Temo que pueda estar muerta. Iba en el todoterreno con Enrique, y los amigos de María dicen que las dos ventanillas estaban rotas y que había sangre en el asiento del copiloto. Se llama Clarisse. Se ha portado muy bien conmigo...

Maddie se secó las manos.

—¿No la han encontrado?

—No. Dicen que parece que se la llevaron los militares.

La expresión facial de Maddie se tensó.

—¿Sabía ella algo de los planes del general?

—Sabía que estaba aquí con una fuerza invasora.

Maddie no dijo nada. Se dio la vuelta en silencio.

—Van a torturarla, ¿verdad? —preguntó Peg—. ¿Verdad? —añadió con insistencia al ver que la otra mujer no respondía.

Maddie se dio la vuelta.

—Si tiene información vital para Sapara, sí, la torturarán.

—¡Oh, no!

—Hace unos años estuve en África con un grupo de mercenarios que planeaba derrocar a un dictador muy violento. En un descuido, los soldados me apresaron —se desabrochó la camisa y le mostró el hombro.Tenía una cicatriz grande y blanquecina—. Uno de los hombres del dictador me clavó un cuchillo en el hombro. Sonreía mientras lo hacía. Me dijo que, si no hablaba, me lo clavaría en el pecho.

—¿Qué ocurrió?

Ella se rio y se volvió a abrochar la camisa.

—Lo último que oyó fue la ráfaga de un UZI. Lo último que vio fue la cara de Colby Lane detrás del subfusil.

—¡Justo a tiempo!

Ella asintió.

—Micah Steele me curó mientras Colby maldecía sin parar. No había ningún interés romántico por su parte, pero siempre fue mi amigo. Estoy segura de que aún lo es.

—¡Sí que has vivido aventuras! —exclamó Peg—. Yo no he viajado a ninguna parte ni he hecho nada peligroso hasta ahora —se rio con suavidad—. La verdad es que estoy disfrutando bastante. Bueno, a excepción de lo que le ha ocurrido al pobre Enrique —lo miró—. Y a Clarisse, dondequiera que esté.

—Enrique va a dormir un poco ahora —dijo Maddie—. Le he puesto una inyección para que le calme el dolor. Para cuando se le pase el efecto, espero que el doctor ya esté aquí —miró entonces a Peg y añadió—: Dices que has venido a ver a ese Grange. ¿Estás comprometida con él?

—No, pero creo que le gusto —sonrió con timidez—. Me llevó al baile anual de Jacobsville y no sale nunca con nadie. Bueno, y yo tampoco.

Maddie sonrió.

—Ya veo. ¿Y por eso vienes a verlo a un lugar tan peligroso como este?

—Clarisse me acompañó —explicó Peg sin dar detalles sobre el motivo, porque Clarisse ya había pagado un alto precio por su plan—. Vinimos porque quería dejarme en un lugar seguro mientras Enrique y ella iban a buscar a Grange. Dijo que no estaba lejos de aquí. Solo Enrique podía encontrar el campamento —dijo con tristeza—. Y ahora Grange no tiene ni idea de que estoy en el país, y han disparado al pobre Enrique y secuestrado a Clarisse por ello.

—Así es la vida —dijo Maddie con filosofía—. Pero todo saldrá bien. Ya lo verás.

—Al menos, Enrique vivirá. ¿Pero qué ocurrirá con Clarisse? Me pregunto dónde estará —dijo con preocupación.

Clarisse estaba temblando dentro de su celda. Le habían marcado la tez perfecta con un cuchillo. Sangraba bajo la blusa de seda, bajo el sujetador. Solo alguien malvado podría hacer lo que ese animal le había hecho con el único fin de sonsacarle más información sobre Machado. Había llegado a amenazarla con violarla incluso, pero otro soldado le había regañado diciéndole que era rica y tenía amigos poderosos. El bárbaro se había conformado con hacerle cortes con su cuchillo.

Ella no les había dicho nada. Se acordó de cuando jugaba con Stanton Rourke de niña y de una vez que él le metió la cabeza debajo del agua por una trastada para obligarla a que le pidiera disculpas. Ella aguantó la respiración y no cedió. Él no lo dijo en voz alta, pero ella vio en la elocuente mirada de sus ojos la admiración por su arrojo que sintió.

Clarisse y sus padres habían vivido durante un breve espacio de tiempo en África cuando su padre era un simple diplomático del Departamento de Estado de Estados Unidos, al principio de su carrera. Rourke vivía cerca de ellos con su madre.

Era cinco años mayor que ella, pero Clarisse ya era una niña precoz y aventurera a la edad de diez años. Rourke y ella se iban a explorar y a menudo se metían en líos. La capacidad de Rourke para hablar afrikaans y varios dialectos nativos les venía muy bien. Era un maestro a la hora de inventarse historias para zafarse de situaciones complicadas. Pero una vez se encontraron con una víbora peligrosa, que mordió a Clarisse porque no la vio. Rourke la llevó en brazos al médico y esperó a que le pusieran la inyección. Estuvo sentado a su lado, con la madre de ella, hasta que se recuperó. Clarisse no se había dado cuenta de lo amable que era.

Después oyó los rumores, pero demasiado joven para entenderlos, ella le dijo sin rodeos que la gente decía que era el hijo ilegítimo del millonario K. C. Kantor. Rourke se alejó de ella y no volvió a hablar con ella, ni siquiera cuando se marcharon porque destinaron a su padre a otro lugar. Varios años más tarde, volvieron a encontrarse en eventos de sociedad en Washington y él siempre fue correcto con ella. Pero luego coincidieron en Manaos después de la muerte de la madre de Clarisse. Él fue frío, insultante y sarcástico con ella porque se le había puesto en ridículo con él. Aún hoy le daba vergüenza recordar lo que había hecho, así que ahora lo evitaba.

Los recuerdos hacían más soportable el dolor por alguna razón. Tal vez fueran los recuerdos de la niñez los que le daban fuerza. Rourke era su ídolo cuando era pequeña. No le tenía miedo a nada. Conocía a gente que luchaba en revoluciones. Le había hablado de ellos, de la dureza de los interrogatorios cuando te detenían. La ayudaba a soportarlo ahora que era ella la víctima. No pensaba decirle nada a Sapara. Aunque la mataran. Se lo debía a Grange por lo que le había hecho a la pobre Peg. La dulce Peg, que seguro que iba a odiarla, que pensaría que la había traicionado. Y Enrique, muerto por su culpa. ¡Pobre María!

—Señorita Carrington —la llamó con suavidad el profesor Fitzhugh—. ¡Señorita Carrington!

Ella contuvo las náuseas y se sentó como pudo.

—Estoy bien —susurró y hasta casi sonrió.

Él miró la sangre de la blusa y no pudo reprimir un arrebato de furia.

—¡Mataré a ese hombre aunque sea lo último que haga en este mundo!

—Gracias —dijo ella—, pero lo que necesitamos es un plan, y deprisa. No parará hasta que me saque todo lo que sé. No puedo hacerlo. Tendría que dejar que me matara.

El profesor Fitzhugh hizo una mueca.

—Dios mío, ¿cómo hemos terminado así?

—Por la codicia de un hombre.

Él asintió.

—Ojalá pudiera vendarle esas heridas. A lo mejor podemos pedir un médico.

—Le haría gracia a Sapara.

—Supongo. Querida mía —dijo, incapaz de encontrar las palabras.

—¿Qué ha ocurrido? —preguntó el profesor Constantine desde su celda al lado de la de ella.

—Creo que lo llaman tortura.

El profesor Constantine soltó una florida imprecación y se disculpó.

Ella sonrió.

—Gracias. Creo que ha sido muy elocuente.

Él se rio a pesar de la gravedad de la situación.

El profesor Fitzhugh se acercó a los barrotes.

—He estado pensando en lo que ha dicho. Podríamos llegar a ese poblado indígena del que habla si tuviéramos transporte. Nuestro carcelero tiene un primo que tiene un carro con dos mulas. Suele llevar provisiones al pueblo en el que dejaste a tu amiga.

—¿De verdad? —preguntó, súbitamente esperanzada y temerosa de alentar la esperanza.

—Sí, el carcelero podría ayudarnos…

Se oyó ruido de pesadas pisadas que se acercaban. El carcelero, un fornido hombre con bigote de unos sesenta años, se detuvo al llegar a las celdas y se quedó mirando boquiabierto la sangre de la camisa de Clarisse.

—*¡Señorita, ay, Dios mío, señorita! Lo siento. Lo siento. ¡Esos animales! ¡Puede que se vaya al infierno para siempre!* —dijo en español, sollozando.

Conmovida por su compasión, Clarisse se acercó a los barrotes.

—¿Nos puedes ayudar? —dijo en voz baja en español, aprovechando para tutearlo al ver que su preocupación iba más allá de la de un simple desconocido.

Él vaciló. Pero entonces su rostro adoptó una expresión determinada y asintió brevemente.

—Sí, puedo hacerlo. Pero no tenéis a donde ir...

—Sí que lo tenemos —dijo el profesor Fitzhugh. Hablaba un español horrible, pero se hacía entender.

—Sí —convino Clarisse con voz queda—. Un poblado al sur de aquí. No está muy lejos si encontramos un medio para llegar.

El carcelero se acercó.

—Mi primo tiene un carro y dos mulas. Va a los pueblos del sur a llevar provisiones todos los viernes. Eso es mañana. Os sacaré de aquí antes del cambio de turno. Usted —le dijo al profesor Fitzhugh—, tendrá que pegarme en la cabeza con algo, para que no me maten.

—Pobre hombre, ¡antes moriría! —dijo el profesor Fitzhugh fervientemente.

Lo dijo en inglés, pero el carcelero vio su consternación y sonrió.

—Es usted un buen hombre, pero hay que hacerlo. Tengo esposa, muy fea, pero me quiere —se encogió de hombros—. Soy lo único que tiene, por eso no puedo morir. Tendrá que pegarme. No pasa nada. Tengo la cabeza dura —se rio al tiempo que se daba unos golpecitos.

—No quiero hacerte daño —dio Clarisse con expresión preocupada.

—No pasa nada —dijo el carcelero con ternura—. Tuve una hija... Ahora tendría tu edad si estuviera viva. Se la llevó una fiebre cuando era pequeña —se limpió las lágrimas—. Mi mujer es holandesa. La niña era rubia, como tú —dijo con una sonrisa—. Si te quedas aquí un día más, Sapara te matará. Tienes que irte.

—Está bien. Pero si nos salvamos, me aseguraré de que no te falte de nada mientras vivas. Y también podrás ocuparte de tu mujer.

El llanto del hombre se intensificó.

—Me llamo Romero Coriba.

—Yo me llamo Clarisse.

Él sonrió.

—Clarisse —dijo, asintiendo con la cabeza—. Me encargaré de los preparativos. Tengo que sobornar a un guardia.

—Yo tengo dinero, pero se lo ha quedado Sapara —dijo con pesar Clarisse.

—No te preocupes por eso. Sé dónde guarda las cosas —sonrió con picardía—. Y con lo que se soborna aquí es con ron. Al guardia que está fuera le gusta mucho. Tengo una botella que el presidente Machado me dio antes de que lo derrocara ese canalla de Sapara —añadió con frialdad—. De todos modos, lo guardaba para una ocasión especial. ¡Y parece que esta lo es!

Clarisse se rio a pesar del dolor.

—Cuando echen a Sapara, te compraré una caja del mejor ron que se pueda comprar.

—Señorita, eres un ángel del cielo. Siento mucho lo que te han hecho. Esos dos animales que trabajan para Sapara... Los estrangularía. Sobre todo a Miguel. Le gusta hacer daño a las personas.

—Tengo un amigo al que también le gusta hacer daño a las personas —dijo ella con frialdad—. Me aseguraré de hablarle de Miguel.

Él asintió.

—Será un placer. Y ahora he de irme a prepararlo todo. Ojalá pudiera hacer algo por ti.

—Romero, me estás salvando la vida —dijo ella con solemnidad—. ¿Qué puede ser más importante que eso?

Él sonrió y se alejó

—Al fin. ¡Una esperanza! —exclamó el profesor Fitzhugh y, suspirando, se sentó en su andrajoso camastro.

—Sí —convino Clarisse, tumbándose también entre

muecas de dolor cuando la blusa le rozaba los cortes—. Esperanza.

Romero llegó al amanecer con las llaves de las celdas y un bate de béisbol.

—Lo tengo todo preparado. El otro guardia se ha quedado dormido después de beberse la botella entera de ese buen ron y mi primo está esperando en la puerta con ponchos para que os cubráis. Os llevará al pueblo. Tiene dos hijos fuertes, que irán con él por si hay problemas. La familia tiene primos en el pueblo.

—No puedo pagarte ahora por lo que has hecho, pero lo haré. Te lo prometo —dijo Clarisse, abrazando al hombre, a pesar de lo que le escocían los cortes del pecho.

Él le dio unas palmaditas en la espalda con torpeza.

—Ten cuidado, amiga mía —le dijo en voz baja.

Ella sonrió entre lágrimas de gratitud.

—Nos volveremos a ver.

—Y ahora —dijo Romero, entregándole el bate al profesor Fitzhugh—, pégueme.

El profesor agarró el bate y compuso una mueca.

—Bueno, al menos tengo nociones de Medicina —dijo con su cerrado acento británico—. Sé dónde golpear para que no le afecte a tu pobre cerebro. Pero vas a tener un buen dolor de cabeza.

—Mejor tener dolor de cabeza que morir —dijo el carcelero con un titubeante inglés y sonrió.

—Muy bien —dijo el profesor—. Gracias de corazón por la ayuda. Por favor, cierra los ojos.

—¡*Sí*, puedo...!

El carcelero cayó como un fardo. El profesor le buscó el pulso y escuchó su respiración.

—¡No me ha gustado nada tener que hacerlo! —exclamó. Dejó el bate allí cerca para que lo encontraran.

—Lo sé. ¡Vamos! —dijo Clarisse.

Los tres salieron corriendo por un pasillo largo en dirección a la puerta, rezando por que no los estuviera esperando un grupo de soldados. El carcelero parecía estar seguro, pero Clarisse estaba aterrorizada. Le pegarían un tiro si la encontraban. O algo peor. No quería ni pensarlo. Alejó aquellos pensamientos de su mente y se concentró en correr.

No había rastros de ningún soldado en la puerta. Había un guardia tirado contra la pared, inconsciente, que respiraba con dificultad.

Clarisse se mordió el labio.

—Ay, Dios —gimoteó.

—¡Pssst! *¡Señorita!*

El corazón le dio un vuelco. Miró hacia lo que parecía un depósito de municiones justo detrás de la cárcel. Echó a correr haciéndoles señas a los dos hombres que iban con ella.

—Me llamo Jorge —le dijo un hombre moreno, de baja estatura, arrugando su sombrero—. Estos son mis hijos, Rafael y Sandrino.

—Me llamo Clarisse. Estos son mis amigos. ¿Eres el primo de Romero?

Le impresionó que una dama rica como aquella, obviamente estadounidense, lo llamara por el nombre de pila. Sonrió.

—Sí, soy su primo. Tome.

Ordenó a uno de sus hijos que les entregara los ponchos tejidos a mano que les llegaban por las rodillas. Les entregó también unos sombreros grandes para que se taparan el rostro.

—Tenemos que irnos. Pero no corran. Caminen. Despacio.

Clarisse apretó los dientes. Tenía razón, pero el recorrido a través de la plaza, rodeando la fuente hacia los aledaños del complejo militar le pareció el más largo de su vida. Se encontraron solo con un guardia. Jorge le dijo algo y señaló a sus acompañantes. El guardia los miró con extrañeza. Pero adormilado y apático como estaba, les despidió con un gesto difuso de la mano. Continuaron caminando hacia el carro.

Clarisse se subió a la parte trasera y se derrumbó sobre unos fardos de trigo. Los hombres la imitaron.

—Nos vamos —dijo Jorge, con sus hijos sentados en el amplio asiento del carro junto a él. Arreó las mulas con las riendas y el carro se puso en marcha a trompicones al principio y con más suavidad al cabo un rato. Quitando el traqueteo, claro.

El amigo de Clarisse, el doctor Carvajal, entraba en la choza varias horas después, chorreando a pesar del chubasquero, con su maletín.

—Hola de nuevo —lo saludó Peg.

Él sonrió.

—Hola. ¿Dónde está Clarisse?

—Iba en el todoterreno con Enrique —le dijo mientras el médico dejaba el maletín en el suelo y examinaba a Enrique—. No sabemos qué le ha pasado, pero creemos que se la ha llevado el Ejército.

—Dios bendito —exclamó pesaroso.

—Eso es que estaba viva —señaló ella—. De no ser así, la habrían dejado en el coche, con el pobre Enrique.

La miró y sonrió.

—Tiene sentido. Sí. Tal vez fuera eso lo que ocurrió.

Comenzó introduciéndole un tubo por una incisión que hizo con el bisturí en el lugar del que le habían extraído la bala.

—Está muy bien. ¿Quién hizo la operación?

—Yo —dijo Maddie, entrando por la puerta—. Trabajé como sanitaria del Ejército unos años.

—Debería haber estudiado Medicina.

—No, eso es demasiado relajado —declaró—. A mí me gusta explorar.

—Es usted la arqueóloga —exclamó.

Ella asintió con seriedad.

—Por favor, no lo divulgue. Me estoy escondiendo de Sapara y sus secuaces. Me mataría si me encontrara. Lo que sé le impediría la explotación petrolífera en sus tierras.

—¿Ha descubierto algo? —preguntó.

Ella asintió.

—Escuche, tiene que llegar a la capital y decírselo a alguien del gobierno —dijo él con gesto sombrío.

Ella soltó una carcajada.

—Está en Barrera. Y Sapara es el gobierno.

El médico maldijo entre dientes.

—¡Maldita sabandija!

—Se me ocurren insultos mucho peores —convino Maddie—. Espero que el general Machado le dé una buena patada en el trasero.

—¿Machado? ¿Está aquí? —exclamó.

—Sí —dijo Peg—. Está cerca de aquí, de hecho. Mandará a Sapara al océano Atlántico de una patada.

—Con mucho gusto le prestaré las botas —dijo el médico con tal intensidad que hizo reír a todos.

Pero Peg seguía preocupada por Clarisse y no había nada que pudiera aplacar sus miedos.

—Seguro que está bien —dijo María afectuosamente—. Te lo prometo. Y tengo una sorpresa para ti.

—¿Una sorpresa?

—*Sim*.

María salió y le hizo un gesto a un hombre.

—*¿Ahora?*

Él hombre se rio.

—Sí. Vienen por el camino.

—¿Vienen? —Peg salió a mirar. Se acercaba un todoterreno, un todoterreno estadounidense. Se fijó entonces en el hombre alto, de pelo moreno, vestido de camuflaje que salió del vehículo y se dirigió hacia ella directamente.

El hombre se detuvo, boquiabierto.

—¿Peg?

Al ver su expresión, Peg se lanzó a sus brazos. Él la estrechó en ellos y la besó una y otra vez hasta que le dolió la boca, y aun así, ella le devolvió el beso con toda la pasión que había estado acumulando desde que se separaron.

—Me dijeron que había alguien aquí que tenía información importante para mí —exclamó. Le besó los ojos—. ¡No me dijeron quién era!

Ella sonrió mientras lo besaba, abrazándolo con fuerza.

—Soy tan feliz.

Él le besó el suave cuello.

—¿Cómo demonios has llegado hasta aquí?

—Me trajo Clarisse.

—¡Clarisse...! —no pudo terminar porque Peg le tapó la boca con su suave palma y él la besó.

—Me trajo cuando estaba tomando pastillas. Se encontraba literalmente fuera de sí de pena y dolor. Pidió que me vacunaran y se quedó toda la noche cuidando de mí. Entonces me habló de lo que le ocurrió a su padre y a su hermana... —dijo, suavizando un poco la verdad—, la trágica muerte que tuvieron hace cuatro meses. Nos hicimos amigas. Me dijo iba a contarte que había hecho algo horrible y que podías pegarle un tiro si querías. Me dejó aquí, donde estaría segura, y se fue a buscarte con Enrique. Él está dentro. Le dispararon.

—¿Cómo que le dispararon?

—Sí. Y a Clarisse se la llevó el ejército de Barrera. Si no está muerta, probablemente la estarán torturando para que hable —dijo con voz fúnebre—. Nunca debí dejar que fuera sola. Debería haberle pedido a María que enviara a un rastreador a buscarte.

—¡Menudo desastre! —exclamó Grange con pesar.

—Venga, entra —dijo Peg, tomándolo de la mano—. Tengo muchos amigos aquí. Quiero que los conozcas.

Él sacudió la cabeza y sonrió. Quién si no Peg haría amistad en un país extranjero sin ningún problema. Le había asustado encontrarla allí, pero estaba tan feliz que no tenía ganas de regañarla por haber ido. Le rodeó los hombros con un brazo y, estrechándola contra sí, entraron en la choza. Sintió su blando pecho en el costado, bajo el brazo y casi se estremeció de deseo. Tantos sueños ardientes que terminaban en la fría realidad y allí estaba Peg, entre sus brazos de nuevo, ¡por fin! No podía enfadarse con Clarisse siquiera.

Peg se pegó más a él y lo miró a los ojos mientras entraban en la enorme cabaña, con su lumbre encendida. La forma en que lo miró era más ardiente que el fuego.

CAPÍTULO 10

Le presentaron a todos los presentes. Maddie le hizo sonreír. Conocía al grupo de mercenarios que se entrenaban con Eb Scott, incluso había trabajado con ellos antes de volver a la universidad a completar sus estudios. Era la arqueóloga desaparecida.

—He oído hablar mucho de ti —comentó con una sonrisa irónica.

—Yo también he oído hablar de ti bastante —respondió ella, mirando a Peg de forma significativa—. En boca de esta asombrosa mujer.

—No soy asombrosa —protestó Peg.

—Sí que lo eres —terció el doctor Carvajal—. Conseguiste que nuestra amiga común dejara su adicción a las pastillas para la ansiedad. Puede que le salvaras la vida.

—Para que luego la pusiera en peligro aquí —dijo con tristeza—. ¡A saber dónde estará ahora mismo!

—La encontraremos —prometió Grange—. Lo juro.

—Gracias —respondió ella con voz queda, contemplándolo con adoración.

Él le acarició suavemente el pelo, pensando en lo encantadora que era.

—¿Ha empezado ya la lucha armada? —preguntó.

Él compuso una mueca y dijo:

—Estamos teniendo algunas dificultades. El general cree que podemos hacerlo desde dentro, pero enviamos a dos hombres a la ciudad a hablar con uno de sus antiguos generales y no hemos vuelto a tener noticias suyas. O Sapara los encontró y los mató o no han podido establecer contacto.

—Malas noticias —dijo.

Él asintió.

—Así que ahora estamos trabajando con gente de la zona que están hartos de Sapara y sus hombres. Les enseñamos a luchar y disparar. Va a ser complicado.

—Dios mío.

—Todo plan de batalla tiene sus limitaciones —dijo con un suspiro y con una sonrisa añadió—. Este era mucho más sencillo sobre el papel.

—Supongo.

En ese momento, se oyeron gritos.

Grange y Peg salieron dejando al médico y a Maddie ocupándose de Enrique, y a una preocupada María, que no se apartaba de su hijo.

Un carro tirado por una mula se detuvo a la entrada del pueblo.

—Provisiones —dijo María, asomando la cabeza por la puerta—. Vienen los viernes a traernos grano.

—Vaya —dijo Peg, decepcionada.

Vieron que tres personas ataviadas con ponchos largos acompañaban a los tres hombres que conducían el carro. La más baja de las tres personas caminaba muy despacio, como si estuviera enferma.

Al acercarse y quitarse la capucha, vieron que era Clarisse con dos hombres.

—¡Clarisse! —exclamó Peg, que salió corriendo a abrazarla entre lágrimas—. ¡Ay, Clarisse, creía que habías muerto! ¡Qué contenta estoy!

El abrazo le dolió una barbaridad, pero Clarisse no se quejó y se lo devolvió. Era agradable tener un amiga.

—Estoy bien. Me dispararon, me han hecho cortes con un cuchillo y me han amenazado, pero me pondré bien. Solo estoy… —cayó redonda en el suelo tras una pequeña exhalación.

Grange la recogió y la llevó al interior de la choza. María le preparó una hamaca rápidamente.

Ahogó una exclamación cuando le quitó el poncho. Tenía la blusa empapada de sangre.

—Por el amor de Dios, ¿qué le han hecho? —exclamó.

—La torturaron, joven —dijo apesadumbrado el más bajo de los hombres que la acompañaban—. Todos hemos vivido un infierno en la prisión de Sapara. Esperamos poder pagarle por su hospitalidad pronto. Soy Damon Fitzhugh y este es Julian Constantine. Somos profesores en la universidad de Barrera. O lo éramos. Esta valiente joven nos ayudó a escapar. Espero que sus heridas no sean demasiado graves. Le dispararon y tuvo una ligera conmoción, y después le hicieron esto. Pero no podíamos hacer nada para ayudarla, y Sapara no quiso llamar a un médico. ¡El muy bestia!

—A ver —dijo el doctor Carvajal, acercándose a la hamaca—. Dejad que me lave las manos. María, por favor, tráeme agua y un paño.

—Enseguida. ¿Y mi hijo?

Él le sonrió con cansancio.

—Se pondrá bien. El pulmón está volviendo a su forma. Llevará un tiempo. El vendaje de campaña estaba muy bien hecho —dijo, sonriendo a Maddie.

—Gracias —dijo la arqueóloga.

Se lavó las manos y se volvió hacia Clarisse. Entonces dirigió a Grange y los otros dos hombres una mirada elocuente.

—Esperaremos fuera —dijo amablemente y sonrió a Peg

al tiempo que hacía un gesto a los dos profesores para que salieran.

Lo siguieron a otra choza cercana en la que les ofrecieron comida y agua junto al fuego, que ellos aceptaron de buena gana.

El médico quitó la camisa a Clarisse y compuso una mueca de dolor al ver las heridas. Tenía un corte profundo en el brazo que le había cortado una vena. Afortunadamente se había coagulado, pero el estado de Clarisse era malo.

—Dios bendito, ¿qué clase de hombre podría hacer algo así?

—Alguien que está pidiendo a gritos una buena dosis de metralla —dijo Peg, arrastrando lentamente las palabras.

—Estoy contigo.

Hay muchos cortes y bastante profundos.

—Necesitará cirugía plástica cuando se curen las heridas —dijo mientras las cosía—. No se puede hacer ahora, ha perdido mucha sangre y la mayor parte de los cortes necesitan puntos —hizo otra mueca—. No querría que le hubiera ocurrido esto por nada del mundo.

—Ni yo —dijo Peg con pesar—. ¡Pobre Clarisse!

—También tiene una herida en la cabeza —apuntó Maddie—. Tiene sangre reseca.

—Sí —dijo él una vez hubo terminado con los puntos. Las heridas superficiales se las tapó después de ponerle polvos antisépticos. Y sacudiendo la cabeza añadió—: ¡Cuánto daño le han hecho!

—Intentaban que hablara —dijo Maddie con frialdad— . Apuesto a que no les dijo nada.

María entró en la choza.

—Es verdad. He estado hablando con el arriero, el hombre del carro y las mulas. Dice que le contó que no dijo una sola palabra con todo lo que le hicieron. Iban a seguir torturándola esta mañana. Un amigo los ayudó a escapar. Los hombres no quieren decirme quién fue, así que debe de ser un familiar —y con una sonrisa añadió—: tiene que ser buena persona.

—Hay pocas en el mundo —dijo Peg.

—Una herida profunda, pero la bala pasó rozándole la cabeza. Tuvo suerte de que el soldado no tuviera buena puntería.

—¿Se pondrá bien? —preguntó Peg con preocupación.

El médico asintió.

—Está cansada y parece deshidratada.

Clarisse se removió.

—Y adormilada —murmuró, tras lo cual hizo una mueca y añadió—: Lo siento, he debido de quedarme dormida. Me torturaron, pero no consiguieron nada —dijo con ojos resplandecientes—. Hay un hombre que trabaja para Sapara, Miguel algo. Si vuelvo a verlo, quiero llevar encima un arma.

—Te conseguiré una —dijo Peg, y sonrió—. Me alegra que estés bien.

—Me pareció ver a Grange —susurró Clarisse débilmente.

—Así es. Él te trajo en brazos hasta aquí. Te desmayaste.

—Falta de sueño, falta de comida, no nos daban casi ni agua. Me muero de sed.

—Toma. ¿Puedo darle agua? —preguntó María al médico antes de darle un pequeño recipiente cerámico.

—Sí. Es lo que más necesita.

Clarisse intentó tomárselo del tirón, pero el médico la detuvo.

—Podría sentarte mal si tomas demasiada. Despacio.

Clarisse asintió. Hizo una mueca de dolor cuando levantó los brazos nuevamente para beber.

—Gracias, María. Lamento lo de Enrique. Nos perdimos y se asomó por encima de la capota del coche para orientarse. Entonces comenzó el tiroteo. ¿Se pondrá bien?

—Sí —dijo el médico con una sonrisa—. Al igual que tú tendrá que reposar unos días. Pero se pondrá bien. Puedes volver a la ciudad conmigo… —pero no pudo terminar.

—No voy a irme —lo interrumpió Clarisse con brusquedad.

—¿Cómo dices?

—Que no voy a ninguna parte —repitió con tono frío—. Conozco la distribución del cuartel general de Sapara, la hora a la que se realizan los cambios de guardia y tengo un amigo dentro. Soy el activo más valioso que tiene el general Machado en este momento. Iré con ellos.

—Mi querida amiga… —dijo el médico.

—En ese caso, yo también voy —dijo Peg.

—De eso nada —dijo Clarisse con firmeza.

—Tiene razón —terció Maddie con gesto sombrío—. Eres un lastre para ellos en el campo de batalla. Podrías hacer que mataran a alguien. Lo que nos trae de nuevo a ti —le dijo a Clarisse, volviéndose hacia ella.

—Me da igual lo que me digas —le dijo esta—. Me he ganado el derecho a ayudar. Voy a ir —dijo y levantó una mano—. Me quedaré a un lado, pero puedo ayudar. Tengo memoria fotográfica y sé dibujar.

Maddie suspiró.

—Está bien. No voy a discutir. Que lo haga él —y señaló a Grange que acababa de entrar.

Grange parecía serio y enfadado.

—Dile que no puede ir —continuó Maddie con firmeza.

—Busca una cuerda y átala —añadió Clarisse con una débil carcajada.

Grange la miró con una mezcla de irritación y respeto.

—¿Qué pasa? —preguntó Peg.

—Rourke viene para acá —masculló—. ¡Será idiota! Intenté impedírselo, pero no pude.

—¿Por qué viene? —preguntó Clarisse con una expresión indescifrable en el rostro. Peg no pudo descifrarla, pero Clarisse parecía avergonzada y excitada a la vez.

—Le dije que te habían torturado —dijo Grange con pesar—. Supongo que le pesa tanto la conciencia como a mí. No debería haber sido tan duro contigo. Ni él tampoco.

Clarisse esbozó una débil sonrisa y se tumbó con una mueca de dolor.

—Yo también me siento culpable por involucrar a Peg en esto. Es un encanto —añadió, mirando a la chica con verdadera culpabilidad—. Se parece tanto a mi hermana… —no pudo seguir porque las lágrimas se agolparon en sus ojos azul pálido.

—Ya pasó —dijo Peg con ternura, acariciándole el pelo—. Ya pasó.

Las lágrimas se desbordaron.

Grange no había visto llorar a Clarisse nunca. Creía que era una mujer dura como el acero, que carecía de toda moral. Y su Peg, pensó con sincero orgullo, era una entre un millón. Peg había logrado atravesar la dura coraza de Clarisse.

Grange quería decirle que no iba a participar en el asalto, pero Rourke y ella tenían un pasado en común. Ya que iba a desobedecer órdenes yendo hasta allí de todos modos, que se ocupara él de ella.

Estaban todos sentados alrededor del fuego compartiendo una pequeña comida cuando se oyó el sonido del motor del todoterreno que llegaba al poblado. Un hombre alto y muy furioso con el pelo rubio y un parche negro en el ojo se les acercó a grandes zancadas.

Tenía los sensuales labios apretados en una delgada línea y un rostro duro como el granito. Al acercarse, Peg se fijó en que su único ojo era de un peculiar tono castaño. Sin vacilar ni esperar a que hicieran las presentaciones, se acercó directamente a Clarisse y se arrodilló a su lado.

Su experta mirada recorrió la blusa manchada que delataba la sangre pese a que María la había lavado con denuedo tratando de quitarla y el punto de la cabeza en el que médico le había cortado un poco el pelo para tratar la herida de bala.

—¿Quién te ha hecho esto, Tat? —le preguntó con tono gélido y un acento que Peg no había oído nunca.

Ella tomó aire profundamente. Por lo menos no la estaba insultando ni estaba siendo sarcástico con ella. Si hubiera sido más inocente, habría creído que le importaba.

—Uno de los hombres de Sapara —dijo ella voz queda—. Un carnicero llamado Miguel que trabaja en el cuartel general contiguo a la prisión.

El gesto de Rourke era de granito.

—Pagará por ello. Te lo prometo. ¡No vamos a dejar nada con vida en ese maldito lugar!

—No le hagas daño a Romero —se apresuró a decir ella—. Fue él quien nos salvó. Estaría muerta si no fuera por él. Es el carcelero. Un hombre mayor, rellenito y muy dulce.

—Romero —la miró largo y tendido—. Así que ahora te gustan los hombres mayores, ¿no?

—Está casado.

—¿Por qué habría de importarte a ti eso? —se burló él, pero entonces vio la expresión que cruzó por el rostro de Clarisse un segundo antes de que bajara los ojos. Y no volviera a mirarlo.

—Tat... —dijo él despacio, lamentado sus palabras.

—Estoy bien —dijo ella en voz baja—. Me va a quedar alguna marca de guerra, pero estaré bien.

Él volvió a mirar la blusa manchada y compuso una mueca. Recordaba su piel, su tersa, cremosa y bonita piel; sus pechos como suaves conchas marinas con aquellos delicados botones rosados...

Se levantó y trató de alejar el recuerdo. de su mente.

—Vaya sitio para tener marcas —dijo con frialdad.

—Bueno, nadie me quiere —respondió ella con una sonrisa de lástima—. No las verá nadie más que yo.

En cualquier otro momento, Rourke se lo habría rebatido. Sabía que se acostaba con unos y con otros. Todo el mundo lo sabía. Pero no podía atacarla, no era momento; estaba dolorida después de que un animal la hubiera torturado salvajemente. Con un cuchillo. Rourke se había puesto como loco cuando Grange le contó lo ocurrido. Nada lo habría detenido. Lo único que había querido al oírlo había sido correr hasta ella y verla, asegurarse de que estaba bien. Nunca sería suya, pero no permitiría que nadie le hiciera daño si él podía evitarlo. Le horrorizaba lo que le habían hecho.

—Y no fue peor gracias a Romero —dijo Clarisse con pesar—. Me habrían matado si no llegamos a escapar. ¿Conoces ya a los profesores? —se apresuró a añadir y procedió a hacer las presentaciones.

—Es la mujer más valiente que he conocido nunca —dijo el profesor Fitzhugh al tiempo que le estrechaba la mano—. ¡Qué mujer!

—Valiente y encantadora —añadió el profesor Constantine sonriéndole.

—No tan encantadora ahora —dijo ella con un suspiro, devolviéndole la sonrisa—. Pero no me importa lo más mínimo. Ahora que he probado en mis propias carnes la brutalidad del nuevo régimen, estoy deseando tomarme la revancha. He memorizado la distribución del cuartel general —añadió—. No sé, tal vez esté igual que cuando el general lo ocupaba, pero mantuve los ojos y los oídos abiertos e hice preguntas. Nuestro carcelero fue muy amable. Me contó muchas cosas.

Rourke entrecerró los ojos.

—Lo buscaremos —prometió.

—Los ordenadores de Sapara funcionan con software antiguo —dijo el profesor Fitzhugh—. Una alumna mía puede entrar en cualquier sistema. Me pareció que utilizando virus de gusano del tipo Stuxnet...

Grange soltó una carcajada.

—Las grandes mentes funcionan del mismo modo —explicó—. Contamos con un chaval irlandés que es un mago de los ordenadores y ha desarrollado un virus similar utilizando un viejo ordenador. Está listo para introducirlo en los ordenadores militares de Sapara. Y tenemos otro grupo preparado par sabotear los medios de comunicación.

—¡Cómo me gusta una buena pelea! —dijo el profesor Fitzhugh con una risilla—. Por cierto, algunos de nuestros alumnos tienen ahora los exámenes finales, pero estarían dispuestos a ayudar si se lo pedís. Conocen muy bien la ciudad.

—Preferiría no involucrar a civiles inocentes a menos que no me quedara más remedio —respondió Grange—. Agradezco la oferta, y lo mismo tenemos que recurrir a otros métodos. Los planes de batalla cambian muy deprisa.

—Y que lo digas, joven —miró a sus compañeros—. He de decir que parecemos una banda de ladronzuelos —bromeó.

—Pero sobrevivimos —le recordó Clarisse, sonriendo mientras bebía su caldo—. No importa nuestro aspecto.

—Supongo que no, pero me gustaría poder cambiarme de ropa —dijo el profesor Fitzhugh con un suspiro—. Me temo que llevo un olor apestoso conmigo —se olió la manga y puso cara de asco. Todo el mundo se echó a reír.

Grange miró a Peg.

—Deberías irte a casa.

—Sí —dijo Clarisse.

—Totalmente —convino Maddie.

Peg los miró a todos con expresión testaruda, se cruzó de brazos y se sentó.

Grange sacudió la cabeza.

—Esa es mi chica —dijo y Peg se sonrojó porque Grange lo decía en serio. Se rio y la forma en que la miró Grange hizo que su corazón se desbordara de alegría. Allí estaban, juntos por fin, rodeados de un montón de personas en un lugar en el que la palabra «intimidad» no existía. Le daban ganas de ponerse a gritar de frustración.

Grange se percató del sentimiento que él también compartía. Pero el orgullo que sentía por ella era visible. Igual que su deseo, que ardía en la intensa mirada de sus ojos oscuros.

—De acuerdo, cariño —dijo con una voz sedosa que le produjo escalofríos en la espalda—. Te quedas. Pero te quedas aquí con María —dijo poniendo énfasis—. No vas a ir a la guerra.

Ella sonrió de oreja a oreja.

—Como tú digas, pero me quedo.

Él le devolvió la sonrisa.

—Qué mujer —y se quedó mirándola a los ojos tanto rato que la hizo enrojecer.

Peg estaba sintiendo cosas raras, pero estaban en un lugar en el que no podían hablar de ello. Su cuerpo parecía saber cosas que su mente no había experimentado nunca. Lo único que quería era tumbarse en una hamaca grande con Grange, como en aquel sueño erótico que tuviera una vez. Se preguntaba si se atrevería a contárselo. Bueno, ya tendría tiempo de pensar en ello. Pensar era lo único que podía hacer de momento, dado que parecía que estuviera viviendo en la estación central de Barrera, pensó con sarcasmo, y sonrió afectuosamente a la gente que tenía a su alrededor. Parecía que se le daba bien hacer amigos.

Grange consiguió un lápiz y unos trozos de papel, y Clarisse y él se pusieron a dibujar las posiciones que ocupaban los guardias en el edificio de cuartel general. Los dos profesores y ella hablaron de los cambios de guardia y de los aparatos electrónicos que había en el despacho de Sapara. Los hombres sabían más que Clarisse, porque ellos habían estado encarcelados varios meses.

—Recuerdo que tenía un aparato de radio en su despacho —dijo Clarisse, algo cansada—. Una televisión de pantalla plana, consola de juegos y ordenador para jugar.

—Manaos es el centro de la industria electrónica en esta parte del continente —señaló el profesor Fitzhugh—. Me encanta trastear con los ordenadores. Esta es una zona de libre comercio, así que los impuestos no son altos y los aparatos electrónicos tienen un precio razonable.

Clarisse abrazaba entre las manos un cuenco cerámico con una infusión de hierbas. El olor resultaba calmante. Oía la conversación de la gente que tenía alrededor como si estuviera en una burbuja.

Rourke se sentó junto a ella. Sacó la navaja y empezó a tallar un trozo de madera que se había encontrado.

—Solías hacer eso en África, cuando era niña —dijo Clarisse con voz queda—. Todavía tengo el cisne que me hiciste cuando tenía diez años.

—Eras una niña muy valiente —dijo pensativo—. Me seguías a sitios a los que los otros chicos no se atrevían a ir. Nunca te quedabas atrás, nunca te quejabas. Ni siquiera cuando te mordió aquella serpiente...

—La pisé —lo interrumpió ella—. Ni siquiera tú podrías haberlo evitado.

Él siguió tallando.

Pasaron así unos minutos en agradable silencio.

—El médico dice que vas a necesitar cirugía estética para esos cortes. Deben de ser profundos —dijo con tono enfadado.

—Cicatrices de guerra —dijo ella, fijándose en el parche—. Tú no llevas ojo de cristal, pues yo no me haré la cirugía estética.

Él enarcó ambas cejas.

—Me he ganado estas cicatrices —dijo ella con expresión decidida y miró el contenido del recipiente—. Me he pasado la vida jugando a ser periodista, haciendo entrevistas superficiales a hombres en el campo de batalla —se detuvo y tomó aliento—. Pero ahora sé un poco mejor lo que es estar en primera línea —levantó la vista y lo miró—. Y es horrible.

Él asintió despacio.

—Les dan fusiles AK-47 a niños de diez años, los drogan y los mandan a la guerra a matar y a morir. Ese es el mundo real.

Ella se estremeció.

—Una razón de peso para regresar a casa y escribir columnas de cotilleos de ahora en adelante.

Ella dio un sorbo de su infusión.

—No. Quiero encontrar la manera de hacer algo bueno con mi vida.

—Eres un poco mayor para estudiar enfermería.

Ella lo miró con indiferencia.

—Soy reportera gráfica. Tal vez creas que no me tomo la profesión en serio. Pues lo hago. Podría seguir trabajando para alguna agencia, Reuters tal vez, y hacer reportajes de investigación sobre temas como los niños soldado.

Pareció que Rourke palidecía.

—Eso es una locura. ¿Tienes idea de lo que podría pasarte si te metieras en una guerra de verdad?

Ella se apartó la blusa y le enseñó una de las heridas que asomaban por encima de la copa del sujetador, violentamente enrojecida con los puntos de sutura negros.

—Sí, lo cierto es que lo sé.

Él hizo una mueca. Le dolía ver aquellas heridas como Clarisse no podía ni imaginar. La había apartado de su lado, ridiculizado y atacado verbalmente durante años. Había fingido sentir un absoluto desprecio hacia su estilo de vida de niña rica y su sentido de la moral. Lo cierto era que no se atrevía a acercarse a ella. Sabía cosas que ella no sabía. Existía un secreto. No se atrevía a contárselo. Pero significaba que no podría ser nada más que un amigo para ella o un enemigo. Si tuviera que escoger, sería más fácil, mucho más fácil, que lo odiara. Así que utilizaba la hostilidad para evitar que Clarisse pudiera ver a través de su máscara.

Continuó tallando el trozo de madera, la expresión de su rostro más dura que nunca.

—Como tú quieras. Supongo que no te importarán las agresiones por parte de los hombres teniendo en cuenta tu historial.

Clarisse estaba demasiado dolorida, demasiado confusa para devolverle el golpe. Había sido un comentario muy desagradable. Hubo un tiempo en que lo habría pegado por decirle algo así. Pero estaba cansada y triste, aún temblaba después de lo que había pasado.

—Puedes pensar lo que quieras, Rourke.

Se odiaba por lo que le había dicho. La habían torturado y él no había podido salvarla. Cerró el ojo durante un momento y luego siguió tallando. No dijo nada más.

Clarisse se preguntaba a qué se debería tan extraño comportamiento. Rourke no podía estar ni cinco minutos sin insultarla, pero en cuanto algo malo le ocurría —ya fuera la muerte de su familia o que un loco la hubiera capturado— era el primero en acudir. Había sido siempre así. No tenía sentido. Él la odiaba. Era imposible no saberlo.

Mientras reflexionaba sobre todo ello, el ruido del motor de otro todoterreno rompió el agradable silencio. Se detuvo junto al otro vehículo y de él bajaron tres hombres.

Uno era alto, de rostro ancho y pelo negro, ondulado. Iba el primero. Los tres vestían ropas de militar.

Rourke y Grange se levantaron de inmediato y sacaron las armas, pero volvieron a enfundarlas cuando el general Emilio Machado entró en el campamento.

—¿Es que hemos cambiado de sitio el campamento? —preguntó con tono agradable aunque exasperado, haciendo un gesto con las manos extendidas.

Alguien ahogó una exclamación de sorpresa.

—¿Emilio? —Maddie dio un paso al frente, vacilante.

La expresión en el rostro del general era indescriptible.

—¡Maddie! ¡Estás viva!

Maddie iba a hacer algún comentario chistoso cuando el hombre se lanzó hacia ella y, estrechándola contra sí, comenzó a dar vueltas y más vueltas con ella, riendo con ella en brazos.

—¡Dios mío! ¡Pensé que te habrían matado! —exclamó sin aliento, pero muy aliviado. Entonces la dejó por fin en el suelo y tomándole el rostro entre las grandes manos susurró—: Qué feliz estoy de verte —se inclinó como si fuera a besarla, pero consciente de que no estaban solos, se apartó rápidamente—. Gracias a Dios que pudiste escapar.

Maddie esbozó una débil sonrisa. Le temblaban las rodillas después del entusiasta saludo. ¡A lo mejor era verdad que sentía algo por ella!

—Sí, estoy viva —dijo, riéndose—. Llevo todo este tiempo escondiéndome por los pueblos, cerca de las ruinas. María me mandó a buscar cuando dispararon a Enrique. Le saqué la bala. La formación militar viene muy bien cuando no tienes un médico a mano. Fueron a buscar al doctor Carvajal a Manaos y pudo coser las heridas a Clarisse.

—¿Le dispararon?

—No —dijo Maddie y en su nítida voz se apreciaba la furia que sentía—. La torturaron.

Machado apretó los dientes.

—Cuántas atrocidades. Una detrás de otra. ¡La brutalidad de Sapara no conoce límites!

Se sentó con los demás alrededor del fuego y se fijó en los dos profesores, en Peg y en Clarisse.

—Ellos son los dos profesores secuestrados —dijo Clarisse, haciendo las presentaciones.

—Pobrecilla. ¿Qué te han hecho? —le preguntó Machado, fijándose en las manchas de sangre de la blusa.

—Me torturaron —contestó ella, quitándole importancia y tratando de no derrumbarse de nuevo ante las muestras de compasión—. Nada serio. Sapara quería asegurarse de que mi presencia aquí se debía a que estaba haciendo un reportaje sobre los profesores desaparecidos y que no guardaba ningún secreto —sonrió con absoluta malicia—. No consiguió sonsacarme nada.

—¿Cómo escapaste? —quiso saber el general, sentándose junto a ella.

—Con la ayuda de un viejo carcelero...

—Romero —dijo Machado con un suspiro—. Uno de mis viejos amigos. Lo matarán por haberte ayudado.

—No lo creo probable —señaló el profesor Fitzhugh con suficiencia—. Le di un buen golpe con un bate de béisbol y lo dejamos inconsciente en mitad de mi celda. Pero está bien —añadió levantando una mano al ver que Machado se disponía a protestar—. Estudié Medicina antes de dedicarme a la Botánica. Sabía dónde golpearle para que sufriera menos daño. Mejor un dolor de cabeza que una bala.

—Estoy de acuerdo —dijo Machado—. Es un buen hombre. Me sorprende que Sapara le permitiera quedarse.

—No encontró a nadie más para el puesto —opinó el profesor Constantine con sobriedad—. Pasó por diez carceleros y al final tuvo que aceptar de nuevo a Romero. Se ha hecho tantos enemigos que el personal no le dura.

—Buenas noticias para nosotros —dijo Machado.

—Muy buenas —convino Grange—. Tenemos que encontrar a alguien que se ponga en contacto con esos dos hombres a los que mandamos a la ciudad en busca de López.

—Puede que el médico tenga alguna idea —terció Clarisse, sonriendo al médico de Manaos—. ¿No tenías un primo en Medina?

—Varios —respondió el doctor Carvajal—. Se lo diré al que sé que es más de fiar. Él lo averiguará.

—Tiene que ponerse en contacto con el general Domingo López —le explicó Machado—. Y decirle que vuelva a este pueblo. Así no levantará sospechas. Domingo ayudará. Mi intención era sacarlo del país temiendo que Sapara lo matara. Pero Domingo sabía tanto sobre las operaciones militares que resultaba imprescindible. Sapara es político. Nunca ha disparado un arma. Cuando me ayudó a tomar Barrera, se quedó atrás para hablar con los periodistas —añadió con displicencia—. Lo convertí en un líder político. Jamás se me ocurrió que fuera a traicionarme. No pensé que tuviera la templanza.

—El nuevo dictador es adicto a la cocaína —dijo el médico con la misma displicencia—. La consume cada vez más. Esto también puede jugar a nuestro favor. Mi primo puede preguntar a López por la rutina que sigue Sapara.

—Sabemos que está construyéndose un palacio a las afueras de la ciudad —comentó Clarisse pensativa—. Se supone que va de vez en cuándo a ver el estado de las obras.

—¡Brillante! —exclamó Machado.

Ella sonrió.

—Cada vez parezco más sensata. Debe de tener algo que ver con que me pasara rozando la cabeza una bala.

Rourke no hizo ningún comentario, pero hizo una mueca de dolor cuando la miró.

Mientras los demás hablaban al calor de la lumbre, Grange fue a dar un paseo por el poblado con Peg. Estaba oscuro y los sonidos de la selva estaban muy cerca. El penetrante grito de un animal quebró el silencio.

—Un jaguar —dijo Grange como si tal cosa—. No es muy probable que se interne en el poblado. No les gusta el fuego —la miró, pero estaba tan oscuro que no le veía los ojos—. La noche es más de noche en los trópicos —le susurró, estrechándola contra sí—. Eso es bueno y también malo —murmuró al tiempo que bajaba la cabeza—. Lo bueno es que nadie nos verá hacer esto…

CAPÍTULO 11

Peg se puso de puntillas tratando de acceder a la boca insaciable de Grange. Sus brazos la estrechaban como si fueran de acero. La besaba como si no pudiera saciarse de ella.

—Te he echado de menos —dijo con voz entrecortada—. Más de lo que jamás imaginé.Y cuando vas y apareces aquí… —la besó con más intensidad.

Ella suspiró y sonrió bajo la piel cálida y suave de sus labios.

—¿Lo lamentas? —susurró ella, riéndose suavemente.

—Mi cuerpo no —gimió él—. Solo mi cerebro.

—Dile a tu cerebro que se calle —le sugirió ella, apretándose aún más contra él.

Grange la tomó por los muslos con las manos grandes y esbeltas, y tiró de sus caderas hacia él, estremeciéndose con el movimiento. Estaba dolorosamente excitado, pero no había ni un solo sitio de intimidad en el que poder arreglar su situación.

—¡Si hubiera una cama en alguna parte! —gimió.

—Hay hamacas —susurró ella, estremeciéndose. Notaba el cuerpo caliente. Quería quitarse la ropa. ¡Qué extraña sensación!

—No creo que se pueda hacer el amor en una hamaca —respondió él contra la ávida boca de ella.

—Sí que se puede —respondió ella con un susurro imperioso sintiendo las manos de Grange rozar la parte superior de sus muslos y apretarla contra su miembro cada vez más duro—. Una vez soñé…

—¿Qué soñaste? —preguntó él con voz ronca.

—No sé —vaciló ella.

—No hay nada que no puedas contarme —murmuró él contra su boca—. Venga.

—Estabas tumbado en un hamaca con calzoncillos y yo llevaba un pareo hawaiano —dijo ella, temblando al sentir cómo la apretaba más contra él—. Entonces me lo desatabas y lo tirabas al suelo y después te quitabas los calzoncillos…

—¿Y después? —le susurró sin aliento, abriendo la boca contra su pecho.

Peg tuvo que concentrarse en pensar.

—Y después te decía que se podía hacer en una hamaca y me despertaba —dijo, sonrojada.

Él se rio por lo bajo.

—Pero creo que lo que pasó es que me desperté porque nunca he, bueno, ya sabes, y no sé qué es lo que ocurre exactamente. Lo sé más o menos por libros y películas que he visto, pero no lo sé con exactitud.

—Me encantaría mostrarte exactamente qué es lo que ocurre —le susurró él—. Yo tampoco lo he hecho, pero estoy totalmente seguro de que lo haremos bien a la primera.

Ella se rio complacida entre escalofríos.

—¿Vamos a hacerlo?

—Sí. En cuanto nos casemos.

Ella aguantó la respiración y lo miró con el corazón en los ojos, apenas visibles en la semioscuridad.

—¿Casarnos?

Él asintió con solemnidad.

—Hay que ser muy valiente para venir a una zona de combate solo para ver a tu hombre —dijo él con voz ronca—. Además, cocinas de maravilla y te deseo de tal forma que apenas puedo levantarme y caminar cuando estás cerca.

—¿De veras? —exclamó alegremente.

Él empujó las caderas contra las suyas.

—¿No lo notas?

—Esto... sí, creo que sí —dijo ella, sonrojada una vez más y enterró el rostro contra él, riéndose.

—Oh, Dios mío, ojalá hubiera alguna superficie horizontal en la que tumbarnos —gimió él, buscándole la boca en un arrebato de pasión—. No podría parar. Pero estamos rodeados de gente... ¡Si tuviéramos una hamaca al menos!

—Pero todas están ocupadas —añadió ella a lo que sonó como un sollozo.

Grange metió las manos bajo la blusa y apartó el sujetador para poder sentir la carne suave y cálida. Allí estaban los botones duros que tanto lo excitaban. Los estimuló con los pulgares y Peg se arqueó contra él, ahogando un grito de placer.

Ella, por su parte, le sacó la camisa de los pantalones y tanteó el torso musculoso cubierto de vello.

—Peg... —trató de quejarse, pero la caricia era deliciosa. Le levantó la blusa y la estrechó contra su piel desnuda. El resultado fue explosivo.

Peg no podía casi respirar. No podía pensar más que en la forma de buscar alivio. Tenía que haber alguna manera de poner fin a aquella dolorosa tensión, alguna forma de terminar. Su cabeza daba vueltas y vueltas mientras la boca de Grange abría la suya y su lengua se introducía suavemente en la oscuridad dulce y cálida al tiempo que sus manos se colaban debajo de sus pantalones por detrás y descendía en busca de la suave piel.

—Sí —dijo con voz estrangulada—. Sí, oh, sí, por favor...

—Sí —gimió él.

—No —dijo una voz divertida un poco más allá—. De eso nada.

Los dos se quedaron inmóviles. Se volvieron hacia la voz. Un luz les iluminaba los pies, afortunadamente, en vez de subir.

—Tenéis que volver junto al fuego. Los niños están aprendiendo cosas para las que no tienen edad —les dijo Clarisse.

Iluminó con la linterna a su alrededor. Unos diez niños los observaban entre risas mientras ellos, embelesados, no habían oído nada.

—Oh, Dios mío —dijo Peg, apartándose de Grange mientras se recolocaba la ropa.

—A esto se llama educación sexual —masculló Grange y soltó una carcajada mientras se metía de nuevo la camisa por la cinturilla de los pantalones—. ¡Nos han pillado in fraganti!

Peg estaba sonrojada, pero también se rio.

—La culpa es de la oscuridad —murmuró.

—Deberíais volver a la lumbre —dijo Clarisse con tono amable—. María dice que un jaguar mató a un hombre hace unos días y no han sido capaces de encontrarlo y matarlo. No nos gustaría que un animal se comiera al comandante de nuestras tropas, ¿verdad? —añadió con una sonrisa pícara.

Regresaron al fuego y, cuando ya se les veía la cara, Peg dijo:

—Lo siento. Estábamos hablando.

—De la forma más antigua conocida por el hombre —añadió Clarisse, echándole un vistazo divertido a Grange, que se sonrojó.

—Todos somos humanos —le recordó Machado a Grange y sonrió mientras miraba a una avergonzada Peg—. No hay nada de lo que preocuparse, os lo aseguro.

—Nadie estaba pendiente de vosotros, en todo caso —dijo Clarisse en voz baja, señalando a O'Bailey, que estaba contando una vieja historia irlandesa sobre megalitos a dos fascinados profesores, María y el doctor Carvajal—. Se le da bien contar historias —se les acercó un poco más, para no interrumpir al contador de historias—. También me han dicho que tiene mucho peligro detrás de un teclado de ordenador.

—¿Es él quien ha diseñado el virus? —preguntó Peg.

Grange asintió.

—O'Bailey es unos de nuestros mejores reclutas. También ha entrenado con Eb Scott. Es bastante bueno en el campo de batalla, no se pone nervioso.

—Seguro que a mí me daría un ataque de nervios —dijo Peg mirando a Clarisse—. No sé si podría haber hecho lo que tú hiciste —añadió con afecto—. Eres muy valiente.

Clarisse la abrazó con cariño.

—Querida, tú también eres valiente, además de poseer una inusual habilidad para hacer amigos entre los seres humanos más hostiles —dijo, señalándose a sí misma—. Como yo.

—Tú no eres hostil —protestó ella.

—Pero sí que lo era —dijo con una sonrisa.

Peg se la quedó mirando un minuto y al final dijo:

—Todos somos difíciles de tratar a veces, cuando pasamos por una tragedia —dijo con suavidad—. Lo importante es atravesar esos momentos difíciles sin hacernos daño.

—Un pensamiento de anciano para ser tan joven —dijo el general en voz baja.

Ella sonrió.

—Tengo una mente anciana dentro de un cuerpo joven.

—Estoy de acuerdo —dijo el general—. ¿Creéis que habrá algo de café? —dijo con cierto pesar—. Va a ser una noche larga. Temo lo que les haya podido pasar a mis dos hombres. Parece que Sapara los ha capturado.

—No hablarán —dijo Grange en voz baja—. Han sido entrenados para resistir los interrogatorios más intensos.

Machado no respondió. Sabía más sobre la tortura que Grange. Cuando era más joven, se había dedicado a recorrer el mundo ofreciendo sus talentos a diversos gobiernos. Él no había utilizado la tortura como arma mientras fue el presidente del gobierno, pero había tenido que hablar muy seriamente con Sapara por torturar a alguien de la prensa justo antes de que su camarada político le usurpara el poder. Sapara y sus gente habían convertido la tortura en un arte.

Un hombre moreno, de baja estatura, vestido únicamente con lo que parecía un bañador de lycra entró en el círculo de luz. Tenía el pelo cortado a tazón por encima de las orejas y tatuajes en la piel, visibles a la luz de la lumbre. Llevaba un arco mucho más alto que él y un puñado de flechas de un metro y medio de largo cada una.

María miró a Machado, que se levantó y fue a hablar con él. Era increíble, pero el general hablaba la lengua nativa del visitante. Habló, escuchó mientras el otro hablaba y volvió a hablar. Después sonrió y asintió. El hombre se marchó.

—¡Gracias a Dios y a la Santa Madre y a todos los santos! —exclamó Machado—. Los dos hombres que mandamos a reconocer el terreno han aparecido en su poblado —hizo un gesto hacia el nativo, que se alejaba corriendo—. Pudieron contactar con Domingo López, pero no regresaron al campamento porque creían que los estaban siguiendo. Se desviaron para escapar de sus perseguidores. Están con los yamami, otra rama de la tribu de María que vive al norte de aquí. Allí estarán a salvo hasta que los necesitemos. Voy a hacia allá ahora.

—Te acompaño —dijo Grange.

—Yo también —dijo Rourke, levantándose.

O'Bailey fue a levantarse, pero le hicieron una señal para que volviera a sentarse.

—Cuantos menos seamos, mejor —dijo Machado—. Ya nos va a costar llegar. Iremos en bote —se volvió a hablar con uno de los ancianos del poblado, que asentía y hablaba—. Es peligroso de noche, pero este hombre conoce el río y los puntos problemáticos. Él nos llevará. No está lejos.

—Toma, llevaos esto —dijo O'Bailey, entregándole una especie de radio de onda corta portátil—. Usamos una frecuencia que no pueden captar. Si tenéis que hablar, limitaos a una o dos palabras y cortad inmediatamente la comunicación para que no puedan seguirla —sonrió y añadió—: Los teléfonos habrían establecido contacto con el satélite y se pueden rastrear. Pero no podrán rastrear mucho más tiempo. Estoy listo para introducir el virus, en cuanto me des la señal. Después no podrán lanzar un misil, ni ordenar un ataque, ni hablar siquiera entre ellos.

—Eres un genio, O'Bailey —Grange se rio.

—Aquí tienes papel y bolígrafo. ¡Escríbele a mi novia y díselo! —dijo arrastrando las palabras.

Todos se echaron a reír.

—Te daremos la orden en cuanto lleguemos a las afueras de la ciudad —le dijo Machado con seriedad—. Hay un túnel secreto del que nunca tuve oportunidad de hablar con nadie ajeno al personal militar como Sapara, gracias a Dios. Se utilizó para el transporte de tropas y armamento y solo yo tengo el código que abre las puertas.

—Una suerte para nosotros —dijo Rourke con voz queda—. Me estaba preguntando cómo pretendías que entráramos en la ciudad sin que nadie nos viera. Debería haber sabido que tendrías algo bajo la manga —le dijo a Machado.

—Siempre juego mis cartas con cautela —replicó Machado mostrándoles los dientes blancos—. Puede que este secreto estratégico nos ahorre una revolución sangrienta en Medina. Teniendo en cuenta que la unidad electrónica aún funcione —añadió con voz queda—. Está bien protegida frente a los elementos, por lo que tengo fe en ello.

—Si no funcionara —dijo Rourke con voz queda, dándole unos golpecitos en el brazo—, ya veremos cómo nos las arreglamos. Algunos de nuestros hombres estuvieron en Bagdad durante la guerra. Están familiarizados con el combate urbano.

—Espero que no haya que usarlo —dijo Grange—. Pero es mejor estar preparados.

—Estate preparado y vuelve sano y salvo —le dijo Peg—. Ojalá pudiera acompañarte.

Le besó la frente y dijo:

—Ojalá pudieras, cariño, pero solo serías una carga.

—Si te sirve de algo, yo tampoco puedo ir —le dijo Maddie, rodeándola con el brazo afectuosamente y añadió—. Estoy demasiado oxidada para ser de ayuda en el combate. Ahora me dedico solo a excavar.

—Y lo que sale de tus excavaciones es muy importante —dijo Machado, mirándola con cariño y verdadero interés—. Cuando recupere el poder, podrás volver al trabajo.

Maddie le sonrió con timidez.

—Estoy deseándolo.

—Y yo —dijo Machado, clavando en ella los ojos durante tanto rato que la hizo sonrojar.

—¿Puedo hablar contigo un momento? —le preguntó Clarisse a Rourke.

—Solo un momento —le espetó él—. tenemos prisa — y se alejaron un poco para que no los oyeran—. Está bien, Tat, ¿qué es lo que quieres? —le preguntó con impaciencia.

Ella se quitó la cruz que llevaba siempre bajo la blusa y se la puso alrededor del cuello.

—Para que te dé suerte —dijo.

Él la acarició con el ceño fruncido.

—Tú no eres religiosa. No podrías llevando el estilo de vida que llevas —dijo con malignidad.

—Piensa lo que quieras. Mi madre me la dio y no me la he quitado desde entonces. Me ha salvado la vida en algunos malos momentos —contestó, recordando una vez en que un general cristiano en una zona musulmana la había salvado de una bala durante una revuelta que estuvo cubriendo en África.

Rourke apretó los labios en una delgada línea.

—No creo en estas cosas —dijo enfadado quitándose la cruz.

Ella le puso la mano el pecho, sobre la cruz.

—Póntela, ¿quieres? Puedes devolvérmela una vez hayáis tomado la ciudad —le dijo sin mirarlo.

Él observó con su único ojo la cabeza agachada, que relucía como el oro a la luz del fuego de campamento. Era increíblemente hermosa. Pero su madre le había contado algo, años atrás, cuando empezó a sentir por ella algo más que le había destrozado el corazón. Clarisse no lo sabía, no podía saberlo. Su madre le había hecho jurar que no se lo contaría a su hija. Clarisse era la única mujer del mundo a la que no podía cortejar. Debería haberse quitado la cadena y habérsela arrojado. Estuvo a punto de hacerlo. Pero la preocupación que le estaba demostrando Clarisse expresada de manera tan curiosa hizo que se detuviera.

—Está bien. La llevaré.

Clarisse sonrió.

—Buena suerte.

Le sostuvo la mirada durante un segundo nada más y se odió por hacerlo. La expresión en el rostro de Clarisse le dio ganas de romper algo. Se dio media vuelta rápidamente y se reunió con los otros.

—Estaremos de vuelta antes de que te des cuenta —le dijo Grange a Peg—. Pero pase lo que pase, no te muevas de aquí.

—Otra vez se me desbaratan los planes. Pensé en seguirte a pie por el curso del río cuando no miraras.

—A que te ato con una cuerda, querida —le advirtió Clarisse—. Aunque tenga que cortar una hamaca.

Peg le hizo una mueca.

—Tened cuidado —les dijo a Grange y a Rourke.

—Hago amigos allá donde voy —dijo Rourke con una sonrisa pícara.

Clarisse no lo miró. Se volvió hacia el fuego, donde los profesores le estaban rogando a O'Bailey que les contara más leyendas irlandesas.

—No tardaremos —le aseguró Grange y la miró largo rato a los ojos. Entonces le susurró al oído para que nadie pudiera oírlo—: Eres toda mi vida ahora. Cuídate. Si te perdiera, no tendría nada por lo que vivir.

Ella sollozó contra su boca.

—Lo mismo te digo. No dejes que te hieran.

Él se rio y la abrazó.

—Esa es mi chica.

Se inclinó a darle un breve beso y después Rourke, Machado y él se internaron en el bosque con el indígena.

Estaba casi amaneciendo cuando se oyó movimiento a lo lejos.

Peg y Clarisse se levantaron medio adormiladas de las hamacas y salieron. Maddie y los dos profesores estaban ya en el claro del centro del poblado, prestando atención. No era un sonido muy llamativo, apenas se oía. Habían sido los aldeanos los que los habían alertado.

—¿Hombres de Sapara? —preguntó Peg con preocupación.

—Viene del río —dijo Maddie—. Sapara vendría del norte más o menos.

—¿Podría ser un bote? —preguntó Peg.

—Uno pequeño tal vez. He visto vehículos de lo más extraño en el río —dijo Maddie.

Clarisse no dijo nada. Se limitaba a escuchar.

Al cabo de unos minutos, apareció un hombre alto, de aspecto distinguido con pantalones chinos acompañado por un grupo de indígenas.

—Entonces es cierto —exclamó—. No me lo creía cuando me lo dijo García.

Las tres mujeres se quedaron mirándolo con curiosidad. Pero entonces Maddie se levantó y fue a saludarlo.

—Me alegro de volver a verlo, reverendo —dijo estrechándole la mano y, acto seguido, se volvió hacia el círculo—. Este es el reverendo Blake Harvey —dijo con una sonrisa—. Trabaja aquí como misionero para una confederación de iglesias protestantes de Estados Unidos. Estas son Clarisse y Peg —señaló a las dos mujeres—. Clarisse es reportera gráfica de una importante revista estadounidense y Peg ha venido a interesarse por las ruinas —dijo, ocultando la verdadera razón de su presencia, sin mencionar por supuesto la revolución que se estaba fraguando cerca de allí.

—Un lugar peligroso este —señaló el reverendo. Se sentó junto a la lumbre y sonrió a María, que le dio un cuenco de la deliciosa sopa que acababa de preparar. Él le dio las gracias—. En comparación con lo que he estado comiendo últimamente, esto es un festín —dijo—. En el poblado de García comen principalmente carne de mono cruda y beben algo que mi estómago no lleva muy bien. Me dan lo mejor que tienen, lo cual dice mucho de la amabilidad hacia los extraños en este tierra lejana.

—Es la gente más generosa que he conocido —dijo Peg arrastrando las palabras—. He aprendido mucho de ellos.

—¿Eres estudiante? —preguntó el reverendo.

Peg vaciló un momento, nerviosa. No quería decir nada que pudiera afectar remotamente al éxito de la misión de Machado.

—Lo cierto es que sí, es una estudiante extranjera de intercambio —dijo el profesor Fitzhugh saliendo al rescate con una sonrisa—. Soy el profesor Fitzhugh —dijo, estrechándole la mano—. Doy clases en Medina. O eso hacía. Me arrestaron por sedición —se rio por lo bajo—. El profesor Constantine, aquel que está allí sentado aprendiendo un nuevo dialecto, y yo conseguimos escapar con ayuda de nuestra amiga —dijo, señalando a Clarisse.

El reverendo se fijó en la blusa manchada de sangre y frunció el ceño.

—¿Está usted herida, joven? —le preguntó con preocupación—. Poseo conocimientos en Medicina...

—No es necesario, pero se lo agradezco —respondió ella con una sonrisa—. El doctor Carvajal vino de Manaos. Se ha tenido que volver a la ciudad a atender una urgencia.

—Un buen hombre —dijo el reverendo, bebiendo de la sopa—. Vino al poblado hace unas semanas a ayudar a dar a luz a una joven primeriza. Un niño —añadió—. Un niño gordo, sano y precioso.

—Hemos oído hablar de usted —le dijo María—. Dicen que se interpuso entre las balas cuando los hombres de Sapara intentaron arrebatar las tierras a los yamami —explicó, citando el nombre de la tribu, la segunda vez que Peg lo oía. Más tarde se enteró de que eran una rama de otra tribu, los yanomamo. Esta rama, en su mayor parte un grupo familiar de gran tamaño, junto la rama que había acogido a los hombres que Machado había enviado a reconocer el terreno, se habían separado del grueso de la tribu y establecido en Barrera dos generaciones atrás. Seguían comerciando con las otras tribus, pero no se relacionaban demasiado. Preservaban las tradiciones antiguas de los pobladores de la selva y se resistían a los intentos de las multinacionales de echarlos de sus tierras para extraer petróleo de ellas. Sapara había amenazado con exterminar a la tribu entera de María si seguían resistiéndose. Era una de las razones por las que Machado quería apartar al hombre que le había usurpado el cargo.

Peg sabía que la Ritter Oil Corporation no estaría de acuerdo con que hubiera que destruir pueblos para extraer el petróleo. Así se lo dijo a Maddie y esta le dijo a O'Bailey cómo ponerse en contacto con el encargado de la seguridad de la compañía, Colby Lane. El proceso estaba en marcha. En cuanto el señor Ritter supiera lo que estaba sucediendo en Barrera, independientemente de lo que ocurriera con el intento de echar a Sapara del gobierno, desaparecería el peligro para la tribu de María.

Mientras tanto, Grange, Machado, Rourke y los indígenas se aproximaban los aledaños de Medina sin hacer ruido, ocultos en la oscuridad, a través de la selva en dirección a un improvisado campamento con una gran tienda camuflada. Allí se reunieron con los hombres que habían ido a hacer el reconocimiento. Los hombres, vestidos con ropa de camuflaje, tenían aspecto de estar agotados. Estaban acompañados por lo que parecían veinte yamamis armados con arcos y flechas extremadamente largos y con pinturas de guerra.

—Comandos en potencia —dijo uno de los hombres con una amplia sonrisa indicando a los indígenas—. Conocen la selva al dedillo. Les pedimos ayuda cuando escapamos de la ciudad y nos trajeron aquí dando un rodeo para despistar a los hombres de Sapara. Dicen que hay un túnel cerca que lleva a la ciudad, pero tiene una especie de cerradura electrónica.

Machado se rio con suavidad.

—Ya lo creo. Yo la puse. El túnel lo construyó mi antecesor en el cargo y por ahí fue por donde entré la primera vez. Nunca le hablé a Sapara de él. Es uno de los principales secretos militares que guardo. Solo Domingo López sabe de su existencia.

—Un golpe de suerte —dijo Grange.

—Y tanto —dijo Machado con sobriedad—. Porque, si logramos entrar en la ciudad y llegar hasta el cuartel general sin que nos vean, podremos detener a todo el gobierno sin disparar un solo tiro.

—Bueno, a lo mejor uno o dos tiros sí —terció Rourke.

—Esto va a salir bien. Estoy seguro —dijo Grange.

—Amigo mío, yo también lo estoy —convino Machado—. Solo falta que cese la lluvia aunque solo sean unos minutos…

Fue decirlo y se puso a llover a cántaros de nuevo. Machado se echó a reír. Todo el mundo se puso a cubierto para no empaparse.

La cabaña en la que María y las tres mujeres comían tenía un gran palo de madera central que sostenía el tejado hecho de hojas de palma. Peg se había quedado fascinada con la intricada construcción y más aún ante el hecho de que las mujeres se construido un hogar para hacer fuego dentro de la cabaña. Había un poco de humo, pero el invento era eficaz y tenía cierto encanto. Cerca del madero central, otra mujer se afanaba en tejer una colorida manta en un telar.

—Pareces preocupada —le dijo Clarisse al verla fruncir el ceño.

—Es por mi padre —respondió—. Le dije que estaría fuera un par de días. Estará preocupado.

—Hablaremos con O'Bailey —le prometió Clarisse—. Es un mago de los ordenadores. Él podrá informar a tu padre.

—¡Sí!

O'Bailey, delante de su ordenador conectado a un pequeño generador portátil, les sonrió.

—No me atrevería a utilizarlo cerca del puesto de mando. En la selva se oye todo. Incluso el murmullo de dos hombres podría delatar una posición —indicó la pantalla del ordenador—. Estoy esperando a que el general dé la señal, y Sapara se quedará sin comunicación.

—Eres bueno —afirmó Clarisse—. Nos preguntábamos si podrías enviar un mensaje a Jacobsville, Texas, en nombre de Peg. Cree que su padre estará preocupado porque no sabe que está aquí

—Casualmente, conozco a un teleoperador de Jacobsville. Grange lo utilizó para darle un mensaje a Peg una vez, según creo.

—¡Sí! —exclamó Peg—. Lo había olvidado. No sabía quién era, pero me dijo que Winslow estaba sano y salvo y me echaba de menos —dijo, riéndose—. ¿Podrías ponerte en contacto con él para avisar a mi padre de que estoy bien y que pronto estaré en casa?

—Sí que puedo. De hecho, lo haré ahora mismo, ya que no tengo nada más que hacer.

Conectó el equipo, hizo la llamada codificada y le dijo al hombre al otro lado de la línea que contactara con el padre de Peg.

—Dice que no hay problema —le dijo a Peg cuando terminó y añadió con una sonrisa—: Menos mal que no le hemos dicho dónde estás, ¿eh?

Peg soltó otra carcajada.

—Menos mal. Aunque creo que me voy a llevar una buena cuando llegue a casa —dijo Peg con resignación.

—Yo iré contigo y le explicaré la situación —dijo Clarisse con firmeza—. Yo tengo la culpa de todos tus problemas. Tengo que intentar arreglarlo.

—¿Estás loca? —exclamó Peg—. He estado en un hotel de cinco estrellas, viajado por el Amazonas en barco, vivido en un poblado indígena y conocido su cultura de primera mano, y participado de alguna forma en una revolución para devolver la libertad a un pueblo oprimido… ¿y quieres compensarme por ello?

Clarisse la abrazó afectuosamente.

—Haces que me sienta una buena persona cuando mis intenciones eran malas. Mi única excusa es que no te conocía —la miró con todo el afecto del mundo—. Nadie que te conozca podría querer hacerte daño deliberadamente. Eres un encanto.

Peg le sonrió y se sonrojó un poco.

—Gracias.

—¡Mirad! —dijo Maddie de repente.

Todos se volvieron hacia Enrique, que se acercaba al fuego tambaleándose un poco. Les sonrió un tanto avergonzado.

—Siento lo ocurrido —le dijo a Clarisse, haciendo una mueca al ver su blusa manchada—. Ha sido por mi culpa.

—No, de eso nada —dijo ella amablemente y sonrió—. No podrías haber adivinado que se acercaba una patrulla. No los vimos.

—Me habría encantado tener una conversación con ellos —dijo Enrique, sentándose junto a su madre, y aceptó el cuenco de sopa que le entregó—. Una conversación muy intensa. ¿Puede dejarme alguien una pistola? —añadió, sonriendo a O'Bailey.

Este se rio por lo bajo.

—Encantado. Pero creo que lo mismo tenemos cambio de gobierno en breve. Crucemos los dedos.

—Yo los tengo cruzados —dijo Peg y se los enseñó.

Todos se rieron.

Fue un alivio descubrir que la cerradura electrónica del túnel estaba en perfecto estado. Machado recordaba la contraseña que abría la inmensa puerta de acero de entrada, a pesar de que habían pasado años. Sonrió a sus hombres cuando la cerradura se abrió y la hoja se separó.

—Increíble —dijo Grange con admiración—. Y a mí me cuesta recordar mi propio número de teléfono.

—Tampoco habría importado si se te hubiera olvidado —dijo Rourke con una sonrisa—. No existe cerradura, electrónica ni de las otras, que se me resista. ¿Adónde lleva el túnel exactamente y qué longitud tiene?

—Lleva directamente al cuartel general —contestó Machado—. Llega al sótano, tras lo que parece un muro sólido. Mi predecesor hizo que lo construyeran ingenieros alemanes. Es formidable y lo bastante profundo como para resistir a todo menos a las bombas más modernas.

—Confío en que nadie sepa de nuestra llegada —dijo uno de los hombres—. El general López dijo que estaba planeando una distracción. Cuando estemos preparados, tenemos que contactar con él. Conozco la frecuencia para ello.

—Ya se la he enviado a O'Bailey —dijo Rourke, mirando a Machado en la oscuridad del túnel, iluminado únicamente por una pequeña linterna una vez que la puerta volvió a cerrarse tras de ellos—. Cuando estés listo, le daré el código para que fría los sistemas de comunicación de Sapara y envíe la señal a López.

Machado los miró. Grange estaba tan serio como él. Rourke parecía más nervioso que nunca. Brad Dunagan, el segundo al mando de Grange, era un hombre alto y rubio, que no parecía hablar con nadie a menos que le preguntaran, pero era un buen hombre. Los dos hombres que habían sido enviados a reconocer la zona, Carson y Hale, descendían de indios nativos americanos. Carson tenía el pelo negro, largo hasta la cintura. Se lo había soltado al entrar en el túnel. Machado sonrió. Era algo que había leído en los libros sobre costumbres de guerra de los indios nativos americanos. Los guerreros de las llanuras siempre llevaban el pelo suelto cuando salían a pelear.

—¿Preparados? —preguntó Machado.

Los yamami dieron un paso al frente con sus larguísimos arcos y flechas. Uno de los rastreadores, que había aprendido su dialecto, les comunicó la pregunta del general. Ellos sonrieron y asintieron con entusiasmo.

—Siempre estamos preparados —dijo Rourke.

Grange sonrió.

—Lo mismo digo. Da la orden, general.

Machado esbozó una tenue sonrisa y levantó el brazo.

—Caballeros, ¡vámonos!

O'Bailey oyó el pitido que salía del ordenador. Se puso a teclear con gesto serio y presionó el botón de Enter.

Se preguntaba si decir a las personas que estaban alrededor del fuego que el infierno estaba a punto de desatarse sobre Medina. Peg, Clarisse y Maddie sonreían mientras escuchaban las historias del reverendo sobre sus primeros días de misión en el Amazonas. Parecían tranquilas y felices. No había necesidad de borrar aquellas sonrisas, decidió al final. Se concentró de nuevo en su ordenador y deseó buena suerte a la operación.

Las calles estaban oscuras. Medina era, en muchos aspectos, una ciudad más medieval que moderna. La pobreza asolaba sus calles y más aún desde que Sapara se había hecho con el poder, y no había dinero para hacer mejoras en las infraestructuras. No había farolas, ni autobuses públicos, parecía que no había transporte público de ninguna clase. Las calles sin pavimentar de la pequeña ciudad se enfangaban con la lluvia que no dejaba de caer, a ratos una suave llovizna, a cántaros en otros. Había luces en algunas de las casitas y de un bar por el que pasaron salía música y carcajadas de borracho.

—¿Es que no hay policía? —preguntó Grange entre dientes según avanzaban en fila india por el callejón que conducía al cuartel general.

—Están ahí dentro —dijo Machado con gesto serio tras echar un vistazo al interior—. Borrachos como cubas.

—Otra cosa a nuestro favor —murmuró Rourke con voz queda.

—Esperad un momento —dijo Machado. Se acercó a la puerta trasera del edificio y vaciló un momento antes de abrirla.

Entró lentamente. Grange entró a continuación sin esperar a que se lo dijera con el brazo levantado a la altura de la oreja derecha y quitó el seguro del arma.

Al doblar una esquina y atravesar dos puertas que estaban cerradas, se encontraron con un hombre fornido que se dirigía hacia ellos.

El hombre se detuvo, contuvo el aliento y se quedó muy quieto, esperando el disparo.

Pero Machado se movió rápidamente hacia él y lo instó a que se ocultara en la oscuridad del pasillo.

—¿Es usted? —preguntó el hombre—. ¿Es usted de verdad?

Machado lo abrazó.

—Sí, viejo amigo, y muy pronto volverás a tener un puesto de autoridad. ¿Dónde está Sapara?

Romero miró a su alrededor con cautela.

—Arriba, en su despacho, con una mujer —dijo, asqueado—. Sus dos matones, José y Miguel, están haciendo guardia fuera para «protegerlo» de posibles intrusos.

—Carson —avisó Grange.

El hombre del pelo largo se acercó y lo miró.

Grange asintió con gesto sombrío.

Carson sonrió mostrando una hilera de dientes blancos y sacó un enorme cuchillo de su funda.

—A Miguel me lo dejas a mí —espetó Rourke.

—Es el más grande de los dos, señor —dijo Romero al hombre alto y esbelto vestido de camuflaje.

Carson miró a Rourke.

—¿Algo personal? —le preguntó en un grave susurro.

Rourke asintió.

—Torturó a una mujer. Una amiga.

El rostro de Carson se endureció.

—Entiendo. No tardaré.

Dio la vuelta a la esquina y subió las escaleras tan silenciosamente que nadie lo oyó moverse.

Justo en ese momento, dos hombres entraron por la puerta principal del edificio, la parte que conducía a la cárcel. Eran hombres de Sapara y llegaban corriendo.

Romero fue a su encuentro mientras los americanos se pegaban contra la pared.

—¿Qué ocurre? —preguntó Romero inocentemente.

—Se nos caído el sistema de comunicaciones —dijo uno de los hombres en español—. ¡Tenemos que decírselo al comandante!

CAPÍTULO 12

—Lo cierto es que nosotros preferimos que no lo hagáis —dijo Rourke arrastrando las palabras justo antes de tirar al suelo al primero de ellos con un potente derechazo directo al diafragma.

—De todos modos no es asunto suyo —dijo Grange, riéndose por lo bajo mientras dejaba fuera de combate al segundo.

Se oyó entonces un golpe sordo procedente del piso de arriba, seguido de otro más fuerte y varios porrazos rítmicos seguidos.

Los americanos salieron corriendo y se encontraron a Miguel tendido al pie de las escaleras mirando sin comprender a todos aquellos hombres.

Fue a decir algo, pero Rourke lo amordazó y lo ató en cuestión de segundos.

—Enseguida me ocupo de ti —le dijo con un tono que helaba la sangre.

—Deprisa —dijo Machado, encabezando la marcha escaleras arriba—. No podemos permitir que se nos escape Sapara.

Pero no había cuidado. Carson, el indio de las llanuras, tenía al otro guardia atado de pies y manos en el suelo, y a otras dos personas dentro de la lujosa y enorme sala envueltas en una manta sobre una gruesa alfombra de piel de llama, que lo miraban medio aturdidos bajo la línea de tiro de su automática de 45 milímetros.

. —¡Carson, eres la leche! —exclamó Grange, dándole una palmadita al otro hombre en la espalda.

—Díselo a Eb Scott —dijo el otro, arrastrando las palabras—. A ver si me aumenta el sueldo.

—¡Machado! —exclamó Arturo Sapara. Tenía el rostro enrojecido y parecía borracho.

—Veo que no me esperabas —dijo Machado con desprecio—. Tendrías que haber aprendido a esperar posibles represalias.

Sapara se puso de pie como pudo, dejando que la avergonzada mujer se las arreglara como pudiera con la alfombra de pelo de llama.

—¡Puedo explicarlo todo! —comenzó, dirigiéndose al escritorio.

Grange llegó primero.

—Me temo que no vas a poder —dijo, apagando el equipo electrónico de comunicaciones—. Nos hemos cargado las comunicaciones. No hay forma de que tus soldados respondan. De hecho, en este preciso momento, el general López debería estar diciéndoles a las fuerzas armadas que se retiren.

—¡No puedes hacer eso! —exclamó Sapara enfurecido—. ¡Soy yo el que gobierna esta nación soberana!

—En realidad no —respondió Machado con calma—. Acabas de ser destituido. Y, por supuesto, pasarás los próximos cincuenta años en prisión por alta traición. López y la mayoría de mis hombres estarán encantados de testificar.

—Yo también testificaré —dijo con rabia la mujer envuelta en la piel de llama de la que se habían olvidado—. Tiene a mi padre en la cárcel. Dijo que lo mataría si no hacía lo que me pedía. He dejado a mi marido y mis hijos en casa, llorando. ¡Él... —dijo señalando con un dedo tembloroso a Sapara— se presentó con ese carnicero de Miguel a por mí para que me acostara con él!

—¡Haré que los maten a todos! —le gritó Sapara.

—No vas a matar a nadie —le dijo Grange con calma— . Carson, acompaña al antiguo presidente de Barrera a nuestra celda más incómoda, por favor. Y que Romero lo vigile —dijo con una sonrisa.

—¡Ese cerdo gordo no! ¡Lo he despedido esta noche! —chilló Sapara.

—He vuelto a contratarlo con mejor salario y lo he convertido en jefe de policía —dijo Machado con una sonrisa—. Una pena para ti.

—¡Reclamaré mi gobierno! ¡El pueblo se alzará contra ti! —gritaba Sapara enfurecido.

—Creo que no lo harán cuando vean el nuevo palacio que te estabas construyendo a sus expensas. Ni cuando abramos los calabozos y vean lo que les has hecho a sus compatriotas. Ni cuando la prensa mundial entre en Barrera y vea las atrocidades que has cometido —dijo Machado, envalentonándose a medida que hablaba—. ¡Tendrás suerte de que no te juzgue la Corte Penal Internacional por crímenes contra la humanidad!

Sapara se calló por primera vez y se cerró la sábana bien alrededor de su gordo cuerpo.

—Llévatelo, por favor —dijo Machado con un gesto difuso de la mano—. Verlo me da asco. Y otra cosa, Rourke, busca la ropa de esta señorita y un sitio para que se vista, y encárgate de que alguno de nuestros hombres la acompañen a su casa, por favor.

—Un placer —dijo Rourke—. ¿Señora?

La mujer asintió.

—Mis cosas están ahí dentro —dijo señalando la puerta de un despacho interior—. No tardo nada.

Fue a vestirse. Machado se volvió hacia el sistema de comunicaciones y llamó al general López. Estaba sonriendo de oreja a oreja cuando terminó de hablar con él.

—El ejército ha cerrado filas en torno a Domingo y han detenido al puñado de tropas que eran leales a Sapara —les dijo a los demás—. Se enfrentan a cargos por traición igual que Sapara. En estos momentos, los hombres se dirigen a centros secretos de detención a liberar a aquellos detenidos sin derecho a defensa —se rio—. Es un día para dar gracias.

Romero llegó subiendo pesadamente las escaleras y sonrió.

—Ha venido el padre —les dijo—. Pide permiso para reabrir la catedral y dar misa.

—Tiene mis bendiciones —respondió Machado, estrechando el hombro de Romero—. Y gracias por tu ayuda, flamante Jefe de Policía.

—¿Yo? —el rostro de Romero se iluminó—. ¿En serio?

Machado asintió.

—Una recompensa por el valor que demostraste. Salvaste la vida a una joven muy valiente y ayudaste a los dos profesores y a ella a escapar. Llevan varios días ensalzando tus virtudes.

—¿La joven se pondrá bien? ¡Le hicieron cosas monstruosas…!

—Se pondrá bien —le aseguró Machado—. Estaba preocupada por ti. Todos lo estábamos.

Él se echó a reír.

—Tengo la cabeza muy dura, ya no me duele. El profesor sabía dónde pegarme —dijo y, frunciendo el ceño, añadió—: El hombre con un solo ojo se ha llevado a Miguel.

—¿Eso ha hecho? —preguntó Machado con despreocupación.

—¿Debería preguntar adónde lo lleva? —añadió Romero.

Grange se echó hacia delante y frunció los labios.

—He descubierto que no es muy sensato meterse en los asuntos de Rourke de vez en cuando.Y creo que esta es una de esas veces. Clarisse le dijo que Miguel era el nombre del matón que la había torturado.

Romero asintió con gesto adusto.

—Cierto. Disfruta torturando a la gente. Sobre todo a las mujeres —hizo una pausa—. ¿Crees que Miguel volverá?

—Me atrevería a decir que dentro de nada va a servir de comida a uno de los depredadores de Barrera más voraces —murmuró Machado con tranquilidad—. Tristemente, es probable que tenga indigestión el resto del día.

—Estoy de acuerdo —dijo Grange. Entonces miró al colorido grupo de hombres y sonrió—. Buen trabajo, chicos. Bien hecho. Me encantan las batallas sin bajas.

—Todos recibiréis una buena recompensa —dijo Machado—, y un puesto en mi gobierno para aquel que lo quiera.

Uno de los mercenarios de mayor edad se puso al lado de Carson.

—Sé de Eb Scott, pero me acabo de alistar. ¿No tenía un hijo?

—Sí —respondió Carson.

—¿Era un niño o una niña?

Carson se alejó sin responder.

Aquello dio paso a las conversaciones. Machado y Grange se reían. Iba a llevarle un tiempo poner las cosas en su sitio, pero era un buen comienzo.

—El camino más largo comienza con un solo paso, ¿no es así? —dijo Grange, asintiendo—. Pues este ha sido un paso bien grande.

—Sí —contestó el otro, observándolo—. Creo que una joven te espera en el poblado de María.

Grange asintió con ojos brillantes.

—¿Qué te parecería ser el padrino en mi boda en cuanto arreglemos las cosas aquí y encuentre a alguien que nos case? —añadió.

Machado sonrió de oreja a oreja.

—Sería un honor.

El general Domingo López se presentó en las oficinas presidenciales una hora más tarde. Abrazó a Machado con entusiasmo. Llevaba tras de sí lo que parecía un clase entera de alumnos universitarios.

—¡Estamos muy contentos! —exclamó una de las chicas, que era estadounidense, sonriendo a Grange—. ¿Pueden ayudarnos a buscar a los profesores desaparecidos? Sapara los arrestó y los metió en prisión hace meses...

—¿Los profesores Fitzhugh y Constantine? —la interrumpió Grange.

—Sí, justo —titubeó ella.

Él se rio por lo bajo.

—Están como invitados en un poblado yamami en la frontera entre Barrera y el Amazonas —explicó—. Bien de salud y de ánimo.

—¡Ay, gracias! —abrazó a Grange y lo miró interrogativamente—. Me preguntaba...

Él levantó una mano.

—Estoy prometido —dijo un poco incómodo, pero sonrió para suavizar lo abrupto de la afirmación—. Ha venido desde Texas solo para verme. Está ayudando en el poblado.

—Una chica joven y valiente —dijo la universitaria.

—Muy valiente... Me casaré con ella para asegurarme de que no vuelva a hacerlo.

—Podrías quedarte en casa y así ella no tendría que hacerlo —le dijo ella con sequedad.

—En eso tienes razón —concedió.

—¿Cuándo van a regresar los profesores? —preguntó un chico—. ¿Y cuándo van a salir las tropas de la universidad para que recuperemos la libertad?

—Nuestros hombres están barriendo la ciudad en estos momentos para asegurarse de que así sea —les explicó Machado—. Estamos restableciendo la democracia, edificio por edificio. Deberíais alejaros de las calles hasta que tengamos seguridad de que tenemos el control. Podría haber rebeldes decididos a resistir —añadió con tono serio—. No me gustaría que pudiérais resultar heridos.

—Gracias —dijo uno de los alumnos más jóvenes, sonrojándose—. Me alegro de que haya vuelto, general —añadió—. Las cosas se han puesto muy difíciles después del golpe de estado.

—Las cosas van a cambiar mucho y muy deprisa —prometió Machado—. El reinado del terror ha llegado a su fin. La policía secreta será la que tendrá que correr a ocultarse ahora.

—Si vemos a alguno intentando ocultarse, se lo diremos —prometió la joven que estaba junto a Grange—. Gracias por salvar a nuestros profesores.

—No fui yo —les dijo Grange—. Fue una mujer, una reportera gráfica. Fue torturada por uno de los hombres de Sapara.

Se oyeron exclamaciones ahogadas y murmullos entre los presentes.

—Encontró la manera de escapar y se llevó a los profesores —añadió.

—Tengo la intención de otorgarle una medalla por ello en cuanto las cosas vuelvan a la normalidad —dijo Machado—. Ella también ha contribuido a esta victoria pacífica.

Rourke, que ya se había reunido con ellos para entonces,

no hizo ningún comentario. Estaba serio y callado. Grange iba a preguntarle por Miguel, pero se lo pensó mejor.

Todos en el poblado echaron a correr hacia el camino de tierra cuando oyeron el sonido de vehículos que se acercaban.

Peg iba en cabeza, con los ojos relucientes de excitación y el corazón golpeándole el pecho. Al ver que Grange salía de uno de los todoterrenos, se lanzó hacia él todo lo rápidamente que pudo. Él la atrapó entre sus brazos y la besó como si no hubiera un mañana para ninguno de ellos.

Ella respondió con todo su corazón, abriendo la boca con avidez bajo la exigencia de sus labios tibios, sana y salva en el abrazo de aquel poderoso cuerpo. No se hartaba de él. Entre la espera y la preocupación estaba desesperada por abrazarlo y tocarlo, saber que estaba vivo, ileso.

—Estaba tan asustada —susurró con desesperación.

Él se rio entre dientes.

—Mujer de poca fe —murmuró él entre besos.

—Oh, no, en absoluto —protestó ella sin aliento—. Sabía que no cometerías ningún error, pero sabíamos que Sapara tenía francotiradores...

—No tienen puntería —respondió él besándola de nuevo.

—Buscaos una habitación —bromeó Rourke acercándose a ellos.

Grange le hizo una mueca.

—Estoy intentando pedirle que se case conmigo. Vete hasta que necesitemos un testigo.

Rourke le devolvió la mueca y sonrió mientras se alejaba para dejarles intimidad.

—¿Casarnos? —preguntó Peg con una expresión de ternura en los ojos como platos—. ¿Hablabas en serio cuando lo dijiste antes de irte?

—Pues claro que sí —respondió él con ternura—. Quiero que nos casemos, niños, el lote completo. ¡Si tú quieres...!

Ella lo interrumpió a mitad de frase y lo besó con tanta insistencia que Grange empezó a gemir.

—Pues claro que me casaré contigo —respondió, estremecida.

—Lo único que necesitamos es una licencia y un reverendo...

—Hay uno sentado junto al fuego contándoles historias a los profesores —dijo ella—. Lleva aquí dos días.

Grange pestañeó sorprendido.

—¿Un reverendo?

Ella asintió y dijo:

—Un misionero. Es muy amable.

Él sonrió.

—Quién si no tú encontraría uno en mitad de la selva.

—Soy una chica con recursos.

—Y que lo digas. Entonces, ¿quieres casarte aquí en vaqueros y con una camiseta sudada en vez de con un vestido de encaje blanco cuando lleguemos a casa? —bromeó.

—No quiero esperar —susurró ella y se sonrojó cuando la miró a los ojos—. Lo siento.

—No te disculpes —contestó él con voz crispada—. No eres la única que está impaciente —y para enfatizar sus palabras, la atrajo suavemente por las caderas para que se hiciera idea del efecto que tenía sobre él. Ella se sonrojó, pero no bajó la mirada—. Tengo hambre de ti —le susurró—. Llevo esperándote toda la vida.

Ella estaba sin aliento.

—Y yo llevo esperándote toda la mía.

Él sonrió despacio.

—Confío en que sea algo natural —murmuró—. Supongo que aprenderemos juntos.

Ella se apretó contra él y cerró los ojos.

—Así es que como tiene que ser.

Él le besó el pelo y respiró profundamente varias veces hasta que su cuerpo se relajó.

—Vamos a buscar al reverendo.

—Vamos.

El reverendo Harvey estrechó la mano a Grange.

—He oído hablar mucho de usted, joven. Doy gracias por que haya regresado junto a esta joven dama de una pieza. Las revoluciones son muy desagradables.

Grange asintió con gesto adusto.

—Tuvimos suerte. Sufrimos un par de incidentes, pero enseguida lo tuvimos todo bajo control. Ahora podemos vaciar las cárceles de presos políticos y devolverles sus vidas.

—Todos estamos en deuda con usted y con sus hombres —respondió el reverendo Harvey—. He visto los efectos del gobierno de Sapara. Ha sido traumático para todo el mundo.

—Sobre todo por el asunto ese de los pozos de petróleo —dijo Enrique, uniéndose a ellos. Aún estaba débil, pero se estaba recuperando bien—. Mi madre temía que diezmaran el poblado para eliminar toda oposición al proyecto.

—Ah, pero ya nos hemos ocupado nosotras de eso —dijo Clarisse, sonriendo acercándose también al pequeño grupo—. Díselo, Peg.

—Pedimos a O'Bailey que se pusiera en contacto con ese teleoperador amigo suyo de Texas y llamó a Eugene Ritter, propietario de Ritter Oil Corporation, para decirle lo que estaba ocurriendo aquí. Ha solicitado una moratoria en las prospecciones hasta que el general Machado, perdón, el presidente Machado —se corrigió con una amplia sonrisa—, retome el poder y se ponga en contacto con él directamente.

—¡Buen trabajo! —dijo Grange—. ¿Qué te parecería ser

el jefe de comunicaciones de la unidad de defensa de Barrera, O'Bailey? —añadió, llamando al joven soldado.

O'Bailey se levantó.

—¡Alabados sean los santos, no me pudriré en la academia de entrenamiento de Eb Scott! —dijo—. Me siento muy halagado, pero creo que tengo que pensármelo un poco.

—No hay prisa —dijo—. El presidente me dijo que te hiciera la oferta.

—Qué amable —dijo O'Bailey.

Rourke detuvo el todoterreno detrás del de Grange y salió. Se acercó al campamento, distante y con gesto adusto. Fue hasta donde se encontraba Clarisse, se quitó la cadena con la cruz y se la puso en las manos.

—Estás raro —dijo ella, vacilante.

Él levantó la barbilla.

—Quiero que te vayas a casa.

Ella se encogió de hombros.

—Nací en Manaos. Técnicamente, Sudamérica es mi casa.

—Sabes perfectamente lo que quiero decir. Vete a Washington y celebra fiestas —añadió con brusquedad—. No te acerques a zonas en conflicto.

Ella enarcó una ceja.

—No puedes decirme lo que tengo que hacer, Rourke.

La expresión de este se endureció.

—Como quieras, haz que te maten.

—Y tampoco necesito permiso para eso, gracias —se removió un poco—. ¿Encontraste a Miguel?

El rostro de Rourke se tornó gélido.

—Lo encontré. Ya no volverá a torturar a ninguna otra mujer.

—Ah —Clarisse no supo qué hacer, si darle las gracias, preguntarle o irse.

—Jamás habría querido que te ocurriera algo así, Tat —dijo con voz queda—. A pesar de nuestras diferencias.

Ella desvió la mirada.

—Gracias.

Él inspiró hondo.

—Ya.

—¿Vas a volver a Estados Unidos? —le preguntó Clarisse al cabo de un momento.

—No sé qué voy a hacer. No tengo ningún plan. Depende de lo que el señor Kantor quiera que haga.

Ella se quedó mirándolo.

—Tienes que llevar una vida propia que no gire en torno al señor Kantor y sus deseos, Stanton —lo desafió.

El ojo de Rourke resplandeció peligrosamente.

—No es asunto tuyo.

Ella suspiró.

—No, tienes razón. No es asunto mío —entonces se dio media vuelta y no volvió a hablarle.

La ceremonia fue breve, pero muy bonita. El reverendo Harvey les proporcionó el certificado de matrimonio que firmaron Rourke y Clarisse en calidad de testigos, y luego él mismo dio fe pública del documento. Pidió a Grange y a Peg que unieran las manos y comenzó a leer la ceremonia conocida por todos que aparecía en la Biblia.

Cuando llegaron a la parte del intercambio de anillos, la pareja se miró horrorizada.

—No tenemos anillos —se quejó Grange.

—Podemos comprar los anillos más adelante —dijo Peg—. Voy a casarme sin vestido de novia, así que también puedo casarme sin anillo.

—Te compraré uno en cuanto lleguemos a una ciudad —le prometió él—. El mejor que pueda comprar.

Ella lo miró con una sonrisa resplandeciente.

—Me parecería bien la vitola de un puro y lo sabes.

Él se rio y la abrazó.

—Perdón, reverendo —dijo tras carraspear brevemente, y el divertido reverendo terminó la ceremonia.

—Os declaro marido y mujer —dijo finalmente y sonrió—. Puedes besar a la novia.

Grange se volvió hacia Peg y la miró una expresión de oscura posesión y ternura al mismo tiempo.

—Señora Grange —dijo en un susurro y se inclinó a besarla con delicada ternura.

Ella le devolvió la sonrisa y lo besó con ternura mientras lo abrazaba fuertemente.

—Señora Grange —repitió, y un cosquilleo la recorrió de la cabeza a los pies al oírlo. No podía creer que estuvieran casados.

Los hombres estrecharon la mano a Grange y besaron a Peg en la mejilla.

—El presidente Machado quería venir —le dijo Grange—, pero tenía un asunto que resolver en las oficinas presidenciales y no disponía de mucho tiempo. Por cierto —dijo dirigiéndose a O'Bailey—, gracias por ayudarnos con ese virus mutante que diseñaste. No me gustaría estar a malas contigo. ¡Perdería todos mis derechos en Internet de por vida! —dijo en broma.

—Ya te digo —dijo O'Bailey con una sonrisa que dejaba a la vista una hilera de dientes blancos—. Los ordenadores son mi vida, por desgracia para Sapara.

—Todo funciona perfectamente, incluidas las comunicaciones. El presidente Machado ha anunciado su regreso a los medios de comunicación internacionales —añadió y mirando a Rourke añadió con un gesto hacia Clarisse—: ¿Se lo has dicho?

Rourke negó con la cabeza.

Grange sonrió a la mujer rubia y la camisa manchada, con el pelo, normalmente inmaculado, revuelto y enredado, y en su rostro el reflejo del estrés de los últimos días.

—El presidente Machado te va a conceder una medalla al valor en combate.

—¿Qué? —exclamó Clarisse, sonrojándose—. ¿A mí? ¡Pero si yo no he hecho nada!

—Escapaste de la prisión y sacaste a dos compatriotas —dijo Rourke en voz baja—. Un buen trabajo. Escapaste sigilosamente de la ciudad con los dos profesores y no te amilanaste pese a las heridas. Las leyendas están hechas de esas cosas, Tat.

Ella se ruborizó aún más bajo la mirada de Rourke antes de que este la apartara y se alejara como si hubiera hecho el comentario sin querer.

—No sé qué decir —titubeó Clarisse.

Peg la abrazó.

—No hay nada que decir. ¡Lo hiciste muy bien!

Clarisse la abrazó.

—Tienes que venir a verme a Washington de vez en cuando —dijo—. Los dos —añadió—. Os reservaré la suite presidencial en uno de los hoteles de cinco estrellas de la ciudad —dijo tratando de engatusarlos—. Y te llevaré de compras. Déjame compensarte por lo mal que me porté cuando nos conocimos.

—Ya te lo he dicho, no tienes que compensarme por nada —dijo Peg con ternura—. ¡Esta ha sido la aventura más grande de mi vida!

—Bueno, eso no es cierto —murmuró Grange frunciendo los labios en una sonrisa—. Nuestro matrimonio será la aventura más grande de nuestras vidas.

—¿Sabes? Tiene razón —dijo Peg, asintiendo con entusiasmo—. Las selvas no son nada en comparación con la aventura de hacer que un matrimonio funcione.

—Haremos que el nuestro funcione —le dijo él, abrazándola.

Ella se pegó a él y le sonrió.

—Claro que sí.

Abandonaron el poblado cargados de presentes. María regaló a Peg una bolsa y una manta tejidas a mano, la que había estado tejiendo esa otra mujer en el telar del centro de la choza. Peg gritó de contento y dijo que jamás los olvidaría.

Los profesores regresaron en coche a Medina con Rourke, O'Bailey y el reverendo, que pensó que tal vez habría gente que lo necesitara tras el golpe pacífico. Enrique se quedó con su madre hasta que estuviera recuperado del todo.

Clarisse viajó hasta Manaos con Grange y Peg, atravesando puentes inundados casi por completo por los caudalosos ríos. Llegaron totalmente enlodados al hotel en el que Clarisse y Peg se habían hospedado.

El recepcionista, que conocía a Clarisse, se quedó mirándola atónito.

—¡Señorita, su ropa!

Ella lo hizo callar con un gesto de la mano.

—No te preocupes, Carlos, me he llenado de barro peleando con cocodrilos. Si te parece que tengo mala pinta, deberías haber visto cómo quedó el cocodrilo.

Él vaciló, boquiabierto, pero al final soltó una carcajada.

Ella sonrió de oreja a oreja.

—Confío en que no le hayas dado nuestra habitación a nadie.

—En absoluto. Si necesitan algo, no tienen más que pedírnoslo.

—Voy a necesitar otra habitación. Una suite. Para mis amigos, son recién casados —indicó a Grange y a Peg.

Grange intentó quejarse, pero Clarisse volvió a levantar la mano.

—Es un regalo de bodas. Lo mejor que os puedo dar. Por favor, no me digas que no.

Grange miró a Peg, que se limitó a sonreír y a sacudir la cabeza.

—Inútil discutir con ella —le dijo Peg, señalando a Clarisse—. No ganarás. Lo mejor es rendirse decorosamente y dar las gracias.

—Gracias —capituló Grange al final y abrazó a Clarisse—. Gracias por todo.

—Intento enmendar mis errores —dijo Clarisse—. Con Peg y contigo, ya que no puedo hacerlo con Rourke.

Lo dijo con tristeza.

Peg se preguntó que había entre ellos, pero no quería cotillear. Era evidente que habían tenido una historia, pero algo los mantenía separados.

—Gracias por el regalo —dijo Peg.

Clarisse sonrió.

—Un placer.

Tenían una suite para ellos solos, desde cuyo balcón se veía el Río Negro a lo lejos. Podía verse el dosel que formaban los árboles de la selva más allá de la hermosa ciudad metropolitana de Manaos.

—Pensaba en pueblos, no en ciudades como esta, cuando leía cosas sobre Sudamérica —le dijo Peg a su flamante esposo asomados a la ventana.

—Es el centro de la zona —dijo—. Los transatlánticos atracan aquí y la electrónica es su principal industria. Es un puerto libre de impuestos.

Ella se volvió hacia él y lo miró con adoración.

—Han sido unos días muy largos.

Él asintió y le acarició el pelo.

—No sé tú, pero yo necesito un baño.

—Yo también —dijo ella con una carcajada.

Él le hizo un gesto hacia el cuarto de baño.

—Las damas primero. A menos que quieras que compartamos. Para ahorrar agua, digo.

Ella vaciló durante un momento y lo miró como intentando decidir si le estaba tomando el pelo o no. Se estaba poniendo cada vez más roja.

Él vio su turbación y se dio cuenta de las dificultades de su nueva relación. Le enmarcó el rostro con las manos.

—No pasa nada —le dijo con ternura—. Todo esto es tan nuevo para ti como para mí. Iremos poco a poco. Báñate tú primero y luego iré yo. Después, cenaremos, tomaremos una copa de vino, ya lo sé, no bebo, pero una copa no me va a crear adicción —añadió al verla protestar—. Y después, ya veremos. ¿De acuerdo?

Ella lo abrazó.

—Gracias por comprenderlo. No me gusta ser tan tímida. Debería estar comiéndote a besos... Debería saber lo que tengo que hacer...

Él interrumpió sus palabras con su propia boca.

—Adoro que no sepas lo que tienes que hacer —dijo—. Yo tampoco lo sé, solo sé lo que he aprendido en las películas o los libros, y lo que le he oído decir a otros hombres. Así que estamos empatados. Me gusta.

—A mí también me gusta —dijo, separándose de él—. Voy a darme ese baño.

—No se te olvide el jabón.

Ella le hizo una mueca.

—Y el agua —añadió mientras Peg cerraba la puerta tras de sí.

Peg emitió un ruidito.

Él se rio y fue a pedir la cena al servicio de habitaciones.

CAPÍTULO 13

Peg tenía un camisón, pero Clarisse había insistido en llevarla de compras antes de irse a sus respectivas suites. Así que Peg había terminado comprándose un camisón rosa que costaba una fortuna con una bata transparente. La prenda apenas le cubría los pechos pequeños y firmes, y se ceñía debajo de ellos. La bata le llegaba a los tobillos. Se secó el pelo y se lo dejó el suelto, una abundante cascada que le llegaba hasta la cintura. Se miró en el espejo con sorpresa. Parecía más mayor, más madura. Le gustaba su aspecto.

Recordó una incómoda conversación que había tenido con su padre al volver de comprar. Estaba muerto de preocupación ante su desaparición.

—Llamé a Cash Grier y empezó a llamar a la gente —le había dicho Ed a través de la línea que se oía mal porque la conexión no era buena—. ¡Estaba muy preocupado!

—Lo siento mucho, papá. Te lo compensaré. Te lo prometo. Tengo mucho que contarte. Ha sido la aventura más grande de mi vida. Y me he casado… —se mordió el labio. No debería habérselo dicho así.

Se produjo una pausa que auguraba lo peor.

—¿Con quién? ¿Con algún romeo sudamericano con diez esposas…?

—Me he casado con Winslow Grange.

Oyó que su padre ahogaba una exclamación de sorpresa.

—¿Te has casado con Winslow?

—Sí —titubeó ella—. Pronto estaremos en casa, te lo prometo. He conocido a una chica, es reportera gráfica y millonaria. Nos ha regalado una luna de miel en una suite de lujo y me ha llevado de compras... Ha sido genial.

—No sé qué decir —dijo su padre. Se oyó un golpe sordo, como si se hubiera sentado en la mecedora del salón—. No sé qué decir.

—Sé que es una sorpresa y lamento no haberte dicho lo que estaba pasando, pero la buena noticia es que ganamos la guerra. El general Machado ha recuperado el poder y el expresidente Sapara está en prisión aguardando a ser juzgado por alta traición. No ha habido ninguna baja, aunque hirieron a varios en una reyerta callejera cuando capturaron a Sapara.

—¿Y dónde estabas tú mientras ocurría todo eso? —preguntó, horrorizado.

—En un pequeño poblado a en el límite fronterizo de Barrera. Una antropóloga estaba oculta allí. Ha hecho un descubrimiento asombroso. Y también había dos profesores de la universidad, un médico, un reverendo protestante...

—¡Te lo estás inventando!

Ella soltó una carcajada.

—No, papá, no me lo estoy inventando. Tardaré días en contarte toda la historia, pero ha tenido un final feliz. De verdad.

—Bueno, como te has casado con alguien sensato que me parece bien, no me quejo —dijo con un suspiro—. ¿Cuándo volvéis?

—Dentro de unos días —dijo y carraspeó—. Winslow y yo queremos recorrer Manaos juntos. Hasta el momento hemos visto solo la selva, ríos y cocodrilos.

—¿Cocodrilos?

—No pasa nada, no se comieron a nadie —se apresuró a decir ella. Entonces se acordó de algo que había oído sobre un hombre llamado Miguel, el que torturó a Clarisse, que huyendo fue a caer entre un montón de cocodrilos cerca del río. Le pareció extraño—. Quiero decir que no se han comido a ninguno de los nuestros.

—Bueno, supongo que bien está lo que bien acaba —concedió y se rio—. Así que os habéis casado. Ahora eres la señora Grange. Es maravilloso, Peg. Pero me habría gustado que te hubieras casado aquí.

—No hay problema. Me compraré un vestido blanco y lo repetiremos cuando lleguemos. No me importaría celebrar una boda en una iglesia. Fue un sencillo servicio civil, pero muy bonito. El reverendo es un hombre muy valiente. Se interpuso entre las balas para salvar a los indígenas de los matones de Sapara que querían echarlos de sus tierras para perforar en busca de petróleo.

—Salió algo de eso en las noticias —dijo su padre—. Algo de que Ritter Oil Corporation se había desentendido de la prospección en Barrera a causa de graves desacuerdos con el gobierno existente.

—Apuesto a que ahora sí que regresarán. El presidente Machado no permitirá que nadie amenace a las tribus.

—Apuesto a que sí —respondió su padre—. El petróleo es un gran negocio. Lo necesitamos para seguir con el mismo ritmo de desarrollo.

—No empieces.

—Está bien. Que disfrutes de tu luna de miel y, por favor, vuelve pronto a casa a cocinar. Estoy harto de comer carbón —hizo otra pausa—. Tengo que buscarme una casa...

—No vas a irte a ninguna parte —dijo Peg con firmeza—. Somos una familia. Viviremos juntos.

Él se rio.

—Está bien. Pero puede que me tome unas vacaciones cuando volváis. El señor Pendleton quiere que vaya a Colorado a un seminario sobre gestión de ranchos. Me dijo que me reservaría una habitación en un hotel de cinco estrellas y me dejaría comer lo que quisiera. Después de tanto tiempo cocinando para mí, resulta tentador.

—Dile que irás —le aconsejó ella—. Te vendrán bien unos días libres.

—Iré después de Año Nuevo —dijo—. Te he echado de menos, hija. Y he estado muy preocupado.

—Lo siento mucho. De verdad.

—Supongo que forma parte de ser padre. Así que Machado vuelve a ser presidente. Es una muy buena noticia.

—¿Podrías llamar a Barbara Ferguson y decirle que le diga a Rick que su padre es presidente de la nación otra vez?

—Será un placer —respondió—. Ese general ha estado por aquí, ha salido con ella varias veces. La llevó a la ópera a San Antonio.

—¡Vaya!

—Es una pena lo del chico ese, el hijo del militar que causó tantos problemas a Grange y luego se suicidó.

El corazón de Peg empezó a latirle muy deprisa. Se lo había imaginado esperándolos cuando regresaran a casa. Se le había olvidado la amenaza que les hiciera hasta ahora.

—Sí, me acuerdo —respondió muy seria.

—Hace dos días se tiró desde la azotea de un edificio de diez pisos —continuó él con voz queda—. Dicen que estaba colocado y les dijo a sus amigos que podía volar. Y se ofreció a demostrarlo. Es una pena que la gente deje que las drogas se adueñen de sus actos de esa forma.

Peg estaba pensando en Clarisse y en el peligro que había corrido. Lo mismo podría haberle ocurrido a ella.

—Sí que es triste —dijo en voz alta.

—Bueno, te dejo que te vayas. Sé que esta llamada va a costar una fortuna. Avísame para que vaya a recogeros al aeropuerto a San Antonio, ¿de acuerdo?

—De acuerdo, papá —dijo ella animadamente.

—Y felicidades a los dos. Es el mejor hombre con el que podrías haberte casado.

—Gracias.

—Hasta pronto.

Se había bañado y cepillado el pelo. Estaba delante del espejo mirándose sin poder creer lo diferente que estaba.

Winslow acababa de salir del cuarto de baño. llevaba unos calzoncillos de raso y nada más. Estaba increíblemente sexy con el torso desnudo cubierto de vello, y los brazos y piernas tan musculosos que tenía. Peg se quedó sin aliento.

Él frunció los labios.

—¡Qué preciosa estás! —exclamó, recorriéndola con los ojos—. Me gusta el camisón.

Ella se encogió de hombros y sonrió con timidez, aunque estaba nerviosa.

—A mí me gustan tus calzoncillos —dijo, sonrojándose—. El servicio de habitaciones ha traído la comida y una botella de vino. Estuve con el chubasquero puesto hasta que se fue —se removió con nerviosismo—. Se rio.

Grange hizo una mueca.

—Que se ría. Probablemente tenga que pasar las noches delante de la televisión en vez de con una mujer.

Peg se rio.

—Yo estaba pensando lo mismo. Entonces vamos a cenar y a tomarnos el vino, y ¿dolerá? —preguntó a bocajarro, sonrojándose de nuevo.

Él enarcó las cejas.

Peg se estaba poniendo cada vez más roja.

—Lo siento, es que abro la boca y me salen las cosas sin pensar.

Él se acercó y le enmarcó el rostro con las cálidas manos buscándole los ojos verdes con sus ojos oscuros.

—Es posible —respondió—. Dicen que la primera vez no suele ser fácil. Pero tendré cuidado para no hacerte daño —se encogió de hombros, incómodo—. También es difícil para mí, Peg. No he hecho esto antes.

—¿Nunca tuviste ganas? —le preguntó ella en un susurro.

—Una o dos veces —confesó—. Pero nunca lo suficiente como para arriesgarme.

—¿Te refieres a enfermedades y esas cosas?

—Me refiero a que creo que el sexo y el matrimonio van de la mano —respondió—. Seré anticuado, pero no puedo cambiar. Y no voy a hacerlo. Puede que el mundo no vea diferencia entre lo que está bien y lo que está mal, pero la gente de fe sí. Es una cuestión de nobleza, de idealismo, la de que dos personas lleguen castos al matrimonio y descubran juntos las maravillas de hacerlo por primera vez —sonrió—. Creo que es sexy —añadió con un tono aterciopelado.

Ella se rio por lo bajo.

—Yo también.

Peg enredó las manos en la suave y abundante mata de vello que le cubría el torso.

—Y creo que tú también eres muy sexy.

Él le levantó la cara hacia él y se inclinó para besarla en los dulces labios.

—Cariño —susurró, lamiéndole los labios.

Ella se acercó un poco más a él, caldeándose por dentro bajo el ritmo lento que trazaba su boca sobre la de ella. Se sentía a salvo. Segura. Amada. Le rodeó el cuello con los brazos mientras la besaba. Él la estrechó contra su cuerpo y Peg ahogó una exclamación de sorpresa. Era como estar desnuda. La capa de seda que los separaba era muy fina, pero incluso eso se les antojaba demasiado.

Peg emitió un sonido gutural y Grange reaccionó de inmediato a él. Le bajó los tirantes del camisón y las mangas de la bata, y dejó a su ansiosa vista sus preciosos pechos con los pezones erguidos. Grange enrojeció hasta las altos pómulos mientras la contemplaba con avidez.

Ella se estremeció y se arqueó un poco.

—No pasa nada si quieres tocarlos. ¡Deseo que los toques!

—Baby —susurró él cerrando las grandes manos entorno a su cintura y deshaciéndose de las prendas—, no te imaginas lo que quiero hacer con ellos.

Según lo decía, la levantó del suelo y enterró la boca en la carne tibia y firme. Ella ahogó una exclamación al sentir una oleada de inmenso placer, y lo sujetó por la nuca, invitándolo a que siguiera haciéndolo.

Notó que se dirigía a la habitación, pero estaba demasiado excitada como para pensar en lo que hacía, lo único que le importaba era que no se detuviera.

Se tendió sobre la cama con ella, metiéndose una mano por la cinturilla de los calzoncillos con urgencia. Se los quitó de una patada mientras abría la boca y se metía un pezón de Peg en la boca. Deslizó la lengua sobre él, estimulándolo hasta que se puso más duro y Peg gimió casi con desesperación y comenzó a moverse de forma involuntaria contra su cuerpo.

Grange le recorrió la garganta y la barbilla hasta llegar a los labios, insistente y deseoso mientras le separaba las piernas con la rodilla y se colocaba encima.

Ella quería decir que no estaba segura de que estuviera preparada, pero su boca la estaba enloqueciendo. Lo sintió tantear aquella zona que no había tocado ningún hombre. Abrió la boca, pero él se la volvió a tapar, devorándola con sus besos, mientras la enloquecía con la mano.

Peg iba a decir algo cuando una avalancha de placer casi primitivo le hizo elevar las caderas. Ella temblaba, anhelante, los ojos abiertos como platos clavados sobre los de él mientras él se ponía sobre ella dispuesto a penetrarla.

Él empujó un poco emitiendo un sonido áspero, temblando ante aquel primer intento de intimidad. Apoyó las manos en la cama junto a la cabeza de ella y la miró a los ojos mientras su cuerpo se iba fundiendo lentamente con el de ella.

—Oh, Dios mío —exclamó Peg con voz estrangulada, temblando con cada movimiento firme de caderas.

—No va a ser tan horrible, ¿a que no? —susurró él temblando—. Esto lo hará más fácil —añadió cuando Peg compuso una mueca de dolor al notar que la barrera comenzaba a ceder. Él la tocó de nuevo con más seguridad esta vez y observó la reacción de ella. La miró, vio cómo su dulce cuerpo se abría a él, se vio a sí mismo entrar dentro de ella muy, muy despacio...

Se estremeció y gimió con aspereza.

—Peg —cerró los ojos al sentir una ola de placer desconocido hasta entonces.

Ella contuvo un grito.

—Dios mío, eres... grande —le susurró con los ojos muy abiertos por la sorpresa.

—Y a cada segundo lo soy... más... —murmuró mientras se introducía en ella con un ritmo insistente pero bienvenido—. El miembro del hombre crece... cuando se excita.

—¿Estás... excitado? —le preguntó abiertamente.

—¡Sí, nena, sí! —movía las caderas mientras hablaba. Pasó una mano por debajo de ella para poder embestirla mejor—. No cierres los ojos, Peg —le dijo con aspereza—. Quiero que mires.

Ella se sonrojó. La estaba contemplando en un acto de intimidad que jamás había compartido con nadie y era algo tan natural que sabía que Peg lo recordaría toda la vida. La primera vez. La primera unión.

Le separó las piernas aún más y se movió con tanta brusquedad que le hizo a Peg lanzar un grito agudo. Pero no era de dolor. El placer era tan intenso que casi dolía.

Peg le clavó las uñas en los poderosos brazos. Lo miró a los ojos mientras él incrementaba el ritmo con una premura que la hacía elevarse hacia él en cada embestida. Se estremeció al nota que la sensación crecía como algo vivo en su interior hasta que llegó a pensar que la iba a destrozar.

Él titubeó desde su posición sobre ella.

—Mira —le susurró con voz ronca—. Mira cómo lo hago.

Mientras hablaba se introdujo en ella tan profundamente y con tanta ansia que Peg notó que la tensión saltaba como cuando se parte una rama.

Gritó con voz temblorosa, con el cuerpo tembloroso, mientras el clímax la arrollaba como un río de lava. Lo veía borroso mientras se agitaba con apremio debajo de él, desesperada por seguir consiguiendo aquel placer, por mantenerlo, por tratar de que no se detuviera nunca...

Él se arqueó sobre ella al final y dejó escapar un grito roto cuando su cuerpo se rindió también a la pasión y alcanzó la culminación. Embistió rítmicamente, sin poder contenerse, tratando de prolongar el indescriptible placer. Pero se terminó demasiado pronto y no había manera de hacerlo volver. Se derrumbó sobre el cuerpo húmedo de Peg, temblando.

Ella lo abrazó. Le besó el cálido hombro y sintió que estaba húmedo. Lo sintió a él, todavía dentro de ella, maravillada. Entonces aquello era lo que se sentía cuando se unían un hombre y una mujer, aquella noción de pertenecer al otro. Jamás habría imaginado que sería tan gozoso.

—Lo siento —le susurró él al cabo de un minuto. Su pecho subía y bajaba—. He perdido el control al final. ¿Te he hecho mucho daño? —añadió con preocupación levantando la cabeza.

Ella le apartó el pelo húmedo de la frente.

—Ni me he dado cuenta —y se rio con timidez.

Él también se rio.

—No sabía que fuera así —le confesó con cierta incomodidad—. Leer sobre ello y hacerlo son dos cosas muy diferentes.

—Ya me he dado cuenta —dijo ella, tocándole la boca con los dedos. Le parecía tan guapo—. No puedo creer que me desees. Ni siquiera soy guapa. Y los tengo pequeños —dijo señalándose los pechos prietos.

—Me gustan pequeños —susurró él succionándoselos. Peg se estremeció.

Él levantó la cabeza. Su sexo comenzaba a crecer de nuevo. Peg lo notó y reaccionó girando las caderas lentamente.

Él inspiró profundamente.

—Peg...

Ella repitió el movimiento. Vio cómo se estremecía.

—Así —susurró ella—. Me gusta excitarte.

—Si empiezas, no podré parar.

Ella sonrió de una forma diferente, con confianza en sí misma, y empujó la caderas contra él, allí donde sus cuerpos estaban unidos todavía.

—¡Promesas, promesas...!

Él le aplastó la boca con la suya. Pasó mucho rato hasta que se acordaron de la botella sin abrir entre los cubitos de hielo.

Tres días más tarde recorrían Manaos de la mano de visita por el zoo y el museo indio, teorizando sobre lo que podría haberle sucedido al coronel Percy Fawcett en 1925 cuando se internó en la selva con su hijo y el amigo de este en busca de El Dorado. No se volvió a ver a ninguno de ellos. Los libros hacían todo tipo de especulaciones, pero el misterio seguía sin resolver.

—Puede que sea por eso por lo que fascina a la gente —dijo Peg mirando algunos de los informes de Fawcett exhibidos en el museo—. Porque no sabemos qué les ocurrió.

Él asintió.

—Fue una pena para su familia. Dejó mujer, un hijo y una hija. Tuvo que ser horrible para ellos no saber lo que ocurrió.

—Recuerdo haber leído que decía que el trabajo de toda su vida habría sido un fracaso si no encontraba la ciudad perdida —se detuvo y miró a Grange—. Pero le dejó sus diarios al mundo. Durante ochenta años, desde que su hijo menor los publicara, han proporcionado base para la aventura y el romance a generaciones en todo el mundo. Aventureros de sillón que no se adentrarían en la selva para descubrir sus misterios. ¿A ti no te parece que su vida sí que tuvo valor? Porque a mí sí que me lo parece. Creo que la información sobre el mundo que descubrió es un legado más importante que descubrir una ciudad perdida.

Él sonrió.

—Parece que nuestra amiga Maddie ha hecho justo eso —le dijo—. Según parece, esas ruinas van a servir para reescribir la historia de la Amazonia. Y tampoco es la primera que encuentra restos de una cultura superior aquí. Hay otros arqueólogos en la excavación, entre ellos un joven de la universidad de Florida que ha escrito un libro con sus descubrimientos. También hay una arqueóloga que es descendiente directa del presidente Theodore Roosevelt. El expresidente estuvo varias semanas aquí y describió sus propias experiencias justo después de perder la reelección. Fascinante. Tendré que prestarte algunos de mis libros.

Ella se puso de puntillas y lo besó.

—Podemos leerlos juntos —susurró—. Cuando no tengamos otra cosa que hacer por las noches.

Él frunció los labios y la miró con ojos relucientes.

—Pues pasarán años.

—O décadas —dijo ella, riéndose de vuelta a las vitrinas de la exposición—. Disfrutaremos mucho contándole nuestra luna de miel a nuestros hijos algún día.

Él le dirigió una mirada especulativa y dijo:

—No me importaría tener niños, pero después de viajar y explorar juntos.

Ella sonrió.

—A mí tampoco. Esperemos que así sea.

Él asintió.

—Sí.

Clarisse fue con ellos al aeropuerto. Había tenido una charla breve con Rourke antes de salir del hotel y por lo que parecía no había sido una charla agradable. Se separó de él lívida y silenciosa, y no volvió la vista atrás.

Pero sí tuvo una sonrisa aunque forzada para Grange y a Peg y atravesó el control de pasaportes con una sonrisa.

El vuelo hasta Miami fue agradable, pero muy largo. Clarisse se fijó en que Peg fue dormida todo el camino. Se despidieron cuando Peg y Grange se dirigieron a tomar el vuelo de conexión hacia San Antonio.

—Me voy a Washington unas semanas para recuperarme de estas últimas —dijo con una risa desprovista de todo humor—. Después, buscaré algo provechoso que hacer. Algo que no tenga que ver con fiestas.

—Intenta no meterte en líos, ¿de acuerdo? —bromeó Peg.

Clarisse suspiró y la abrazó.

—Lo intentaré. Gracias por todo, Peg. Te debo mucho.

Peg la besó en la mejilla.

—No me debes nada. Ahora podré escribir mis memorias. Tendré historias extraordinarias que contar sobre mi experiencia en la selva.

—Y tanto —dijo ella, estrechándole la mano a Grange. Había intentado comprarle un billete de primera en el vuelo a casa, pero el general Machado se le adelantó—. Cuida de mi amiga.

Él sonrió.

—Lo haré. Cuídate.

Clarisse asintió y con una última mirada a los dos fue a recoger el equipaje.

Les dio tiempo a comer algo y tomar un café antes de tomar el vuelo a San Antonio. Pasearon por el aeropuerto de la mano, mirando los escaparates y disfrutando de su nueva relación.

Afortunadamente, el vuelo hasta casa era más corto que los otros, pero Peg estaba destrozada cuando llegaron. Su padre estaba esperándolos, preocupado, hasta que los vio.

Soltó una carcajada entonces y abrazó a Peg.

—Te quiero. Te he echado de menos. Como vuelvas a hacerme algo así, te mato —señaló a Grange.

—No temas por eso —dijo este riéndose al tiempo que lo abrazaba—. Me quedaré en casa una temporada. No tendrá motivos para ir a buscarme. Gracias por venir a buscarnos, papá.

La palabra le salió con tanta facilidad que parecía totalmente natural. Ed sacudió la cabeza.

—Siempre quise tener un hijo —murmuró sonriendo.

—Puedes llevarme a pescar —le prometió Grange—. Pero ahora mismo lo que me apetece es comer. ¿Y a ti, cariño?

—También. Prepararé...

—No vas a preparar nada —interrumpió Ed—. Barbara lo tiene todo preparado en el café. Invita ella.

—¡Qué amable! —exclamó Peg.

—Tiene un precio —murmuró Ed—. Rick y ella quieren saberlo todo sobre la revolución, así que será mejor que tengáis ganas de hablar. La mujer de Rick está muy interesada también. Ya sabéis para quién trabaja.

—Sí —respondió Grange con una sonrisa—. Tiene muchos contactos, uno de mis mejores amigos entre ellos, su padre, que ahora es director de... bueno, de esa agencia que tanto admiro.

Todos se rieron.

Rick Márquez los recibió como si fueran su familia desaparecida.

—¿Cómo está mi padre? —fue lo primero que preguntó.

—Estupendamente y con mucho trabajo por delante —respondió Grange. Todos se sentaron a una mesa junto a la pared mientras Barbara indicaba a una de las cocineras que podía sacar ya la comida—. Sapara está en una bonita celda —dijo y entonces sacudió la cabeza y añadió—: Se lo merece por ordenar torturar a una mujer.

—¿Una mujer? —Barbara miró a Peg horrorizada.

—No a mí —se apresuró a decir esta—. Una reportera gráfica que estaba con nosotros en Barrera. Se negó a decirle a los hombres de Sapara lo que sabía. Lo hizo tan bien que lo convenció de que lo único que hacía allí era buscar a dos profesores universitarios desaparecidos para un reportaje que estaba haciendo.

—¡Qué valiente! —dijo Barbara.

—Y no sabes la mitad —dijo Peg con seriedad—. Dispararon a su guía y a los profesores los estaban dejando morir de inanición. Consiguió sacarlos de la cárcel y volver al poblado en el que los estaba esperando yo. ¡Mazorcas de maíz! ¡Mi comida favorita! Y barbacoa... Creo que he muerto y he subido al cielo —exclamó al ver la comida.

Barbara se rio.

—Sé cuánto te gusta. Come, come.

—Ha sido todo un detalle por tu parte —comentó Ed.

—Sí —convino Grange y Peg asintió mientras untaba mantequilla en la mazorca.

—Pensé que tendríais hambre. Además, Rick quería saber de su padre —dijo, señalando a su hijo adoptivo, que absorbía todas y cada una de las palabras que decían.

—Estaba preocupado —dijo.

—Todo el mundo lo estaba, incluso mi nuera —dijo Barbara, asintiendo con la cabeza—. La llamaron de la oficina hace una hora. Un nuevo homicidio. Menudo trabajo que tiene.

—Sí —dijo Rick con una sonrisa—. Ahora tengo con quien competir profesionalmente.

—No parece que te quejes —bromeó Peg.

—No es una queja —respondió él—. Es fantástica. Al final, tengo alguien con quien ir a comer. Cuando no estoy en casa —añadió, guiñándole un ojo a su madre.

—Una pregunta —continuó Barbara—. ¿Cómo demonios acabaste en la selva sudamericana, Peg?

Ella vaciló un momento con la mazorca a medio comer mientras buscaba la manera de explicar el viaje sin incriminar a su amiga.

—Resulta que yo conocía a una mujer de la prensa —contestó Grange por ella—. Aparte de su trabajo, es una mujer rica y me debía un favor —levantó una mano como pidiendo disculpas—. Sé que fue una irresponsabilidad por mi parte pedirle que la llevara a Sudamérica, y sé que era peligroso, pero, sinceramente, la echaba tanto de menos que me estaba volviendo loco —dijo con tanto fervor que Peg no podía creer que estuviera actuando.

Se produjo un silencio mientras Grange miraba a su flamante esposa casi devorándola con los ojos.

Ed levantó la taza llena de café recién hecho y se rio.

—Supongo que es de entender. Pero como todo ha salido bien y habéis vuelto casados, no tengo motivo de queja. Así que no voy a quejarme.

—Pero debió de ser aterrador —dijo Barbara—. Sigue siendo un país poco desarrollado, ¿no? Quiero decir, ¿no vive todo el mundo en chozas en la selva, cazando y pescando para...?

—Barbara, Manaos es una de las ciudades más modernas del mundo —comentó Peg—. Tiene más de un millón y medio de habitantes y es el centro de la industria electrónica de la zona. Además, es un puerto libre de impuestos. Los transatlánticos atracan allí. La llaman el «París de los trópicos».

Barbara se quedó mirándola boquiabierta.

—Vaya, eso no se aprende en las noticias.

—No, están demasiado ocupados contándote con pelos y señales las aventuras de las celebridades y cotilleos de todo tipo en vez de informar de verdad —murmuró Ed.

—No ve la televisión —dijo Peg señalando a su padre—. Cree que es el demonio.

—Y lo es —convino Barbara—. Todos en la web de conspiraciones convienen en que los medios de comunicación tradicionales se inventan casi todas las noticias. Si de verdad quieres saber lo que pasa en el mundo, nosotros nos enteramos antes de que aparezca en cualquier cadena. Por ejemplo, ¿os enterasteis por la televisión cuando el Anak Krakatau entró en erupción? ¿O cuando empezaron a producirse esos terremotos en la isla canaria de El Hierro? No salió en la tele hasta que llevaban ya semanas produciéndose.

—Es una loca de la conspiración —dijo Rick con malicia, señalando a su madre.

—No estoy loca, pero sí existen las conspiraciones —dijo ella—. Pregunta a tu suegro —miró a Grange, y frunció el ceño—. Quería preguntarte si sabías lo que le ha ocurrido al hijo del hombre que te obligó a dejar el Ejército. Se ha suicidado.

Grange asintió con la cabeza.

—Peg me lo dijo. ¡Qué triste!

—Sí, las drogas arruinan muchas jóvenes vidas.

Peg, que tenía motivos para saberlo después de la experiencia de Clarisse, se limitó a asentir.

CAPÍTULO 14

La boda fue todo un evento social en la ciudad. Asistieron todos los hombres de Eb Scott, así como otros exmercenarios como Cash Grier y Colby Lane y su mujer.

Peg, envuelta en encaje blanco de alta costura cortesía de Gracie Pendleton, que no aceptó un no por respuesta, recorrió el pasillo de la iglesia presbiteriana a ritmo de la marcha nupcial, sonriendo, hasta reunirse con Winslow Grange ante el altar.

El reverendo que los conocía desde hacía tiempo les sonrió bondadosamente mientras leía la Biblia. Por fin los declaró marido y mujer. Esa vez sí que intercambiaron anillos. Ed le regaló a su hija el anillo de boda que había pertenecido a su abuela, una preciosa joya que pertenecía a la familia. A la alianza hubo que añadir el anillo de compromiso que Grange había insistido en comprarle. Él también llevaba una alianza, una sencilla banda de oro. Se dieron un segundo beso de boda, mucho más relajado que el primero, y recorrieron juntos el pasillo entre los gritos de enhorabuena y las risas de sus invitados.

Se celebró una recepción en la iglesia en la que participaron todas las mujeres de la zona.

Peg conoció a Colby Lane, que le presentó a su mujer, una rubia muy guapa que trabajaba en Narcóticos.

—No queríamos colarnos en la boda, pero quería agradecértelo en persona en nombre de mi jefe, Eugene Ritter. No sabía lo que estaba sucediendo en Barrera, ni que el proyecto estuviera destruyendo a las tribus indígenas. Estaba indignado.

—Sabía que lo estaría —dijo ella—. El señor Ritter es famoso por su juego limpio.

—Fama merecida.

—Y ahora que el presidente Machado está de nuevo en el poder —dijo Grange—, estará encantado de hablar del proyecto. Pero esta vez, las cosas se harán bien, con el consentimiento de los indígenas y el gobierno.

—Se lo diré —dijo Colby. Entonces frunció los labios y se le iluminaron los ojos oscuros—. Corre el rumor de que te has convertido en el jefe del ejército de Machado.

Grange no dejó que su expresión lo delatara.

—Rumores. Aún no se ha decidido nada.

—Podría ser un buen trabajo —comentó Colby.

—Sí. Es un gran hombre —convino Grange.

Más tarde, a solas en el rancho, Peg se pegó a Grange en la cama. Ed se había ido al curso del que le había hablado.

—¿Qué hay de ese trabajo? —le preguntó.

Él suspiró y enredó los dedos entre la suave mata de pelo rubio.

—No lo sé, cariño. Es un gran cambio. Significaría vivir en Barrera. El hospital está en un pésimo estado por culpa de la falta de cuidado de Sapara, y muchos médicos dejaron el país. Llevará tiempo construir otro. En los trópicos se dan enfermedades peligrosas. Muchas de ellas son asintomáticas hasta años después y le pueden matar a uno.

Ella se puso encima de él y se deleitó con el placer de sentir su fuerte cuerpo debajo de ella.

—La vida termina matándote siempre.

Él la miró con solemnidad.

—Sería arriesgado. Sobre todo si queremos tener un hijo.

Ella sonrió perezosamente.

—Lo tendremos cuando estemos preparados. Podríamos ayudar al general a levantar el país unos años y yo podría hacer algo también, prestar ayuda en el orfanato, por ejemplo. El reverendo Harvey nos estuvo contando lo desesperadamente que necesitan que alguien se ocupe. Nadie quiere hacerlo.

—¿Te irías a vivir allí? —preguntó él, frunciendo el ceño—. Tú eres muy hogareña. Ni siquiera te gusta ir a San Antonio a comer.

Ella sonrió.

—Creo que estoy aprendiendo a ver que todo está interconectado. Todos pertenecemos a una gran familia. Es como Jacobsville y Comanche Wells, pero a escala mundial. Me gusta el general. Sé que será arriesgado, pero necesitará toda la ayuda posible. Podemos esperar hasta establecernos para tener hijos. Papá puede venir a visitarnos. Y nosotros vendremos a verlo a él. Tampoco está tan lejos.

—Nunca dejas de asombrarme, cariño.

Ella suspiró.

—He vivido una gran aventura. He cambiado un poco. No me importaría vivir en Barrera unos años. Cuando nos cansemos, cuando hayas organizado las fuerzas armadas, volveremos a casa y podrás ser ranchero y yo la mujer del ranchero, si es lo que quieres. Papá puede ocuparse del rancho mientras tanto. Florecerá bajo su cuidado.

Grange rodó sobre la cama con ella y la miró a los ojos soñadores.

—Tienes todas las respuestas esta noche —murmuró con una tierna sonrisa.

—Bueno, no todas —se removió un poco y se quitó el

camisón, viendo cómo su marido posaba los ojos oscuros en sus pechos con avidez—. Sigo practicando con el misterio de la vida. ¿Quieres ayudarme a comprenderlo mejor?

Él se metió el pezón duro en la boca mientras apartaba rápidamente el resto de la ropa con las manos.

—Es una forma muy divertida de aprender cosas —murmuró con voz ronca—. Rodéame la pierna con la tuya. Así.

Ella gimió al notar que el cambio de posición aumentaba el placer. Se arqueó para recibir las embestidas. Ahora resultaba tan fácil. Ya no sentía dolor, solo placer.

—Estás muy caliente por dentro —le susurró él al oído, haciéndolos cambiar de posición con un brusco movimiento de caderas—. Caliente y suave.

—Y hambrienta —gimió—. ¡Ay, sí, haz eso otra vez!

Grange deslizó la mano por debajo de ella y la hizo cambiar de posición, riéndose complacido al verla gemir con aspereza.

—No me canso de mirarte —le susurró—. No te guardas nada. Solo das y das sin parar.

Ella respiraba demasiado entrecortadamente como para poder responder. Se arqueó de nuevo y lo miró a los ojos a medida que el placer aumentaba en su interior en forma de pequeñas ondas que iban tomando fuerza poco a poco, sin descanso, hasta convertirse en grandes olas.

—¡Dios mío!

—Cada vez es mejor, ¿eh? Aguanta —dijo entre dientes—. Aguanta así, cariño, así, tensa.

Ella sintió la mano de Grange debajo de ella, guiándole las caderas para que siguiera el rítmico embestir de su cuerpo mientras la penetraba.

—No lo puedo soportar más —sollozó.

—Es delicioso —susurró con voz rota él—. Delicioso...

Grange gritó cuando la tensión se rompió de repente, dejándolo temblando sobre ella. Peg le rodeó las caderas con las piernas y se arqueó para mantenerlo allí, para atrapar el placer y no dejarlo escapar. Pero rápidamente ella también estalló y se derrumbó bajo el peso de él, apretándose a él, temblando de placer tras el clímax.

—¡Si llego a saber que iba a ser así de bueno, te habría seducido en el establo hace meses! —le susurró Peg al oído.

Él soltó una carcajada.

—No habría sido así de bueno entonces. Y no te habría gustado llevarte ese recuerdo.

Ella sonrió.

—No. No me habría gustado. Es mucho más dulce así, marido mío.

Él la abrazó con fuerza.

—No esperes tener otro.

Él sonrió y le mordió el hombro.

—No hay nadie más perfecto —dijo ella y con una pícara sonrisa añadió—: No irás a pararte ahora, ¿verdad? ¿Te encuentras mal o algo? Te estás haciendo viejo… ¡Ay!

Él la aplastó sobre el colchón y le cubrió la boca con la suya.

—Ya te daré yo vejez —dijo riéndose.

Mucho más tarde fueron a la cocina y comieron galletas saladas con queso y leche. Peg lo miró por encima de la mesa con los ojos rebosantes de amor.

—¿Qué miras? —preguntó él.

—El mundo —contestó ella—. Todo mi mundo.

No se le ocurrió nada que decir. Tenía un nudo en la garganta.

—¡Me acabo de acordar de una cosa! —exclamó ella.

Él enarcó las cejas.

—¡Las Navidades son la próxima semana y no tenemos árbol!

—Mañana mismo salgo a comprar uno —prometió él.

—¡No he comprado regalos!

—Las tiendas están abiertas mañana.

Peg suspiró.

—¡Qué Navidades vamos a tener! —exclamó, clavando en él los ojos chispeantes.

Él se rio.

—Las mejores del mundo.

Ella asintió.

—Oh, sí. ¡Estoy ansiosa! —dijo sin aliento. Y le sonrió con todo su corazón.

EPÍLOGO

—Madre mía, papá, ¿de verdad condujiste a un ejército hasta aquí para echar del gobierno a un dictador? —preguntó John Grange a su padre con sus ojos oscuros abiertos como platos.

Grange se rio y le revolvió el pelo.

—Así es —confesó—. Me alegro de no haber tenido que hacerlo de nuevo —añadió con una sonrisa.

—Estoy totalmente de acuerdo —dijo Peg, su madre, apretándose contra su marido con un suspiro mientras apoyaba la mejilla en su ancho torso—. ¡Qué cansada estoy! Estos viajes transoceánicos cada vez se me hacen más largos.

Grange le acarició el largo pelo rubio y la besó en la frente.

—A mí también, cariño.

—¿Por qué no nos quedamos aquí todo el tiempo? —preguntó John—. El señor Machado, quiero decir, el presidente Machado, quiere llevarme a esas ruinas con su mujer y con él. ¡Tengo muchas ganas de ir!

—Tomó una buena decisión al nombrar a Maddie directora de la sección de Arqueología —comentó Peg—. Es perfecta para el puesto —y añadió con timidez—: Y así la mantiene alejada de las excavaciones ahora que Emilio y ella tienen un niño pequeño.

—Rick Márquez se puso loco de contento cuando se enteró —recordó Grange—. Dijo que nunca había querido ser hijo único. Viene dos veces al año a ver al niño.

—Ojalá fuera de mi edad —suspiró John—. Solo puedo jugar con niñas últimamente —e hizo una mueca.

—Dentro de seis años no te quejarás. Además, hijo, eres muy educado y las niñas te adoran —dijo Peg—. La señora Cates me acaba de llamar para decirme lo mucho que le gustó el ramo de flores que le llevaste cuando se encontraba mal. Tienes un buen corazón.

—Como su madre —dijo Grange con patente cariño.

Ella puso una mueca.

—Y como su padre —dijo, guiñándole un ojo—. Pero te prometo que no diré nada delante de tus jefes de departamento —añadió, dibujándose una cruz delante del corazón—. Menoscabaría la imagen que tienen del jefe del Ejército de la República de Barrera.

—Un nombre muy pomposo y mucho trabajo. Y el rancho me necesita.

—Mi padre se ocupa del rancho con tu nuevo capataz —dijo ella, frunciendo el ceño—. Ese hombre tiene problemas de personalidad. Me refiero a que es capaz de sacar a pastar a un toro bravo con solo hablarle, pero no es capaz de decir más de dos palabras seguidas a otra persona.

—Es un lakota —dijo Grange—. Cree que tiene que ser estoico e inaccesible. Su abuelo se lo enseñó.

—Pues a mí me resulta extraño —dijo Peg—. Supongo que se le da bien lo que hace. Su hijo, Carson, estuvo con nosotros en la invasión —le explicó a su hijo—. A él tampoco se le daban bien las palabras —recordó con una sonrisa.

—Ahora ha sentado la cabeza también —dijo Grange, sacudiendo la cabeza—. No hay muchos hombres solteros en el

Ejército. Hasta O'Bailey se ha casado, con esa maga de los ordenadores que trabaja con el profesor Fitzhugh en la universidad.

—Espero que no tenga serpientes como mascota —bromeó Peg, acordándose del terror que les tenía O'Bailey.

—No temas por eso.

Peg miró la hora.

—Nos da tiempo a comer antes de que venga al avión para llevarnos a Medina. Imagina lo que es tener un aeropuerto de verdad ahora con pista para aviones pequeños.

—Sí, está muy bien, ahora que Machado tiene el suyo propio —bromeó él—. La gente estaba tan agradecida por librarlos de Sapara que eligieron por votación crear un impuesto nuevo para construirle uno, pero él tuvo que prometer que no estaría nunca fuera del país más de una semana —dijo, recordando el largo viaje que había llevado al golpe de estado de Sapara.

—Es muy amable por su parte que nos envíe el jet para que el jefe de sus fuerzas armadas vaya a Estados Unidos a ver a su suegro —murmuró Peg lacónicamente.

Grange se irguió.

—No es forma de hablarle al comandante supremo del Ejército —dijo él con fingida indignación.

Ella se aupó y le dio un cariñoso beso.

—Lo siento —ronroneó.

Él se rio.

Tomaron una agradable comida en el aeropuerto y salieron a esperar el avión, que llegó puntual. Minutos después, estaban camino de Medina, la capital de Barrera. El viaje hasta allí era corto.

Una limusina los esperaba para llevarlos al palacio presidencial. Machado había tenido que superar el sentimiento de culpabilidad por vivir en él, puesto que Sapara había robado al pueblo para construirlo. Pero la gente decía que era impresionante y que sería bueno que lo vieran los diplomáticos europeos, porque representaba las esperanzas y los sueños de modernización del pueblo de Barrera.

Ritter Oil Corporation había abierto oficinas allí. El viejo Eugene Ritter había creado una fundación para los indígenas que trabajaba ayudando a que los inteligentes jóvenes de las tribus indígenas pudieran ir a la universidad y mejorasen sus condiciones de vida. La explotación petrolífera era discreta y no interfería en forma alguna con la cultura y las tradiciones de los nativos indígenas. A Ritter le habían dado un puesto ceremonial en la tribu en agradecimiento por su sensibilidad hacia sus costumbres.

—Barrera ha crecido mucho en diez años —dijo Peg mientras rodeaban la pista de aterrizaje.

—Y que lo digas —convino Grange—. Esas enormes reservas de petróleo nos darán fuerza en los círculos del comercio internacional.

—Sí. Y los descubrimientos arqueológicos nos pondrán en el mapa —dijo ella, mirándolo—. Me encanta ser ciudadana de Barrera, pero me alegra que conserváramos el pasaporte estadounidense también. Tal vez queramos volver cuando nos jubilemos.

Él sonrió.

—Sé que echas de menos Texas —dijo él.

—Sí, claro que sí, y echo de menos a papá —dijo—. Pero tenemos Skype en el ordenador. Así podemos hablar con él y verle la cara al mismo tiempo. Significa mucho para mí. Además, el trabajo que hacemos aquí es importante. Tú eres el comandante del Ejército y yo dirijo una de las organizaciones benéficas más importantes. Hemos formado parte de la recuperación del país. Estoy orgullosa de ello.

—¿Nos vamos a quedar un tiempo? —preguntó John con un suspiro—. Estoy harto de volar.

—¿Tú? ¿Cansado de volar? ¿El que quiere ser piloto algún día? —bromeó Peg.

—Quiero ser piloto, pero ser pasajero es aburrido —masculló él.

—No te quejes de tu vida —señaló su padre—. Disfruta de cada día como si fuera el último.

Peg sonrió y se acordó de su amiga Clarisse y de lo bien que encajaban esas palabras con ella.

Había tenido noticias suyas recientemente. Le alegraba que, a pesar de haber empezado siendo enemigas, hubiera encontrado la felicidad después de una atormentada juventud.

—Ya estamos aquí —dijo Grange, sonriendo cuando la limusina se detuvo en la puerta del imponente edificio en el que vivía y trabajaba Emilio Machado.

Él en persona salió a abrirles la puerta, abrazó a Grange y besó a Peg en la mano. Revolvió el pelo oscuro de John.

—Estás aún más alto —le dijo—. Espero que mi pequeño sea tan alto como yo. Es muy bajo.

—Tiene cinco años —dijo Peg, riéndose—. Seguro que dará el estirón.

—Maddie también lo dice. Venid a sentaros y contadme qué tal el viaje. ¿Habéis visto a mi hijo mayor?

—Sí —dijo Grange y se sacó un sobre del bolsillo—. Gwen y él querían que tuvieras una foto más reciente de tus nietos.

Eran dos niñas. Rick y Gwen eran felices y buenos padres. Grange y Peg los veían siempre que visitaban Texas.

—Han crecido desde la última foto —dijo Machado, sonriendo ante las fotos de una niña con el pelo oscuro como Rick y otra rubia como Gwen—. Una familia maravillosa —levantó la vista—. Dijiste algo de que se le da bien el piano al niño pequeño de Gracie Pendleton.

—Sí —respondió Grange—. Dicen que es un niño prodigio. Si encuentran tiempo para venir, podrías enseñarle a tocar la guitarra.

Machado se rio.

—Sería una placer. Tengo muy poco tiempo para practicar últimamente. Tengo una vida muy ajetreada.

—¡Papá!

Un niño pequeño vestido con vaqueros y camiseta entró corriendo en la habitación con los brazos extendidos. Machado lo atrapó en un salto y se puso a dar vueltas con él en brazos.

—¿Cómo estás hoy, hijo mío? —dijo riéndose.

—Estoy aprendiendo portugués —anunció—. Ya sé decir *obrigado*. Quiere decir «gracias».

—Muy bien. Deberías hablar con John para practicar —dijo Machado, dejándolo en el suelo—. Él habla muchas lenguas, igual que su padre.

—Solo español y portugués —dijo John modestamente—. Intento aprender farsi, pero es muy difícil.

—Razón de más para que te apliques con los libros —bromeó Grange.

—¡Tengo un libro en portugués! ¿Me lo lees, por favor? —pidió el niño a John.

—Ve —dijo Grange, haciendo un gesto con la mano—. Nosotros estamos aquí.

—De acuerdo —John se fue a la otra habitación con el niño.

—Maddie habría venido a saludar, pero un miembro importante del departamento egipcio de antigüedades ha venido de visita. Quería ver los nuevos hallazgos. Estamos construyendo un museo para alojarlos.

—Un gran museo —dijo Peg—. Atraerá a turistas de todo el mundo.

—Hemos llegado muy lejos, desde que vinimos con un ejército de harapientos para derrocar a aquel tirano —dijo Machado—. Dios nos ha bendecido a todos.

—Sí —Grange se sentó enfrente de Machado en el salón—. Lo me recuerda un tema que he estado posponiendo.

Machado ladeó la cabeza y sonrió.

—Sé leer la mente —bromeó—. Creo que sé por dónde van los tiros.

Grange asintió. Y miró a Peg.

—Ella no dirá nada —continuó—. Va conmigo a donde sea sin quejarse. Pero su padre se está haciendo mayor. Mi rancho es cada vez más grande y necesita más cuidados de los que puedo darle —vaciló un momento—. El general López ha hecho maravillas con la modernización de las fuerzas armadas y ha sido mi mano derecha desde que me nombraste comandante. Se ha ganado el derecho de ser el comandante de tu ejército. Y yo quiero volver a casa.

—¡Winslow! —exclamó Peg—. ¡No me habías dicho nada!

Él sonrió afectuosamente.

—Llevo dándole vueltas un tiempo ya —respondió—. Adoro Barrera —le dijo a Machado—. Pero mi corazón está en Texas. Peg y yo nos vamos haciendo mayores también y tenemos nostalgia. Quiero volver a casa. Si crees que puedes prescindir de mí. Puedo quedarme en la reserva si te parece bien, y volvería sin dudarlo si me necesitaras.

Machado se reclinó en su asiento y lo miró con ojos risueños.

—Lo sé. El general López será el hombre más feliz del mundo cuando le diga que tu puesto es suyo. Pero debes aceptar una asignación por mi parte. Creo que vosotros lo llamáis pensión.

—No es necesario... —dijo Grange.

—Sí que lo es —dijo Machado con firmeza—. Sin tu ayuda, jamás habría podido recuperar mi país. Los dos lo sabemos.

—Sí, pero fue tu conocimiento de los túneles y nuestra habilidad para utilizar el elemento sorpresa los que lo facilitaron, no el uso de una estrategia militar por mi parte —insistió Grange.

—Aun así, no podría haberlo hecho solo. Acéptalo —se inclinó hacia delante y añadió—: Si te sientes en deuda conmigo, siempre puedes enviar un cargamento de carne de vaca de primera de vez en cuando —añadió con una gran sonrisa.

—Hecho —le aseguró Grange, devolviéndole la sonrisa.

—¿Lo dices en serio? —preguntó Peg a su marido con el corazón martilleándole en el pecho—. ¿Nos vamos a casa?

—Nos vamos a casa. Vendremos de visita de vez en cuando, claro. Lo prometo —le dijo al general—. Y hablaremos por Skype, así veremos crecer a vuestro hijo.

—Y yo al vuestro —Machado se levantó y abrazó a Grange—. Ha sido un honor tenerte en mi gobierno. Voy a echarte mucho de menos. A todos —añadió asintiendo con la cabeza en dirección a Peg.

Grange le besó la mano y ella sonrió.

—Voy a echar de menos Barrera —dijo en voz baja—. Pero tengo que admitir que seré muy feliz de volver a casa. Ningún lugar, por maravilloso que sea, es igual. He hecho muchos amigos aquí. He aprendido mucho sobre Sudamérica y su cultura, y sobre el mundo. No renunciaría a ninguna de las experiencias que he vivido aquí.

—Me alegro de que quieras tener en el recuerdo tus experiencias en Barrera —dijo Machado con una gran sonrisa—. Os deseo buen viaje y espero tener noticias vuestras pronto, cuando ya estéis establecidos en Texas.

—Cuenta con ello —le aseguró Grange.

De vuelta en la habitación del hotel, Peg lo besó una y otra vez.

—¡Qué sorpresa tan maravillosa! —exclamó, besándolo de nuevo.

Grange se rio suavemente, abrazándola y besándola.

—Nunca te quejaste, pero sé que echabas de menos a tus padres y tus amigos, y tener tu espacio propio.

Ella asintió.

—Ha sido genial vivir aquí. John ha aprendido más que yo. Va a echar de menos a sus amigos. Pero hará amigos nuevos en Comanche Wells.

—Ya tiene amigos allí —le recordó Grange—. Sobre todo la hija mayor de Rick Márquez —añadió como indirecta—. Juegan a los videojuegos juntos cada vez que estamos en la ciudad.

—Es verdad. Soy muy feliz.

—Me alegro. John, ¿has hecho ya la maleta? —le gritó a su hijo.

John asomó la cabeza por la puerta.

—No había deshecho la maleta —respondió él—. Ahora podré montar a caballo siempre que quiera y escuchar las historias del abuelo sobre Texas…

—Creía que te encantaba vivir aquí —dijo Peg.

John hizo una mueca.

—Y me gusta. Pero Texas es nuestra casa, ¿sabes?

Peg lo abrazó hasta que el niño empezó a removerse.

—Lo sé.

—Vamos al aeropuerto entonces —dijo Grange—. Podemos llamar a tu padre para que vaya a recogernos cuando lleguemos.

—Qué sorpresa le vamos a dar —dijo Peg.

Llamaron a Ed desde el aeropuerto. Fue a buscarlos con el coche y los miró con preocupación al verlos.

—¿Ha ocurrido algo en Barrera? ¿Está alguien herido? —preguntó de inmediato.

Peg lo abrazó.

—Hemos venido para quedarnos. Winslow cree que es hora de vivir en Texas, de criar aquí a nuestro hijo y de cuidar de nuestro rancho.

El hombre se mordió el labio. De repente, los ojos se le llenaron de lágrimas. Se dio la vuelta un momento, las manos hundidas en los bolsillos.

—¡Quién lo iba a imaginar!

—Te he echado de menos —dijo Peg con suavidad.

Él carraspeó y dijo:

—Yo también. A todos —y mirando a Grange añadió—: Pero es un gran sacrificio por tu parte. No todo el mundo puede ser comandante de las fuerzas armadas de un país.

—Tendré una pensión y muchos grandes recuerdos —dijo con afecto—. Pero me alegro de estar en casa. No hay ningún otro sitio en el mundo como Texas.

Ed le estrechó la mano con firmeza.

—Estoy de acuerdo. Ningún otro sitio en el mundo —entonces sonrió y en un impulso abrazó a Grange, después a Peg y después estrechó a John en sus brazos—. ¡Estoy tan feliz que me dan ganas de bailar!

Peg tenía los ojos llorosos. Winslow había sacrificado un buen trabajo porque su mujer tenía echaba de menos su hogar y quería vivir cerca de su padre. Lo había hecho por amor. Miró a su guapo marido con toda la gratitud y todo el amor concentrados en sus brillantes ojos verdes. No tuvo que decir nada. Él sabía lo que ella sentía. Simplemente, lo sabía.

Últimos títulos publicados en Top Novel

Vuelta a casa – Linda Lael Miller
Noelle – Diana Palmer
A este lado del paraíso – Robyn Carr
Tras la puerta del deseo – Anne Stuart
Emociones secuestradas – Lori Foster
Secretos de un caballero – Candace Camp
Nubes de otoño – Debbie Macomber
La dama errante – Kasey Michaels
Secretos y amenazas – Diana Palmer
Palabras en el alma – Nora Roberts
Brisas de noviembre – Robyn Carr
El precio del honor – Rosemary Rogers
Sin nombre – Suzanne Brockmann
Engaño y seducción – Brenda Joyce
Una casa junto al lago – Susan Wiggs
Magnolia – Diana Palmer
Luna de verano – Robyn Carr
Amor y esperanza – Stephanie Laurens
Secretos de sociedad – Candace Camp
10 secretos de seducción – Varias Autoras
El legado Moorehouse – J.R. Ward
Tras la traición – Brenda Joyce
A merced de la ira – Lori Foster
Palabras prohibidas – Kasey Michaels
El regreso del rebelde – Linda Lael Miller
Víctima de una obsesión – Deanna Raybourn

www.ingramcontent.com/pod-product-compliance
Lightning Source LLC
LaVergne TN
LVHW101938220826
846093LV00006B/48

* 9 7 8 8 4 6 8 7 2 8 2 8 5 *